전 5권 중 제 5권

임득호 여행수필집

충청도/서울

7순 노부부가 다녀온

두꺼비와 칸나의 황혼여행

두꺼비와 칸나의 황혼여행
전 5권 중 제 5권 / 충청도 · 서울시 편

1판1쇄 발행 / 2022년 6월 27일

발행인 김삼동
편집 · 디자인 선진기획
인쇄 선진문화인쇄
펴낸곳 도서출판 THE삼
전화 (02)383-8336 **주소** (03427) 서울시 은평구 서오릉로21길 36 현대@101동 401호
전자우편 ksd0366@naver.com

7순 노부부가 다녀온

두꺼비와 관나의 황혼여행

충청남도

노부부의 황혼여행

　노부부가 손잡고 둑길이나 공원을 걷거나, 찻잔을 기우리며 석양을 바라본다. 내 눈이 반응을 먼저 할 것 같다. 눈주름 잡아가며 입술이 귀에 걸리겠지. 내가 바라는 그림이니까.

　얼굴에 주름 잡힐까 봐 입으로 웃으면 어떻고, 주름 좀 잡히면 또 어떻습니까. 늘 있는 일도 아닌데. 여행하다보면 아주 작은 것에 감격하기도 하고, 웃음 바이러스에 걸린 놈처럼 실실 웃을 때도 있다. 여행은 이렇듯 소소한 일상이 큰 기쁨을 물어다주는 봄 제비와 같다.

　훌훌 털고 집을 나서는 것이 쉬운 일은 아니다. 여행은 누구나 가지는, 가질 수 있는 로망이다. 노년의 부부에게선 먼저 서로를 낮추고 맞춰주는 배려가 있어야만 가능한 일. 일정과 장소는 물론 소소한 것까지 많은 얘기를 주고받아야 하지만 그렇지 않을 수도 있기에 하는 소리다. 이렇듯 몸과 마음이 건강해야 가능한 것이 둘만의 자유여행이다. 누구나 할 수 있지만, 아무나 할 수 있는 것은 아니다. 여행은 시간과의 약속이요, 보너스다. 부지런한 사람에게는 혜택을 주지만, 그렇지 못한 사람에게는 여유를 준다.

　새벽에 출발하는 여행의 맛은 바로 옹골찬 첫 하루의 즐거움과 다음날 아침의 여유다. 후자는 느긋함이 주는 여유와 다음날의 짜임새 있는 여행 스케줄로 보상받을 수 있다. 먼 길을 떠날 때 우리는 전자를 택한다.

　우리 부부는 집밖을 나서기만 하면 그냥 좋아 죽는다. 그런 축복을 가져다준 연금에 감사하는 것도 잊지 않는다. 교육자의 생활은 늘 친구나 이웃에 비해 박봉이라 원치 않게 자존심을 접어야 할 때가 많았다.

우리 부부는 내세가 아닌 현세에서 연금 덕을 톡톡히 보고 산다.

온양온천관광호텔

공 주

공주국립박물관

2014년 11월 12일(수)

비에 바람까지 합세한 이런 날엔 돌아다닐 곳이 별루 없다. 그럴 때를 대비한 대안이 박물관이다. 공주국립박물관에서는 '무령왕시대의 동아시아의 세계' 라는 주제로 특별전이 열리고 있었다.

백제는 고대국가 체계를 갖추기 이전부터 중국의 양나라와, 왜와도 교류가 활발했던 증거로 유물들을 전시해 이해가 쉬웠다. 특히 한, 중, 일 3국의 찻잔과 찻잔받침을 38점이나 귀한 소장품들이 바다를 건너와 최초로 국내에 비교 소개된 것을 보게 된 것에 큰 의미를 부여해도 될 것 같다. 삼국의 찻잔들이 다른 듯 낯설지 않은 모습들이 참 묘하게 공감이 가는 전시물들이었다.

문화로 소통하고 추억으로 남기겠다는 모토를 내건 박물관을 나와 야외전시장을 둘러볼 수 있으면 좋겠다만 날씨가 도와주지 않았다. 대안으로 콧물을 훌쩍거리며 산성시장을 찾은 건 순전히 공주 3味에 석갈비와 따로국밥, 공주칼국수, 인절미의 그 인절미 때문이었다.

시장 풍경이나 떡집의 실상이 그랬다. 인절미를 한 팩 사기는 했는데 기

대는 안했다. '까끌까 뽀끌까' 미용실의 간판을 보며 웃다 보니 인절미 사건
은 금방 잊었다.

대전 유성호텔

마곡사의 칼바람

<u>2014년 11월 13일(목)</u>

촉촉하게 젖은 아침이다. 밤새 빗님이 다녀가셨다. 짧지 않은 거리를 달려
공주 마곡사에 도착하긴 했는데 11시가 다 되었다. 그런데 바람이 장난이
아니다. 골바람이 밀어붙이는데 기세가 대단했다. 거기다 하늘까지 노하셨
으니 날씨는 최악이라고 봐야한다.

차 밖으로 나가는 것조차 엄두를 못 내고 있었다. 이런 날씨에 몸살 끼가
있는 아내를 마곡사까지 걷게 한다. 그건 도저히 못할 짓이다. 자기가 가기
싫어 그런 것이라며 비아냥거려도 할 수 없다. 핑계가 아니라 현실이 그렇다.

주차장 주변 나무들은 풍욕을 좋아하는가 보다. 바람 부는 날에 실오라
기 하나 안 걸치고 저리 서 있으니 나목들도 춥겠지. 이런 날씨엔 따끈한 차
한 잔에 담소나 나누면 좋을 것 같은데. 자긴 어때?

2층 카페에서 카페라데와 아메리카노. 라데는 에스프레소 기본에 우유나
우유거품을 낸 라데를 넣은 커피라고 한다. 고구마를 갈아 우유거품과 섞으
면 고구마 라데. 그런 식으로 이름을 붙인다. 무심한 남자다 보니 그걸 오늘
알았네요. 난 '얼죽이'. 얼어 죽어도 아이스 아메리카노.

대전 유성호텔

공산성

가던 길을 되돌아와서 12km를 더 달려 도착한 곳이 공주 공산성이다. 만하루는 고풍스러우면서도 멋스러운 누각으로 우리를 맞았다. 그러나 우린 누각에 취할 여유가 없었다. 공산성의 매력을 만끽하기 위해서라면 성곽 산책에 나서야 한다. 녹음이 우거진 한여름이긴 해도 찾는 사람들이 끊이질 않았다. 금강이 감싸고 흐르는 고풍스러운 성곽을 따라 걷다보면 고대왕국 백제의 찬란한 향취도 느껴볼 수 있을 것 같았다.

처음 계획은 성곽길을 걷는 것이었다. 그러나 워낙 더운 날씨다 보니 수정이 불가피했다. 처음부터 계단을 올라가 성곽을 걷겠다면 아내가 힘 든다며 주저앉을 것 같아 성의 숲길인 안길부터 걷기로 했다. 이 길은 남녀노소 누구나 걷기 좋은 길이다. 숲이 우거져 있으니 뜨거운 햇빛도 피할 수 있으니 땀 흘릴 염려는 안 해도 된다.

왕궁지 코스로 들어서면서 콧노래가 절로 나왔다. 그늘도 있고 걷기가 수월하니 여름의 천국이었다. 쌍수교를 지나고 임류각을 멀찌감치 바라보다 보니 어느새 성곽 위엔 우리 둘만 서 있었다. 오던 길로 되돌아가느냐 아님 반쪽 성곽이라도 걷느냐 선택만 남았을 뿐이다.

안길로 되돌아가기엔 아쉬움이 많은 건 사실이다. 그러니 편하게 그늘을 찾아 걷는다. 그리 신선놀음하고 싶으면 전자다. 마님은 조금이나마 거칠게 걷고 볕도 쐬기 위해 후자를 선택했다.

컨디션이 좋아졌으니 성을 밟고 걷는 것도 나쁘지 않을 것 같단 생각이 들었나 보다. 손을 꼭 잡았다. 내려다보는 경치는 아찔하면서도 끝내주었다. 근데 그늘은커녕 바람 한 점 없는 구간이 자주 나온다. 그래도 광복루와 진남루의 누각은 지붕이 있어 땡볕을 피해 땀 좀 닦으며 쉴 수 있는 공간이 있었다.

흘러가는 금강에 흐트러진 마음을 던져버리고, 걷다보면 어느새 모든 근심격정 걷어낸 기분이 든다. 계단이나 가파른 길이 있어 더욱 매력이 있었다. 한 시간을 걷고서야 땀 닦으며 시원한 금강의 바람을 맞을 수 있었다.

성을 밟으며 걸은 것은 지금 생각해도 잘한 일이다. 산악회회원들이라면 집 나서면 걷는 것이 일상이지만 여행객은 생각보다 걸을 기회가 적다. 그래서 우린 기회가 주어지면 오늘처럼 시간이 허락할 때까지 걷는다. 입구인 금서루에 도착하더니 아내가 그런다.

"오늘 같은 날씨엔 공산성이 아니라 금강이 주연 같더란다."

마곡사

2017 9월 01일(금)

마곡사 길은 꼭 한번 손잡고 걷고 싶은 길이다. 맑은 물이 흐르는 개울을 끼고 있어 걷는 것만으로도 얼굴에 웃음을 흘릴 것 같은 곳이다. 뿐이겠는가. 쉽게 빠져들 것 같은 포근한 절이다보니 산사가 주는 느낌도 예사롭지 않을 것이다. 오늘은 조용하면서도 약간 적적한 분위기이긴 하지만 걸어볼 만 한 길임엔 틀림없다.

재작년 늦가을에 마곡사에 가려고 온 적이 있다. 낙엽을 밟으며 걸어보자고 손가락까지 걸로 왔는데 허탕쳤다. 밤새 차가운 비바람이 낙엽을 몽땅 떨어뜨리고도 아침까지도 성이 차지 않았는지 사그라질 기미를 보이지 않았다. 종종걸음으로 주차장 앞 커피점에서 라떼 이야기만 듣다 온 아쉬운 추억 한 토막이 남아 있다.

오늘은 눈이 부실정도로 내리붓는 햇살이 한풀 꺾이고, 대신 시린 하늘이 합세한 시간대다. 거기에 새털구름이 간간히 하늘에 수놓은 여름 날씨라 멋진 도보여행일 것 같은 예감이 들었다. 거기에다 진녹색 숲은 덤이었다. 흠이라면 장마철인데도 개구리오줌만큼 개울물이 흐르고 있어 내 목까지 타 들어가는 기분인 것에 속이 상하긴 했다. 비나 좀 흠뻑 내려줄 것이지.

백제의자왕 때 지장율사가 창건했다고 한다. 정감록에는 기근이나 전란의 염려가 없는 곳이라고 적혀있을 정도라니 산속으로 들어가면 너른 땅이 있는 깊은 산중이란 얘기다.

공기가 맑고 경치도 좋다. 우린 백범명상1길로 들어섰다. 백범이 일경의 눈을 피해 머리를 깎았다는 삭발 터는 당연히 들렀지요. 모처럼 한여름의 더위가 싹 가시는 기분이었다. 어우 시원해. 끝내주는구먼.

대전 내림관광호텔

무령왕릉

2017년 9월 02일(토)

무령왕릉은 늦은 시간대인데도 많은 젊은이들이 들어오고 있었다. 제법 번잡하다할까. 잘 왔네 했다. 합장무덤에 벽돌무덤인 것이 다른 왕릉과 다른 점이었다. 벽돌에는 연꽃무늬를 그려 넣었고, 벽에는 등잔을 올려놓는 등감에 그을음까지. 창문도 있다.

삼국시대왕릉 중 유일하게 주인공이 밝혀진 무덤이 된 이유는 널길 입구에서 출토된 지석 때문이었다고 한다. 그 지석에 글이 새겨져 있는 덕분이다. 해설사의 설명을 들으면 이해가 빨라 좋긴 하겠지만 꼼꼼히 살펴보지 못하는 흠은 있다.

우린 백제의 놀라운 문화에 감탄하며 둘러보았다. 송산리고분군이 있는 뒷산까지 걸었다. 젊은이들의 데이트 코스로 최고의 장소였다. 오늘은 계획대로 자연의 소중함과 역사를 배우고 피부로 느끼며 가슴에 담아가는 여행이 된 것 같다.

INK공주관광호텔

계룡산 동학사

2018년 10월 19일(금)

계절이 거시기 하긴 해도 신경은 안 썼다. 동학 삼사의 동계사는 박제상이 일본에 잡혀간 눌지왕의 아우 미사흔을 구출하고는 일본에서 순절하였다하여 모신 곳. 고려 왕조는 물론 신라 왕조와 충신들의 제사까지 지내는 곳이다.

숙모전은 세조에 의해 죽임을 당한 단종과 사육신, 생육신을 모시고 제사지내는 모습을 본 세조가 참회의 눈물을 흘렸다는 기록도 있다. 그런 인연으로 세조가 동학사란 절 이름을 지어주었다고 한다.

동학사는 고려 태조 3년에 도선국사가 지금 이 자리에 사찰을 지어 원당이 되었다는 얘기도 있다. 대웅전 뜰에는 신라 성덕왕 때 건립한 것으로 알려진 삼층석탑이 있고, 대웅전 안에는 석가불과 약사, 아미타불의 목조여래삼불좌상이 있다.

그 옆 삼성각은 칠성, 산신, 독성의 삼신을 모시는 곳이다. 칠성은 도교에서의 북두칠성을 말하며 인간의 복과 수명을 주관하는 신이다. 산신은 토속신앙으로 호랑이와 더불어 모든 재물이 신앙의 대상이다. 독성은 불교에서처럼 인연의 이치를 홀로 깨닫고 성인이 되어 중생에게 복을 내리는 존재라고 믿는 신앙이다.

이렇듯 계룡산은 백성들이 고통에서 벗어날 수 있는 피난처가 되어 주었으니 토속신앙의 본거지요, 동학사, 갑사, 신원사가 있으니 염원이 담긴 불교의 성지이기도 하다.

성스러운 기운이 모이는 곳이니 토속신앙에선 풍수지리의 대 길지라는 계룡산 아래 세종이란 행정도시까지 들어서지 않았는가. 국운이 방향을 잡지 못해 한동안 방황했으나 이제부터 번창할 기세였음 좋겠다.

미륵반가사유상은 소박하고 소녀의 앳된 모습을 빌려 생명에 대한 고귀함을 나타내려 하였다고 한다. 백제의 얼을 잇는 생명이 있는 모든 것들의 행복을 염원하는 것이라 하니 내 눈에는 그저 곱기만 하다.

계룡산 나들이

'닭의 벼슬을 쓴 용의 모습 같다.' 해서 계룡산. 그 계룡산 동학사에서 멈추면 하수다. 더 올라가면 만날 수 있는 곳이 관음암과 길상암, 미타암이다. 관음암은 'Who am I' 로 지나는 길손이 잠시 걸음을 멈추고 자신을 되돌아보게 하는 기운이 있다.

석가세존이 보리수나무 아래에서 깨달음을 얻었다 하여 불가에서는 성스러운 나무로 소중히 여긴다는데 자기는 그 나무 아래에서 한참을 쉬었다가는데 뭐 깨달은 건 없느냐는 물음에 대답이 왔다.

"더도 덜도 말고 이렇게 살다 갔으면 소원이 없겠네요. 그 생각 한 것 같은데. 참 우리 득호 씨 더 이상 아프지 말아야지 그건 항상 기도하듯 생각하는 거구요."

난 벌이 날아드는 구절초를 보고도 바보처럼 웃음 흘리고, 흐르는 물소리에 어느 걸 내려놓아도 아깝지 않은 마음으로 바라보고 있었다. 실은 바람이 낙엽 굴리는 소리만 들어도 우울해지는 나이 좀 먹은 사람이다. 귀에서 귀뚜라미가 우는 데도 귀두라미 울음소리와 헷갈리는 나이다. 그래도 암자에 쓰여 있듯 내 두 다리는 잠시도 제자리에 머물러 있질 못한다.

복원한 동학 옛길도 걸었다. 아마 걷다 쉬다 그랬을 걸요. 계곡 따라 걷다 보면 흐드러지게 핀 구절초뿐이겠습니까. 예쁜 정자도 있고. 물빛이 변하는 낙엽이 쌓이는 계곡도 있지요. 계룡산의 깃대종인 깽깽이풀은 깨끔발로 뛰어간 것처럼 띄엄띄엄 나서 자란다 해서 붙여진 이름이라고 한다.

바람만 불어도 우수수 떨어지는 낙엽들을 외면한 채 무심한 해는 산봉우리를 훌쩍 넘어갈 기세였다. 관음봉까지 걷는 건 포기해야할 것 같다. 조금만 더 그렇게 걷고 싶었지만 어쩔 수 없었다. 해가 이리 일찍 넘어가리라곤 예상하지 못해 당황스러웠다. 산속은 해 넘어가면 빨리 어두워진다.

요즘은 예쁜 낙엽을 주워 책갈피에 끼우는 소녀도 안 보이지만, 머슴아들이 무심한 듯 낙엽을 툭툭 발로 걷어차는 모습도 보기 어렵다. 낙엽이 추억이 아니라 그냥 계절의 쓰레기가 된 것을 보면 왠지 서글퍼지고 눈물이 날 것 같다. 그 낙엽이 아닌 단풍을 몇 잎 주어 지갑에 넣곤 걸음을 재촉한다.

공주 동학 산장호텔 207호

계룡산 갑사와 갑사구곡

2018년 10월 20일(토)

무심하게 걸을 생각이 아니라면 420년 전으로 거슬러 올라갈 필요가 있다. 고구려 승려 아도화상이 신라 최초의 사찰, 도리사를 창건하고 이곳을 지나가게 되었는데 산중에서 상서로운 빛이 하늘까지 뻗쳐오르기에 찾아가 보니 천진보탑이 있더란다. 그래 지은 절이 계룡갑사라고 한다.

비로자나불을 중심으로 석가모니불과 노사나불 등 삼신불이 진리를 설법하고 있는 장면을 그린 괘불이 국보라는 갑사에도 구절초는 흐드러지게 피었다. 붉은 감국까지 보태니 가을 냄새가 물씬 풍기는 산사였다. 가을이 익어가고 있었다. 기왕 온 김에 서산대사 휴정, 사명대사 유정, 공주 출신 기허대사 영규를 봉안하고 있다는 표충원을 둘러보았으면 계수나무에 새겼다는 월인천강지곡과 석보상절을 찍어낸 목판까지는 보고가야 한다.

절간을 휘 둘러보았으면 경치가 아름답다는 1.3km 구간의 갑사구곡의 계곡과 단풍이 맞아줄 '스님의 길'을 밟아야 한다. 오늘 우린 그 길을 꽤나 힘들게 걸었던 것 같다. 한동안 시원스레 떨어지는 폭포소리 들으며 무심중에 서 있다 보면 영혼이 제 모습을 찾아 가는 걸 느껴 그나마 위로가 되었다.

산을 향한 마음이 강하면 신흥암이 보일 리 없지만 우리는 다르다. 들러

가는 것을 가볍게 포기하는 산행하는 사람들과는 달리 역사도 놓칠 수 없
는 관광의 중요한 부분이라 생각하는 사람이다.

계룡 천진보탑 신흥암

계룡산, 그중에도 천진보탑이 있는 신흥암이 기가 제일 세다고들 한다.
1.3km밖에 안 되는 거린데 오늘따라 꽤 멀고 힘들게 걸어왔다. 달리 우리
마님은 빠르게 걷지 않는데도 꾸준히 잘도 걷질 않는가. 그러면 내 컨디션
이 안 좋은 거다.

절에 들어서면 수정봉을 등에 업고 자리 잡은 신흥암은 천진보궁이 대웅
전이다. 대웅전에는 불상이 없는 것이 특징. 천진보탑에 부처님의 진신사리
가 모셔져 있어 불상을 대신하기 때문이란다.

산신각은 호랑이와 신선을 그려놓은 신선사상으로 한국 불교의 토착화
과정을 보여주는 좋은 예다. 우리 선조들은 신선이 그곳에 살고 있는 사람
들을 보살펴주고 지켜준다고 믿었다.

계룡산을 찾는 사람들은 걷는 리듬이 깨지면 그만큼 힘들어서 바짝 다그
치려고 그러는 것일 수도 있고, 아니면 기가 세다니까 피해가는 것일 수도
있다. 발소리는 들리는데 절간을 찾는 사람은 적다. 너무 조용하다.

신흥암에서 금잔디 고개까지가 1km, 사진 찍어 주겠다는 분은 분위기는
물론 농담이며 웃음에 센스까지 사진에 담으려는 것 같다.

"우리 보시니 어때요. 나 못생겼지요? 우린 그래서 야수와 미녀의 만남
이라오. 우리의 우연한 만남이 평생 함께 사는 행운이 되었답니다. 그러니
난 아무래도 괜찮으니까 우리 집사람만 예쁘게 나오면 되요. 아셨지요? 부
탁합니다."

"저기요. 아저씨 고개 좀 요러-게, 좀 더 가까이 다가서시면 안돼요. 손
안 잡으실 거면 그 손 저 주세요."

"아니, 내 손 가져다 어데 쓰시려고요."

왜 젊은 여자에게만 사진 찍어 달라 그러냐고요. 상큼 발랄한 위트가 있으니까요. 무뚝뚝한 것 보다야 낮지요. 주고받는 대화가 재미있잖아요. 다리 건너 30분은 걸었나. 느닷없이 아내가 그런다.

"허긴 금잔디고개까지 올라가 보았자 끼리끼리 모여 앉아 점심 보따리 푸느라 시끌벅적 할 텐데. 남들 점심 먹는 거 구경만 하다 내려올 거면 반나절 행사로 이쯤에서 접으시지요. 나 배 고파요."

듣던 중 반가운 소리라며 바로 발길을 돌렸다. 그때부터 우리 마님 펄펄난다. 따라가느라 혼났다. 기 제대로 받았나보다.

공주 동학 산장호텔 207호

공주 금강관광호텔, 공주동학산장호텔, INK공주관광호텔

계 룡

계룡 사계고택
장독대와 보리밥
계룡저수지

계룡 사계고택

2018년 10월 19일(금)

　김장생이 말년에 살았던 곳이다. 너른 대지에 안채, 사랑채 행랑채며 영당 등 원형의 모습을 잘 보존하고 있는 집이다. 주부들의 마음의 고향 장독대는 뒤뜰 양지바른 곳에 있었다.

　구화정(九花亭)이란 정자는 바람이 불적마다 우수수 낙엽 떨어지는 소리, 바람에 흔들리는 요령소리, 걸을 적마다 사각사각 밟히는 낙엽 밟히는 소리, 특히 수백 년은 족히 되어 보이는 느티나무의 위용에 잠시 발길을 멈추지 않을 수 없는 곳이다. 가을의 정취까지 물씬 풍기는 곳이니 마음을 힐링하는 셈치고 걷기로 작정한다면 더 없이 좋은 곳이긴 하다. 남의 집에 들어왔으면 오래 머물면 실례다.

장독대와 보리밥

　문학행사 준비하는 분에게 물어 4.3km를 차를 몰고 찾아간 곳은 '장독대와 보리밥' 집. 8가지 나물에 된장찌개, 돼지두루치기, 쌈까지 먼저 눈으로 행복했다.

차 한 대 겨우 빠져나갈 길이던데 들어가라고 내비가 겁박하는 바람에 얼결에 들어오긴 했다. 솔직히 간이 콩알만 했다. 이런 시골집을 아름아름 찾아들 오는 걸보면 유명세를 타긴 탄 모양이다. 단골손님이 확보되었다는 얘기다. 나갈 때 들어오는 차와 마주치면 어떠케요. 묻자 한 번도 그런 적 없었으니까 걱정 말래요.

음식이 맛있는 건 손님 표정 보면 알 수 있다. 방이 꽉 찼는데 남잔 내가 유일하다. 여인들의 사랑방 같다. 건강한 식단에 맛있는데 값도 적당하다면 여기서 뭘 더 바래요. 우린 나물을 집중 공격했다. 이렇게 맛나게 먹은 건 정말 오랜만이다.

공주 동학 산장호텔 207호

계룡저수지

2021년 5월 15일(토)

공주라는 거대한 호수에 갇혀 있는 작은 외딴 섬, 계룡저수지는 공주 갑사와 신원사까지 들러볼 수 있는 1일 코스로 요즘 핫 하게 떠오르는 곳이다. 갑사 구경 왔다가 반나절 품을 팔면 걸을 수 있는 곳이다. 강태공들의 진지한 모습도 볼거리니 나쁘지 않을 것 같다.

이팝나무와 아카시아가 한창이다. 오늘은 잃어버린 아카시아향기를 쫓아 다닌 하루가 아니었나 싶다. 이맘때면 아카시아 향으로 행복했던 기억이 있다. 부처님오신 날을 전후해서 코를 벌름거리며 다녔던 기억도 난다. 그 향에 취해 살던 시절을 떠올리는 것은 어렵지 않았다. 그 그리움은 본능이었지만 현실은 완패였다. 공기오염으로 잃어버린 것이 어디 아카시아 향기뿐이겠습니까.

찔레꽃이 한철인 걸 보면 장미의 계절이다. 붉은 싸리꽃과 노란 애기똥풀이 제법 어울리는 계절이기도 하다. 우린 걸으면서 짙푸른 숲속 향기 가득

한 호수에 점점 빠져들었다. 아내는 찔레꽃에 코를 대며 코티 분 냄새가 난다하고, 난 이런 상큼한 냄새 때문에 숲과 저수지를 좋아할 수밖에 없다며 너스레를 떨었다.

검은 옷을 입은 강태공들이 자주 보인다. 그만큼 저수지는 강태공들의 천국이었다. 걷고 싶어 찾는 이들과 섞이니 그 풍경이 또 다른 그리움이 될 것 같다.

호수변 데크길--찔레꽃길--이팝나무길--석양정--벚꽃길--소나무 숲길--뚝방길--도로변 갓길을 따라 걷다보니 계룡저수지를 완벽하게 한 바퀴 걸었다. 산딸기와 넝쿨장미, 감자 완두콩, 떼죽나무, 데이지가 동무가 되어 주어 심심하진 않았다.

점심은 '콩밭가인 계룡직영점'에서 콩국수 한 그릇씩 뚝딱했다. 분위기며 맛이 좋아 그런가. 들고 나는 손님이 끊이질 않는다. 여기선 조용히 식사하는 건 포기해야 할 것 같다. 9,113보

계룡 호텔계룡617호

계룡 호텔계룡

금 산

금산 칠백의총　　　　　　　　진악산 보석사
금산 개삼터 공원　　　　　　　금산 하늘물빛정원

금산 칠백의총

2018년 10월16일(화)

　여행 첫날은 김밥 반줄에 우유 한 잔, 아니면 떡과 과일로 아침을 해결할 때가 많다. 포만감보다는 속이 약간 빈 상태일 때가 컨디션이 좋더란 게 이유다. 가볍게 콧노래 부르며 핸들잡기에 최적인 건 경험으로 알고, 몸이 기억하고 있어서다. 오늘은 6시였는데 자동차배터리가 방전되는 바람에 시간 좀 잡아먹고 출발했다.

　미세먼지가 나쁨 단계라는 예보다. 안개가 빠른 속도로 능선을 타고 올라가는 것이 보인다. 안갤까 미세먼질까. 마스크를 써야 하나 말아야 하나. 마스크는 하나뿐인데 아내에게 양보해야 하나 환자라고 내만 써도 되나. 그러며 달렸다.

　망향휴게소 들러서는 교대로 화장실에 다녀왔다. 3시간 운행 전에는 절대 시동을 꺼선 안 된다는 엄명이 떨어졌기 때문이다. 그렇게 칠백의총에 도착했다.

　임진왜란 당시 금산전투에서 왜군과 혈전을 벌여 순절한 승군과 의병 700여 의사의 시체를 거두어 하나의 무덤을 만든 곳이다. 그런데 승병과 의병의 활약상은 슬그머니 뒷주머니에 쑤셔 넣었거나 버린 것 같다. 무관을 천시하던 시대에 글 읽는 선비들이 칼은 고사하고 병법 몇 줄은 읽었을까.

　의병들은 승려와 양민들이 대부분이었을 것이다. 그 공을 선비들이 훔쳐

갔단 생각이 왜 자꾸 들지요. 유정스님이 당시 승병 수백 명을 규합하였다 들었다. 응당 그 공은 의병과 승려들 것이어야 했다.

'보라, 여기는 민족의 혼이 깃든 천추에 전할 거룩한 피의 제단 금산성 밖 영근평 너른 벌에서 피나게 싸우고 옥쇄하다.'

그런데 순의비는 승장 영규대사를 따라 일어난 승병과 의병들이 뿔뿔이 흩어졌던 관군들과 힘을 합쳐 금산싸움에서 순절할 때까지의 행적을 윤근수가 글을 지어 건립했다는데 내 눈에는 비각 주변의 많은 향나무들이 그들의 의로운 죽음이 색이 바랜 것을 안타까워하는 듯 보였다.

여덟 계단을 올라가 취의문을 들어서면 종용사. 그곳에는 두 그루의 적송과 향나무 한 그루씩이 시중 들고 있었다. 기념관 앞은 모과와 백목련이다. 금산 혈전순절도, 청주성 탈환도, 토적 맹약도도 걸려있다. 스님들과 분연히 일어난 양민들의 모습은 어느 그림에도 보이지 않았다.

세상사 다 그런 기다. 판 벌리는 놈 따로 있고, 챙기는 놈 따로 있는 거 몰랐나?

어제 금산인삼축제가 끝났다고 한다. 인삼튀김 한 접시는 비우고 가야지요. 축제 끝이라 그런가. 인삼뿌리가 정말 실하다. 그도 심이 안찬다며 제원면 천내리로 달려갔다. 어죽 1인분은 안 판다는 바람에 우리 마님 탄수화물로 고생 좀 했을 걸요. 어죽이면 됐지. 찬이 필요한가요.

수저를 놓았는데도 아내는 어죽그릇에 자꾸 숟가락이 들락거리는 거예요. 입맛이 당기다보니 수저 놓기가 쉽지 않았던 모양입니다.

진악산 보석사

2021년 5월 14일(금)

용문산 용문사, 천태산 영국사의 은행나무와 함께 3대 은행나무로 꼽힌다는 진악산 보석사 은행나무는 먼발치에서만 보았다. 대신 창건 당시 앞산에서 채굴한 금으로 불상을 주조하였기 때문에 보석사라 불렸다는 절을 다녀왔다. 소소한 행복을 누리기 위해서다.

우리가 여행을 떠나는 이유는 아내와 함께 맑은 공기 마시며 산책로를 따라 걷는 것이다. 또 있다. 사소한 자연의 변화에 감동하고 그들에게 일일이 예쁨 주고 싶은 것도 있다.

내비는 218km. 2시간 18분 걸린다는 거리를 망향휴게소에 잠시 들른 것 뿐인데 3시간 반이나 걸렸다. 일주문을 들어서면서 전나무와 은행나무숲이 걸음을 재촉하질 않아 좋았다. 멋지단 말 말곤 무슨 말이 필요할까. 좀 더 걸어 들어가면 우람하다 못해 위풍당당하게 서 있는 천년을 훌쩍 넘긴 은행나무가 보인다. 그 위용에 압도당하지 않는 사람이 있을까. 주차장에서 10여분밖에 되지 않고 가까이에 계곡물이 흐르고 바로 옆에 보석사가 있으니 내려놓고 걷기에 더 할 나위 없이 좋은 곳이다.

검은 판석을 깐 계단을 밟고 해탈문을 들어서면 삼존좌상(석가여래가 좌우에 문수보살과 보현보살을 거느린 불상)이 대웅전에 앉아 손님을 맞는다. 마곡사의 말사로 임진왜란 당시엔 의병장 영규대사가 갑사와 보석사를 오가며 머물렀다는 '의선각' 도 볼거리 중 하나다.

우리 부부의 관심은 나무줄기가 높이 올라가는 것이 특징이라는 진악산 은행나무와 보석사 보단 보석사 숲길에 마음이 더 갔다. 솔직히 숲길 걸을 목적으로 왔다면 부처님이 섭섭하다 하실 테니 잠시 접어두기로 하고 우선 입구부터 아름드리 전나무와 은행나무들이 시립하듯 서서 손을 맞는 모습에 감탄하기로 했다. 마을을 지켜주는 신목으로 마을에 재난이 있을 때 마다 미리 알려 준다는 전설까지 가지고 있다지 않는가.

천년의 고목과 접선했으면 다음은 천년 숲길 걷기 할 시간이다. 자글자글 산새들이 우짖는 소리가 절을 떠나니 뻐꾸기울음소리로 바뀌었다. 송사리가 산다는 개울을 끼고 걷는 산길이었다. 조릿대를 헤치고 낙엽을 밟으며 신작로와 숨바꼭질하듯 걸었다. '아치목교' 까지 걷다 보니 800여m는 걸었더니 암자까지 걷는 것은 무리일 것 같다.

우린 은행나무와도 안녕했다. 금산전투 당시 의병장 조헌과 함께 순절한 승병장 영규와 승병들을 추모하는 의병승장 비를 들여다보는 수고까지는 마다하지 않았다.

금산 개삼터 공원

개삼터를 알리는 인삼 조형물이 압권이었다. 전설에 따르면 1,500여 년 전, 강씨 성을 가진 선비가 처음 인삼 씨를 뿌리면서 인삼 재배를 시작했던 곳이라고 한다.

노모를 간병하던 강 처사란 선비가 진악산 관음굴에 들어가 기도하는 가운데 산신령의 현몽을 받아 암벽에서 빨간 열매 3개가 달린 풀을 발견하고 이를 다려 노모의 병을 고쳤고 그 씨를 심은 것이 유래가 되었다고 한다.

그 과정을 이해하기 쉽도록 조형물로 이야기 하듯 전개해 나가는 것이 좋았던 것 같다. 아이들에겐 더 없는 좋은 교육장이 될 것 같고, 우리도 둘러보면서 이야기에 빠져들다 보니 다 보게 되더라고요. 지루한 줄을 몰랐어요.

그 선비가 살던 성곡리 개안마을이 세계 중요 농업유산으로 등재되었음을 기념하여 조성한 공원이라고 한다. 마침 유치원생 50여 명이 이곳으로 '꽃상 차리기 현장학습'을 나왔다. 자글자글 아이들의 웃음소리와 작품발표회를 하느라 소란스런 모습에 한동안 흐뭇한 표정을 지으며 보고 있었다.

내일이 기대되는 공원은 맞지만 한동안은 진악산 등반이 등산객들에게 더 유명세를 탈것 같다.

금산 하늘물빛정원

하늘물빛정원의 관람은 허브향내음길이라는 산책로에 들어서면서부터 시작된다고 보면 된다. 차분하게 걷다보면 봄은 물론 사계절의 변화를 느낄 수 있는 곳이다. 우리는 찔레꽃에 필이 꽂이다 보니 붓꽃, 목련꽃을 따라다닌 꼴이 되었고, 계절을 까먹은 한 송이 철쭉꽃이 이렇게 예쁜 줄은 정말 몰랐거든요. 여긴 화단마다 공작단풍을 심어 가을 분위기를 만든 것이 특별했다. 그들은 화단이란 무대에 올라섰고 우린 관람석을 돌아다니며 5월의 봄을 즐겼다.

인사는 모든 관계의 시작이다. 로 시작하는 '그리팅 맨'의 정중한 인사에 우린 잠시 걸음을 멈추었다. 화해하고 싶은 사람에겐 진정어린 인사로 소통해보라는 말도 가슴에 담아왔다. 크로버며 노란 야생초가 무리지어 꽃을 피우는 모습이 이리 고운 줄도 오늘 알았다. 작은 저수지물길 따라 산책로에 스토리까지 입혀놓아 빠져들 수밖에 없었다. 걷는 내내 요렇게 아기자기하게 꾸며놓을 수 있을까 놀라며 둘러보았던 것 같다. 젊은이들의 데이트장소론 최적이겠으나 건강을 위해 걷는 산책길로는 많이 부족한 건 사실이다.

점심은 추어마을 '동구나무 추어탕집'에서 추어칼국수(8천원) 한 그릇씩 들었다. 양이 엄청 많다면서 바닥을 긁었다. 배가 고파서만 이었을까?

금산 시내는 음식점마다 주차공간이 비좁을 정도로 붐비는 걸 보니 여긴 코로나와 무관한가 보다. 우리는 코로나 때문이라며 식당에 들어갈 용기도, 길가에 틈을 비집고 주차할 자신도 없어 저녁은 편의점 신세를 질 수밖에 없는데. 10,023보

금산 인삼호텔503호

금산 인삼호텔

논 산

계백군사박물관
은진미륵
천호산 개태사
백제 군사박물관과 황산벌

몸살은 쉬는 게 약이구먼
논산 탑정호 수변생태공원
돈암서원
탑정호 수변생태공원

계백군사박물관

2014년 11월 13일(목)

새벽에 눈이 떠진 건 보일러 소리가 깨운 것이다. 돌아버리겠다는 말은 이럴 때 쓰는 말이다. 617호에서 615호로 방을 바꿔주긴 했는데 이번엔 머리맡에 꼭 있어야 할 전기코드가 없다. 결과는 산소강압기 사용을 보일러소리와 맞바꾼 셈이 되었다.

날씨는 예상 밖이라 옷 준비가 안 돼 있었다. 호텔을 느지막한 시간에 나선 핑계다. 여기 올 때만 해도 호텔 앞마당의 은행나무의 단풍잎이 당당하고 곱더니만 이틀 비바람에 부대껴서인지 매달려 있는 모습이 힘겨워 보였었다. 근데 오늘 아침에는 아예 홀딱 벗었다니까요. 따끈한 온천탕에 들어가고 싶어 그러시나.

바람에 낙엽이 굴러다닌다. '대굴 대굴', 살아 돌아다닌다. ' 데그루루 데그루루' 춤을 춘다. '살랑 살랑'. 달아난다. '또르르 또르르'.

처절한 낙엽의 마지막 몸부림이 아니라 신명난 놀이판을 벌이고 있었다. 그 놀이판이 아름다운 것은 자연에 순응하는 법을 알고 있기 때문일 것이다.

계백의 혼과 백제 문화가 살아 숨 쉰다는 백제군사박물관과 계백장군유적지나 둘러보겠다고 나서는 길이다. 바람이 잦아들고 햇살이 따사해 공원을 많이 걸을 수 있어 좋았다. 박물관 뜰에서 고운 단풍을 가슴으로 느껴본 건 이번 여행에서 얻은 큰 수확이었다. 아내의 얼굴에 미소가 핀다.

백제의 마지막을 재현해보려는 노력이 눈물 겨웠다. 승자의 보복과 패자의 유구무언. 그것이 역사라는 건 여기 와보면 안다. 박물관에 있는 것이 없다. 야외공원을 걷다 쉬고 그렇게 황산산성에 오르면 황산벌의 너른 들이 눈앞에 펼쳐져 있다. 계백과 백제의 오천 군사, 그들이 피터지게 싸우며 죽어가는 모습을 보고 있는 것 같은 착각을 주는 마법 같은 들판이었다. 나라와 가족을 지키기 위해 흘렸을 수많은 피, 피, 피.

신라가 당을 끌어들인 배경을 부연 설명해 달라는 것은 아니다. 그것이 통일의 명분이 될 수는 없다는 것이다. 어차피 역사는 승자의 몫이다. 그래서 패자의 몫이 남아있지 않다는 것이 좀 안타까워 그런다. 백제의 의자왕과 계백, 성충, 흥수를 떠올린 것만으로도 만족하기로 했다. 되짚어 보았을 뿐이다.

계백군사박물관에서 나오면 왼쪽. 논산시 부적면 신풍마을(붕어마을)에 있는 신풍 매운탕 집에 들러 냄비 바닥에 깐 시래기까지 먹어치웠다면 설명이 필요 없다. 왜 맛집이라고 하는지 알겠다. 식당이 허름하다고 그냥 지나치면 후회할 뻔 했다.

몸살은 쉬는 게 약이구먼

관촉사 은진미륵은 일주문부터 시작되는 계단을 몇 계단 걷다 쉬곤 했다. 오늘따라 무릎이 시큰거리는 정도가 심해 계단 오르기가 불편했다. 게다가 날씨까지 꾸물꾸물 하니 컨디션이 별로다.

"뭐 올라가 봐야 은진미륵 하나 보고 가는 건데 그냥 돌아갈까. 날씨도 그런데…"

그 소리가 목구멍까지 올라오는 걸 간신히 밀어 넣고 침 한번 삼켰을 뿐이다. 우리 마님이 계단에 주저앉으신다. 어디가 안 좋은 모양이다.

"나 몸살 났나 봐요. 몸이 오슬오슬 떨리는 것이 감기약 먹고 좀 쉬고 싶은데. 어쩌지요."

이런 걸 울고 싶은데 뺨 때려준다. 그러는 거라면서요. 우리 색시에게 마님 칭호를 붙인 것은 바로 이 눈치 백단이 발단이었다. 나의 속을 빤히 들여다보듯 읽어요. 그리곤 선수 치지요. 그러니 마님이라 부르는 거예요. 난 머슴살이 할래요. 시키는 일만 할 줄 알았지 눈치가 없으니까.

오늘도 이 병든 남자의 자존심을 아내가 살펴주었다. 몸살이란 것이 으슬으슬 한다거나 피로가 누적되었을 때 나타나는 것 아닙니까. 귀에 걸면 귀걸이, 코에 걸면 코걸이라고 참을 만 하다는 거 알 만한 사람은 다 아는 병이에요. 그걸,

"그럼 안 돼지. 내가 아픈 게 낫지. 빨리 갑시다. 큰일 났네 어떡하지. 가만있어 봐요."

그러며 후다닥 내려왔다는 거 아닙니까. 인터넷을 뒤져서 찾은 논산보건소. 도착하자 더 급한 사람은 나였다. 화장실로 뛰는데 누군 여유부리며 걸어간다.

"고마워요. 벌써 다 나았네, 뭐. 우리 서방님 최고!"

경험해 본 사람은 알지요. 이럴 때는 따끈한 물에 몸 담그고 지그시 눈 감으면 피로가 확 풀리면서 몸이 나른해진다는 거. 수증기 내뿜는 소리가 황산벌을 달리는 계백군사의 함성소리로 환청까지 경험하면 더할 나위 없을 텐데.

대전 유성호텔

은진미륵

2016년 7월 18일(월)

뜨거운 물이 스멀스멀 등줄기를 타고 내려오는 것이 느껴지는걸 보면 한 여름 날씨가 맞는데, 새털구름이 하늘을 덮고 있는 걸 보면 영락없는 가을이다.

고려 광종 968년에 세웠으니 금년이 은진미륵건립 1010년 되는 해라고 한다. 미륵불은 56억 7천만년이 지난 뒤에도 못 다 구제된 중생들을 위해 나타나는 미래불이라고 한다.

어두운 중생의 마음을 부처님의 진리로 비추어 불성을 밝혀주는 등이라는 관촉사 석등은 그 웅장함으로 고려시대 제일 가는 걸작에 속한다니 다시 보게 된다.

아담한 관촉사 경내를 둘러보며 지난 악몽은 잊었고, 기분은 한껏 업 되었다. 햇살의 온기 때문이다.

주차장까지 걸었는데 길모퉁이에 거북바위가 있어 올라가보기도 했다. '표진강'이 흐를 당시 배를 대던 바위가 거북바위라니 믿기지 않는다. 내 눈엔 강의 흔적이라곤 찾을 수 없는 너른 들판을 자랑하는 농촌 풍경이었다. 山川(산천)은 悠久(유구)한데 라는 말도 여기선 안 통한다. 자연도 거스를 수 없는 것이 세월이다.

논산 탑정호 수변생태공원

탑정호 생태공원을 가보곤 실망했다. 참 한심하데요. 여기에 돈을 쓸어 붓는 건 주민이나 관광객 누구에게도 도움이 안 되는 일인데. 무계획적이고 관광 연계도 안 되는데 내 돈도 아닌 눈먼 돈 가져다 쓰는 재미로 만들었단 생각 지울 수가 없었다.

데크 길도 연결이 끊기거나 형식적이었다. 환경파괴의 심각성을 다 보여 주었다. 호수는 엄청난 양의 쓰레기로 덮였고, 호수공원은 말 그대로 방치한 거나 다름없었다. 관리원이 있긴 한데 할 일을 정확히 알고 있는지도 의심스러웠다.

나 같은 멍청이가 아니라면 일부러 찾아 올 곳은 아닌 것 같았다. 고목나무 아래에 정자라도 하나 지어 놓았더라면 멋모르고 왔던 낯선 이방인이 잠시 쉬었다 가며 이거라도 있어 고맙네. 했을 텐데. 그 너른 공간에 특색이 안 보인다. 들어갈 때 기대가 나올 때 허전함으로 바뀌는 참 묘한 곳이다.

식당은 방에도 마루에도 넘치지 않을 만큼 이미 손님으로 가득 찼다. 가격이 만만치 않다 했는데 한 숟갈 입에 넣는 순간 맘이 달라졌다. 맛 아시는 분들이네. 이 양반들. 논산에서는 손님깨나 끌어 모은다는 곳이다. 오늘을 놓치면 쉽지 않을 것 같아 테이크아웃 했다.

구수한 순댓국 한 그릇 그리워지면 찾아가고 싶은 고향의 할머니 손맛이었다. 거칠면서도 투박한데 맛은 끝내준다.

대전 유성호텔

천호산 개태사

2018년 10월 19일(금)

"오늘은 전라도에서 충청도루 가유." 아침은 호텔뷔페. 차림은 간소하나 먹을 만하다. 난 햄보단 소시지가 좋은데 없다. 43km를 달려 개태사주차장에 도착했다. 오늘은 머리를 식히는 정도로 하루 일정을 시작해볼까 한다.

왕건이 신검의 항복을 받은 것은 부처님의 은혜와 하늘의 도움이라 여기고 황산을 천호산으로 개명하고 개태사를 세웠다고 한다. 당시 '어진각'에는 왕건의 옷 한 벌과 옥대가 보관돼 있어 나라에 어려움이 닥칠 때마다 어진에 나아가 길흉을 점치기도 했다고 한다. 공민왕이 강화도로 천도할 때에도 이곳에서 점을 보았다는 기록이 있다.

5층 석탑에는 연기조사가 인도에서 모셔온 부처님의 진신사리 16과를 모셨다고 하나 조선의 억불숭유정책에 의해 이 절터는 폐허가 되었다. 그러다 보니 이절엔 변변한 것이 남아있을리가 없다. '개태사 철확'과 석조여래삼존입상 정도다. 전성기 때 된장을 끓이던 솥으로 사용했다는데 크긴 엄청 크다. 그 크기로 보아 당시 절의 규모를 짐작할 수 있겠다. 남은 건 극락세계에 머물면서 중생들에게 자비를 베푸는 부처로 모든 두려움을 물리쳐 준다는 고려 때 불상인 본전불인 아미타불이다.

더 재미있는 건 참새가 사찰의 처마 밑을 드나들며 손님을 요란스레 맞는 바람에 귀가 힐링 되고, 화장실이 쪼그려 앉는 푸세 식이라는 것이다. 누렇게 벼가 익은 논두렁을 지나면 아이들의 재잘거리는 소리도 들을 수 있다.

유치원생들이 고사리 손으로 고구마를 캐겠다고 호미 들고 땅을 파는 모습이 귀여웠다. 까르르 웃음소리에 발길이 영 떨어지지 않지만 그들에게 불편을 주면 안 되겠기에 조심스레 발길을 돌려야했다.

돈암서원

2021년 5월 16일(일)

오늘은 나의 여행스타일과는 어울리지 않는 문화재 여행으로 하루를 시작할 생각이다. 논산하면 남자라면 논산훈련소부터 먼저 떠올리는 곳이다. 그러나 서원과 향교도 많은 고장이라는 걸 논산 여행을 준비하면서 알게 되었다. 내 평생을 몸 바친 곳도 학교이고 보면 누군가를 가르친다는 공통점이 있으니 잘 골라잡은 여행지라 하겠다.

돈암서원은 김장생 선생의 덕을 기리기 위해 건립된 서원으로 조선말 흥성대원군의 서원 철폐령에도 살아남은 서원이다. 세계문화유산으로 등재된 한국의 서원 9개중 유일하게 충남 지역에 있는 서원이기도 하다.

계룡 시내에 있는 현대옥(전주 콩나물국밥)에서 콩나물국밥에 아내는 순당두부찌게로 모처럼 따끈한 아침을 먹은 여행이었다. 덕분에 속은 따뜻했지만 비 때문에 발은 가볍질 못했다.

서원에 도착한 시간은 9시 25분. 아내가 홍살문 옆에 하마비가 있던데 보았냐고 하지만 솔직히 난 무심히 그냥 지나쳤다. 우산 쓰고 걷다보니 곁눈질 할 여유가 없었다. 산양루는 계단을 막아놓아 올라갈 수가 없었지만, 입덕문을 들어서면 돈암서원이란 편액이 걸려있는 응도당이란 강당건물이 눈에 확 뜨인다. 그 뒤 쪽은 사당일 테고. 우리나라 서원의 전형적인 모습을 다 갖추고 있었다. 까만 지붕에 하얀 회벽의 건물들이 옹기종기 모여 있는 모습이 정겹더란 표현이 옳은 말인 진 모르겠다.

우린 응도당 마루에 비도 피할 겸 한참을 앉아 쉬다 왔다. 불어오는 비바람이 시원함을 넘어서긴 했지만 싫지는 않았다. 그냥 너스레를 떨 때는 머릿속은 텅 비어 두는 게 낫다. 그리고 비가 잦아들면 휘 둘러보며 나가면 된다.

돈암서원의 특색이라면 골짜기나 계곡이 아닌 너른 벌판에 세워진 것이요, 글씨가 새겨진 예쁜 담장이라고나 할까. 우리가 나가려고 할 때 관광해설사가 문을 반쯤 열고 내다보고 있었다.

백제 군사박물관과 황산벌

이곳을 찾았을 때가 2014년 11월 중순이었다. 일찍 찾아온 찬바람을 견디지 못하고 낙엽으로 굴러다니는 잎사귀를 밟으면서도 햇살이 따스해서 걸을 만하다며 이곳저곳 둘러보며 아기처럼 좋아했던 기억이 난다.

군사박물관이라기 보단 계백장군의 혼이 살아 숨 쉬고 있는 유적지로 기억하고 있다. 당시는 승자의 보복과 패자의 유구무언. 어쩌고저쩌고하며 외세를 끌어들인 침략이 화랑 관창의 죽음으로 전세를 역전시켜 승리했다는 명분으로 마무리한 것이 정당한가. 결국 화려했던 백제의 멸망은 승자의 글 짓기로 마무리 된 것이 아닌가. 그리 아쉬워하며 역사를 되돌려보기도 했는데. 오늘은 비도 피곤하지 않은 모양이다.

가랑비라며 아내에게 우겨보긴 했지만 보슬비보다 나은 표현 같진 않다. 적당한 단어가 떠오르질 않았다. 우산을 쓰고 걷자니 번거로울 것 같고 그냥 맞으며 걷기엔 박물관에 도착하기도 전에 옷이 젖어 있을 것 같은 예감. 가랑비에 옷 젖는 줄 모른다는 표현이 딱 어울릴 것 같은 날이다.

오늘은 찾는 사람도 많지 않은 것 같은데 우산 쓰고 타박타박 걸으며 잠시 마스크 벗고 맘껏 숨을 들이마시면 되겠네. 그랬다. 그것도 바람일 뿐이었다. 우산은 각자. 마스크는 눌러쓰고 걷고 있었다. 찾는 이들이 꾸준하니 그럴 밖에요.

입구에서 절차를 마치니 제1전시실은 백제의 전쟁의 역사와 서울 풍납토성 등의 성벽축조과정을 보여주었고, 제2전시실은 백제군의 행렬도와 병사들의 무장한 모습, 그리고 병사의 무기류들을 흥미롭게 보았다. 당시 백제인들의 철기기술공들의 자랑스러운 모습까지 보고 왔다.

신라의 화랑인 관창의 죽음, 신라의 노비로 사느니 죽는 게 낫다며 가족들을 참하고 전쟁터로 나선 계백장군의 그림도 보고 왔다. 아쉬운 점이 있다면, 황산벌이 내려다보이는 언덕까지 또 걸어가지는 않았다. 비가 내리니 핑계는 된다.

황산벌은 논산시 연산면 신양리 일대에 위치한 벌판이었다. 이곳은 관창이 적진에 뛰어들어 죽임을 당하며 신라는 승리했고 백제는 계백과 5천결사대를 이곳에 묻고 항복했다는 역사적 사실만 남아 있을 뿐 농부들의 삶의 터전이었다.

탑정호 수변생태공원

고려태조 왕건이 후백제로부터 최후의 항복을 받아내고 전승기념으로 세웠다는 논산 개태사를 잠시 들러보곤 호텔로 직행했다. 배고픈 것이 이유요 또 하나는 오늘부터 마님께서 자극성 있는 음식은 피하고 싶단다.

부적면 신풍리에 있는 저수지 둘레가 36km나 된다는 탑정호는 그 규모나 시설에 있어 내가 생각하고 있던 그 저수지가 아니었다. 장님이 코끼리 뭐 만져보고 판단한 나의 처참한 패배였다.

계획에는 신풍리 매운탕을 먹을 생각이었으나, 호텔에 가면 고급식사가 가능할 거라는 잘못된 정보 때문이었다. 레이크 힐 빵공장뿐이니 선택의 여지가 없었다. 남은 일정은 탑정호수변길을 걷는 일이다. 어찌해야 할지 갈팡질팡하고 있는데 비까지 그칠 생각이 없어 보인다. 탑정호산책길에 대한 정보가 없다보니 눈치껏 사람들을 따라가는 방법을 쓰기로 했다.

광장공원에는 아기를 안고 있는 부부, 하트의 연인, 물레방아 등 제법 짜임새 있게 꾸며 아이들이 산책하면 좋겠다고 했는데 제방에 바람개비 둑길을 조성해 새로운 명물이 만들어지지 않았나 생각했다. 보고 있으면 웃음이 저절로 나와요.

제방 끝에 갈레길이 있다. 산길은 탑정호 소풍길로 우리에겐 무리일 것 같지만, 몇 계단 타박타박 내려가면 수변 데크둘레길은 누구나가 걸을 수 있는 맞춤 같았다. 망설이고 말고 할 것도 없다. 길을 물을 것도 없다. 그냥 앞서가는 사람들을 따라가면 된다.

'탑정리 석탑' 에서 '소나무 노을섬' 까지 2.9km거리라는 것도 다녀와서야 알았다. 날도 어두워지는데 더는 무리였다. 아카시아와 찔레꽃, 호수변에 닿을 듯 자란 나뭇가지들과 눈인사를 나누다보니 우린 토끼처럼도 거북이처럼도 아닌 느긋하게 걸었던 것 같다. 어디선가 꽃향기가 난다며 킁킁거리기도 하고, 빗방울이 굵어지면 우산을 쓰기도 했다. 오늘의 산책은 비와의 전쟁이었다. 봄비에서 비바람에 폭우까지 경험한 산책이었다.

어느 카페에서 커피 한 잔에 디저트로 저녁을 대신 하면 안 될까. 생각뿐이었지 현실은 홀에 가득한 손님들을 의식 안하고 마스크를 벗고 먹고 마시는 것이 걸리고, 현실은 내 차가 비집고 들어갈 공간도 없었다. 솔직히 말하면 젊은이들 사이에 끼일 용기가 없었다. 이게 다 코로나 그놈 때문 아닙니까.

결국 저녁은 호텔방에서 물안개 자욱한 탑정호 출렁다리를 바라보며 차한 잔에 빵 한 조각으로 만족해야 할 것 같다. 아침도 식빵 두 조각에 잼과버터, 우유 한 잔으로 만족해야했다. 12360보.

레이크힐 호텔 406호

논산 레이크 힐 호텔

당진

당진 왜목마을과 솔뫼성지

2016년 7월 13일(수)

또 잠을 설쳤다. 잠을 잘 자야한다며 일찍 잠자리에 들었는데 쉽게 잠이 들지 못한 모양이다. 눈은 한 꺼풀씩 덮는데, 뇌는 여행지를 한 바퀴 둘러보고 왔으니 어찌 안 그렇겠는가. 자유여행의 흠일 수도 있다. 여행사를 통해 패키지여행을 가면 그저 짐만 싸고 따르릉만 해두면 정신없이 푹 자다 일어나 여행 가방을 챙기고 버스에 몸을 실으면 된다.

그러나 자유여행의 다른 점은 숙박뿐 아니다. 여행코스도 살펴야 한다. 의외의 변수에도 대비해야 한다. 한두 가지가 아니다. 거기다 맛집을 찾는 일까지. 한번 결정했으면 안 바꾼다고 하지만 어디 그런가. 눈을 뜨니 5시 반이다. 서두르는 건 다 이유가 있다.

긴 방파제를 가로질러 달리면서 충남의 강고항, 용무치항을 그냥 지나치곤 토끼굴을 빠져나오자 8시 50분, 우리 부부는 낚싯배들이 작은 섬처럼 떠 있는 바다를 바라보며 나름대로 멋을 부리며 서 있었다.

"어머! 멋있다. 저 바다 위에 불빛 좀 봐요! 여기가 어디에요?"

이런 수채화 앞에서 나이는 의미가 없다. 호기심 많은 철부지 아이로 돌아가기 십상이다. 자연이 준 선물에 놀라기만 하면 된다. 감사는 다음이다. 조용하고 한적했던 서해의 작은 어촌 마을이 요즘은 연말, 연시면 밀려드는 인파로 북새통을 이룬다는 곳이다. 왜목리가 한자리에서 바다 위로 뜨고 지는 일출과 일몰을 볼 수 있는 곳이라 그런가보다.

　못잊을 추억까지 덤으로 안겨줄 것 같은 그런 그리움이 한 겹 더 쌓였다. 휴양의 파라다이스에 빠졌다. 정신없이 숙소 정보를 입력하는 건 당연한 일. 며칠 머물며 고운 모래사장 해변산책을 걷다보면 그냥 꿈만 같을 게다. 그런 생각도 했다.

　우린 산책의 즐거움에 푹 빠지다 제정신으로 돌아왔다. 함상공원과 바다공원을 둘러보았다.

　그리곤 당진 솔뫼성지로 달리는 중이다. 김대건 신부의 탄생지며 교황이 다녀간 곳을 끝으로 오늘 일정을 마무리하려고 한다. 오후 4시쯤인데 우리 딴엔 첫날인데 참 부지런히 돌아다녔다.

　홍성의 호텔은 주차장이 좁은 것이 흠이긴 하나 우리 부부에겐. 침실 따로 거실 따로. 온천탕 입장권까지 주었으니. 온천물에 담그고 푹 쉬면되겠다. 잠 좀 푹 자둬야지.

홍성온천관광호텔

삽교호국민관광지

2019년 4월 7일(일)

　당진은 오래전부터 중국으로 통하는 바닷길이 열려있는 곳이다. 우리 민족이 정착해 살기 시작한 최초의 고을도 당진이었다고 한다. 현대사에선 박정희 전 대통령이 이승의 마지막 공식행사를 치른 삽교천방조제가 당진에 있다.

　태안, 서산, 당진으로 여행을 가려면 이곳을 지나가야 한다. 그때마다 그냥 지나갑시다. 그랬던 내가 오늘은 여길 들렸다. 오늘따라 아내의 눈치를 보고 있다. 배 안 고파요? 는 핑계고 실은 먼저 간 내 동생을 내려놓지 못해 방황하고 있었다.

수산물시장에는 싱싱한 해물이 있고, 함상공원에 놀이동산까지 볼거리에 놀-거리까지 있으니 반나절 놀다 가기 좋은 곳이긴 하다. 입맛 따라 골라먹을 수 있게 다양한 먹을거리도 한 몫 거들 수 있을 것 같다. 그러나 난 한동안 말없이 바다만 바라보다 발길을 돌렸다.

오늘은 여긴 낭만적이라기 보단 위로가 되는 곳이었다. 멀지 않으니 아침나절에 달려와 바람 쐬고 가도 좋을 것 같다. 친수공원에서 바라보는 바다는 멀리 또 가까이서 통통거리며 달려가는 어선들이 정겨울 테고, 가볍게 산책 하는 것만으로도 힐링이 될 것 같은 곳.

리조트에 숙박 예약 안 했으면 여기서 느긋하게 바다와 마을을 거닐며 시간 보내다 저녁엔 예쁜 카페에서 차 한 잔 마시면 근사하겠는데. 우리도 아주 잠시 그런 생각을 했다.

당진 장고항 '민영이네 포장마차횟집' 실치회

당진에 가면 눈앞에 서해가 펼쳐지는 절경에 폭 빠지게 된다. 시인 심훈이 상록수를 집필한 필경사도 꼭 들러야 한다고 했는데 장고항으로 실치회부터 먹으러 갔다.

우리 부부는 평생 처음 먹어보는 것이라 약간 설레고 궁금하고 솔직히 그랬다. 사전지식은 뱅어포가 되기 전 뼈가 생기기 전에 먹는 것이라는 것을 아내에게 알려준 정도다. 늦잠을 잔 이유도 있지만 '인어아가씨'를 보느라 그랬다. 베도라치, 놀맹이, 꼬또라지 라고도 불린다는 실치는 이곳 당진 장고항에서 먹어야 제맛이란다. 그러니 가서 먹어봐야 할 밖에요.

오늘은 식당이 실치회 한 가지 메뉴로 통일했다. 낯이 설면서도 익숙하게 느껴지는 것은 국수 같단 생각을 했기 때문일 것이다. 어쨌건 맛나게 먹었다. 소면 먹는 느낌이었다. 사실은 먹다 만 것 같아 주저하고 있는데 종업원이 다가오더니 묻는다.

"더 갖다드릴까요?"

"그럼 고맙지요. 먹다 만 것 같아서."

그렇게 한 접시 리필해서 또 뚝딱 해치웠다. 실치회는 너무 부드러워 입에 넣으면 그냥 넘어가고 양배추와 참나물로 버무린 것은 참나물 향이 깊어 좋긴 한데 이가 시원치 않아 씹기가 힘들었다. 아마 이가 부실한 나만 그런 거겠죠. 생 참나물은 씹는 맛이라 하지 않습니까. 난 실치에 양배추를 얹어 먹었다.

"꼬물꼬물 하는 걸 보니 아직 죽지 않았나 보네."

"그럼요 생물인 걸요. 그래 멀리 못간데요. 여기서 소비해야 한데요. 당일 잡은 건 당일 소비가 원칙이랍니다. 소비 못하면 별수 있어요. 덕장으로 가서 뱅어포 신세 되는 거지 뭐."

식탐의 마무리는 장고항 방파제를 걷는 일이다. 인공어초들이 방파제 주변에 쌓여 있는 걸 보니 아직은 공사가 마무리되려면 한참 기다려야 할 것 같다. 앞서거니 뒤서거니 다녀온 일행들의 얼굴을 보니 우리처럼 '해 뜨는 바다'에 근심걱정 모다 던져버리고 온 모습들이었다. 걷고 온 사람들의 표정들이 밝았다.

도비도항

오늘도 충청도 벚꽃은 필 생각을 접은 모양이다. 수줍어서 아니면 튕기는 건가. 벚꽃 피는 걸 보긴 그른 것 같다. 벚꽃 피는 시기를 계산 잘못하고 온 내가 못났지 꽃필 생각도 안하는 벚나무를 나무랄 일은 아닌 것 같다.

"아직 꽃 피려면 멀었시유. 여긴 좀 늦게 피는 구면유."

도비도는 대호방조제가 축조되면서 육지로 변했지만 원래는 섬이었다. 지금은 바다와 갯벌 그리고 바지락 캐는 사람들이 어우러져 사는 마을이다. 그 섬에 도착한 시간은 13시.

계획은 도비도에서 배타고 난지도를 다녀올 생각이었다. 배는 20여분 있으면 떠나는데 문제는 1시간 거리인 난지도에서 오는 배편이었다. 도비도에서 17시 30분 배를 타야 하는 것이 문제다. 결국 포기하고 말았다.

도비도를 한 바퀴 걷는 것으로 만족해야 할 것 같다. 어른, 아이 할 것 없이 갯벌에 들어가 바지락을 캐고 있는 모습이 장관이었다. 갯벌에 들어간 사람이 얼마나 많은지 상상이 안 간다. 이 또한 멋진 바다 풍경이 아닌가. 갯벌에 있는 사람들이 내 눈에는 행복해 보였다. 그들은 바지락을 캐는 것이 아니라 행복을 캐고 있었다.

그들은 바지락을 주워 담고, 우리 부부는 건강과 만족을 주워 담아가면 된다. 남의 행복 탐하지 말자. 건강에 걷기만큼 좋은 것이 없다지 않은가. 아름다운 자연풍광까지 졸졸 따라다니는데 이보다 더 좋은 여행지는 없을 것 같다.

꽤 걸은 것 같은데 한 시간 거리밖에 안 된다. 호텔에 가서 푹 쉬고 내일 느지막해서 집으로 갈래요. 아직은 우리 여행은 현제진행형이걸랑요.

보고서에 이렇게 쓸 거예요. 이번 봄 여행에선 우린 이런 들꽃들과 놀고 왔다.

별사탕모양의 별꽃, 잎에 가시가 있으며 꽃잎이 노랗고 둥근 쇠서나물, 좁쌀보다 작은 하얀 꽃이 마디마다 숨어 피는 낙상홍, 광대나물꽃, 현호색, 남산제비꽃, 고깔제비꽃. 노란산수유, 개불알풀, 홍매화, 능수매화(흑매화), 명자나무꽃, 서양민들레, 나팔수선화. 매발톱꽃, 자주괴불주머니, 꽃다지, 황새냉이꽃, 뱀 딸기, 양지꽃, 서양말냉이, 머위, 솜나물에 취해 그랬나. 지금도 눈에 선하다.

당진 당진호텔 507호

당진 당진호텔

보 령

대천, 용두레, 무창포, 마량리 찍고 궁남지   보령 그린하우스 주꾸미
대천해수욕장   오천항의 간재미회무침
보령 충청수영성 성벽 밟기

대천, 용두레, 무창포, 마량리 찍고 궁남지

2016년 7월 17일(일)

오늘은 대천 해수욕장 머드축제장에 들어가는 것이 목표다. 축제에 참가할 수 있으면 더 바랄 게 없겠지만, 구경꾼이어도 복이라 생각하고 있다. 그 몸으로 무슨 머드를. 그러겠지만 난 축제에 참여하고 싶다고 했지 온몸에 머드 바르겠단 말은 안했습니다. 장루를 차고 사니 웃통은 벗을 수가 없다. 그러니 엄지발가락에 머드라도 묻히면 분위기 끝내 줄 것 같았다. 그 분위기에 휩쓸리다 보면 무조건 반나절은 행복할 수 있지 않을까.

저녁에는 부여 서동요연꽃축제에 참가해서 밤을 잊는다. 그런 밑그림을 그려 놓고 하루를 시작했다. 그게 다 헛꿈이 되었다는 거 아닙니까. 어디서부터 잘못된 거냐고요. 난 안내경찰 수신호를 잘 따랐을 뿐이고, 수신호를 무시하고 주차장으로 날렵하게 뛰어들 용기가 없었던 게 죄라면 죄겠네요. 엄청난 인파에 기가 막혔고, 솔직히 말하면 좁은 공간에 차를 들이밀고 주차할 실력이 못돼 두어 군데 지나친 것이 원인을 제공한 꼴이 된 것은 시인합니다.

결국 하루의 반나절 일정이 엉망진창이 된 이유는 전혀 생각도 못한 곳에 있었다. 대천해수욕장까지 16km를 남겨놓은 거리였다.

"차들이 저렇게 몰리는 걸 보면 여기 숨은 맛집이 있는 모양이네 뭐. 차

돌립니다."

평계를 대자면 '처갓집' 이 원인제공자였다. 녹두삼계탕을 길게 줄 서서 대기하고 먹어야했으니 시간이 지체될 수밖에 없었고, 계획에 없는 서해안 바다 풍경 따라 드라이브하는 방랑여행객이 된 이유다.

'용두레 해수욕장' 은 그런 데로 재미있는 곳이었다. 아직은 철이 일러 손님이 많진 않지만 이곳저곳에서 벌어지는 술판을 보면 분위기 띄우기에 딱 좋은 풍경이었다. 주차장이 좁은 것이 흠이긴 하다.

'남포리의 남포방파제' 는 걷던 그날이 생각나서 아내에게 졸라서 한 20여분 정도 걸었다.

'무창포해수욕장' 은 백사장이며 상가 그리고 주차장이 짜임새가 있었다. 해변을 걷다 왔으니 모처럼 바닷바람 쏘였다 간다 할 수 있겠다. 간 본 것 가지고 되게 큰소리친다. 누군가는 이곳에서 금년에도 소중한 추억을 담아갈 것이고 우린 다시 찾고 싶단 약속을 지킬 수 있을까. 모르겠네요.

이제 '부여 서동연꽃축제' 의 마지막 밤을 불태울 일만 남았다. 밤 12시까지 취해 있었다면 말이 필요 없다. 오늘은 의도와는 달리 드라이브관광을 선 뵌 날이다. 그 바람에 서동공원의 밤은 길어질 수밖에 없었다.

보령 그린하우스 주꾸미

2019년 3월 31일(일)

봄 주꾸미에 가을낙지. 주꾸미는 봄이 시작하면서 잡히기 때문에 봄의 전령사라 부르기도 한다. 살아있는 그대로 먹어도 좋고, 데쳐서 초고추장에 찍어먹어도 맛있다. 요즘이 무창포도 서천보다 규모는 작지만 한창 주꾸미, 도다리 축제기간이다.

목적지는 해수욕장 입구에 있었다. 이미 해수욕장 갈 때 눈도장을 찍어 둔 백종원의 3대 천왕에서 소개한 식당이다. 봄 주꾸미는 알 맛, 가을 주꾸미는 먹물과 내장 맛이라고 한다. 제대로 봄 주꾸미 맛을 봐야지. 발길을 돌리기만 했는데 바람이 알아서 데려다 주었다.

밑반찬이 다 깔끔한데 지고추에 젓가락이 먼저 가더니 멈출 줄을 모른다. 10분 이상 기다린 것 같다. 손님이 점점 늘어나서 줄 설 정도는 아니어도 홀은 만원이었다. 알 만한 사람들은 물어물어 찾아온다는 얘기다.

우린 소(小)짜를 시켰는데도 다 못 먹었다. 남은 한 마리는 옆자리 젊은이에게 통째로 건넸다. 실은 배가 불러 비빔밥은 어림도 없었다. 칼국수와 수제비에 손이 가긴 했지만 몇 젓가락이 고작이었다.

배를 든든하게 채우고 났으면 다시 바람 속으로 들어가야 한다. 이번엔 바람이 조금 약해진 대신 기온이 뚝 떨어지는 역계절의 자연현상을 몸으로 감당하며 주차장까지 뛰다시피 했다. 한기가 느껴올 정도로 추웠다. 꽃샘추위겠지.

대천해수욕장

차에서 잠시 안정을 취하고 다시 출발. 우린 긴 남포방조제를 달리면서 나는 그 어느 날인가 둘이서 이 둑방 길을 걷던 기억을 떠올리는 시간에 아내는 조용히 눈을 감은 채 차에서 꼼짝할 생각이 없었던 것 같다. 우린 대천해수욕장의 우연플로라커피숍에서 따끈한 커피 잔을 들고 마음을 녹이고 있었다.

계획은 대천연안여객선 터미널에서 배를 타면 삽시도로 갈 수 있다기에 여기로 정했는데 바람이 엄청 부니 엄두도 못 내겠다. 아니 마님께 입도 뻥끗 못했다. 삽시도는 화살이 꽂힌 활(弓) 모양과 같다 하여 붙여진 이름이라는데 배 타고 한 시간은 가야한다.

좀 멀긴 해도 해안선을 따라 걷다보면 예쁘고 수려한 풍경과 울창한 송림에 마음을 뺏기게 되어 있고, 물망터에 가면 썰물 때는 시원하고 상큼한 생수도 한 모금 마실 수 있다기에 많이 기대했는데 포기할 수밖에 없었다.

　바람이 잦아들면 좀 걷자고 해놓곤 바로 나갔다. 모래사장은 바람 때문에 꿈도 못 꾸었다. 대천해수욕장을 저 끝까지 바람을 가르며 걷는 것도 아내의 동의를 얻는데 얼마나 공을 들였는지 모른다. 여행 중 만족은 언제나 내 마음속에서 꺼내 쓸 수 있는 필수품이란 걸 알게 된 것이 수확이라면 수확이다.

보령 대천우연플로라호텔 902호

오천항의 간재미회무침

2019년 4월 5일(금)

　이런 날씨는 오후에 햇살만 나와 줘도 더 바랄 것은 없겠는데. 그러며 간재미회 먹으러 '오천 항' 까지 달려왔다. 부지런히 달려왔는데 한 발 늦었다. '자연횟집'에서 제철 간재미라고 먹었는데 어째 뼈째 먹기엔 뼈가 조금 억세진 것 같다. 주인아주머니가 제철이 지나서 억셀 텐데 괜찮겠어요. 뼈째 먹어야 제 맛인데. 그러더군요.

　살조개탕 국물이 시원했다. 하필 오늘이냐. 씹는데 어금니가 시큰거려서 간재미 씹기가 영 거시기 했다. 간재미 씹는 맛을 잊었으니 제철 지난들 무슨 상관. 마님께선 씹히는 맛이 고소한 맛을 한층 업그레이드 시켜준다며 좋아하던데요. 약 올리는 거 맞지요.

보령 충청수영성 성벽 밟기

　공산성은 공주에서 가장 아름다운 성인데다 청춘들의 데이트 코스로도 손색이 없는 곳이다. 거기다 벚꽃 핀 공산성을 생각해 보면 환상 그 자체일 겁니다. 꽃들로 그리 아름다울 수가 없는 곳이겠지요. 벚꽃 포인트를 공주 공산성에 두고 여행 중이다.

어제 저녁에도 공주의 벚꽃은 필 생각은 눈곱만큼도 없었고, 옆 친구 눈치만 보고 있는 것처럼 보였다. 그래 벚꽃 계획이 어그러진 데다, 미세먼지까지 크게 한몫 거드는 바람에 일정을 대폭 수정했다. 몸이 찌뿌듯하다는 건 컨디션이 안 좋을 때 일어나는 몸의 첫 단계 변화다. 목도 칼칼하고, 콧물인지 뭔지가 나올까 말까 하는 것 같으면 미세먼지가 극성을 부린다는 증거다. 공주에서 벚꽃을 보겠다는 계획을 접고 오천항으로 달려온 이유다.

오천항 자연횟집에서 5분 거리에 있는 '영보정'은 충청도수군절도사의 군영인 수영성이 있는 곳이다. 이 석성의 임무는 물건을 실어 나르는 조운선을 보호하고, 서해로 침입하는 외적을 막기 위한 것이다. 영보정에서 바라보는 경치는 굳이 다산 정약용을 들먹일 것도 없다. 내가 봐도 한눈에 "멋져부려"에 이름을 올려도 손색을 없을 경치였다. 올라서면 먼 바다까지 다 보인다. 거기다 눈을 돌리는 곳마다 비경이니 어찌 안 그렇겠는가.

햇살이 미세먼지에 가려지긴 했어도 온기가 느껴지니 걸을 만했다. 우리는 간재미 먹고 올라가면서 조기네. 가깝네. 그렇게 풍경에 빠지다 아무 생각 없이 걷기 시작했던 것 같다. 가는 길에는 조선시대에 흉년에 지역빈민구제를 담당했다는 진흘청과 출장 온 관리들의 객사로 사용했다는 장교청도 보았다. 그러곤 성벽에 올라 걸으면서 봄꽃을 뒤졌을 것이다. 일명 성벽 밟기였다. 성벽이 허물어진 아픈 상처가 가감 없이 드러난 모습을 그대로 보여주어 세월의 무상함을 느끼다보니 그냥 걷게 되었다. 이유는 하나 더 있었다. 성의 길이가 얼마나 될까. 그게 다였다.

이번 여행도 봄꽃나들이를 겸해 그런가. 흔치는 않지만 들꽃이 눈에 띈다. 걸음을 멈추고 들여다본다. 그건 들꽃에 빠져드는 초기 증상이다. 그렇게 걸었다. 충청수영성에서 가장 높은 곳에 있는 동문지에 도착했으면 되돌아오기가 좀 거시기하다. 직진하게 된 이유다. 남동치성, 남서치성을 거치다보니 어느새 막바지에 다다랐음을 고마워했다. 여기부터는 계단. 턱이 높지도 않고, 거리도 적당해 편하게 걸었다. 재미있는 역사·자연탐방이었다. 그렇게 다시 오천항에 도착했다.

그새 미세먼지는 걷혔고, 눈이 부시도록 맑은 햇살에 고마워하고 있었다.

홍성 솔밭천수 모텔 505호

보령 대천우연플로라호텔

부 여

부여박물관

<u>2016년 7월 16일(토)</u>

길을 잘못 들어 대전에서 부여까지 야간운전을 하고 왔을 때 비가 안 온 것만으로도 충분히 고마웠다. 캄캄한 낯선 길에서 비까지 쏟아졌어 봐요. 생각만 해도 끔찍하지. 밤새 비도 퍼붓느라 지쳤는지 아침엔 시늉만 하고 있었다.

여행할 때 비 오면 신경 쓰인다. 오늘은 비가 좀 잦아 든 뒤에 출발하자며 뒤척였다. 비가 오거나, 잔뜩 찌푸린 날씨엔 박물관투어 만한 게 없겠다며 일정을 궁남지에서 박물관으로 수정했다. 해설사가 없어도 차근차근 문화재를 설명해주는 설명기가 비치 되어 있다. 이를 귀에 꽂고 듣고 싶은 곳에 가서 번호만 누르면 해설을 들을 수 있다.

예산의 한국식 동검문화와 보령의 쇠뿔모양손잡이항아리출토의 뒷이야기, 부여의 쇠도끼, 서천의 쇠칼, 금산의 쇠낫에 대해서도 흥미 있게 들려주어 잘 들었다. 부여, 즉 사비가 성왕 재임 시에는 1만 가구가 넘을 만큼 풍요로운 도읍지였다는 것도 알게 되었다. 들을 땐 재미있는데 나오면 궁금했던 것까지 까먹는 것을 어찌 세월로만 돌린답니까.

무엇보다 백제 금속문화의 자랑인 신선들의 이상향을 표현했다는 백제 금동대향로에 매료되긴 했지만 삼국통일의 부끄러운 민낯을 보여주는 부여 석조를 박물관 입구 중앙에 놓아 둔 것이 눈에 거슬리긴 했다. 당나라가 백제를 평정했다는 글귀를 적어놓은 석비였다.

역사는 승자의 몫이니까 그렇다 치자. 왜 있지 않는가. 역사 거꾸로 보기. 백제가 삼국통일을 했음 어찌됐을까. 훨씬 개방적이고 찬란한 문화를 꽃피웠을지도 모른다. 일제에 굴욕을 당하지도 않았을 테고, 반도 속에 갇힌 소국으로 남지도 않았을지 모른다. 그 반대일 수도 있다.

우린 부여의 선사와 고대문화 그리고 사비백제의 생활문화를 살짝 엿보고 백제인의 섬세한 공예예술에 감탄하다 나왔다. 이슬비가 내린다. 맞고 한참 서 있으면 옷이 젖을 정도다. 우린 비도 피할 겸 그리고 쉴 겸 정자에 들렀는데 글쎄 누군가가 손톱깎이를 두고 갔다. 손톱손질을 해야 했는데 없어서 걱정을 하고 있던 참이었다. 고맙게 손질 잘 했다.

궁남지 가기 전에 시골통닭집부터 들렀다. 그 바람에 차안이 구수한 통닭냄새가 진동했다. 주말이라 거리는 차와 사람으로 넘쳐나도 우린 아는 길이니 좀 멀긴 해도 시장 주변에 차를 주차하고 궁남지까지 걷기로 했다.

궁남지 연꽃축제

궁남지 입구가 가까워지자 호객하는 장사치들의 시끌시끌한 목소리와 와글와글하는 인파에 섞이다 보니 정신없다. 구경꾼들이 엄청 많았다. 거짓말보태 발 디딜 틈도 없었다.

우린 연꽃에 퐁당 빠지다 왔다. 분위기에 들뜨다 왔다. 나는 사람들이 많이 모이는 곳을 좋아 하지만 많아도 너무 많다. 연꽃의 절정기는 살짝 비켜갔지만 늦둥이들의 반란이 만만치 않았다. 꽃을 피워내겠다는 그 여린 모습들이 더 아름다웠다. 백제시대 궁터로 알려진 궁남지는 아명(兒名)을 서동(薯童)이라 불렸던 무왕의 전설이 전해지는 곳이다.

왕궁 남쪽 못가에는 궁궐에서 나와 혼자 사는 여인이 궁남지의 용과 교통하여 아들을 낳았으니, 그가 바로 백제 제30대 왕인 무왕 장(璋)이다. 그는 궁궐 밖 생활이 궁핍하여 생계유지를 위해 마를 캐다 팔았다고 한다. 서동이란 이름은 그때 생긴 이름이란 설도 있고. 어느 날 밤, 궁중에서 한 노신이 서동을 찾아와 신라의 서라벌에 잠입하여 국정을 탐지하라는 왕의 밀명을 전해 받고, 서동은 마를 파는 상인으로 위장하여 신라에 잠입하여 신라 진평왕의 셋째 딸 선화공주와 운명적으로 마주치게 된다. 그 후 서동은 서라벌의 아이들이 많이 모이는 곳에 가서 마를 나누어주며 노래를 부르게 하였다.

"선화공주님은 남 몰래 시집가서 서동 도련님을 밤이면 몰래 안고 간다네."

결국 오해를 받게 된 선화공주는 귀양을 가게 되고 이를 기다리던 서동이 함께 백제로 와서 행복하게 살았다는 얘기다.

제14회 연꽃축제가 세계유산등재 1주년을 겸했으니 그 자리에 있는 우리 부부에게도 의미 있는 날이다. 우리 부부가 궁남지에서 긴 시간을 걸었지만 다행히 빗방울만 얼굴에 몇 방울 떨어졌을 뿐이다. 비도 자기가 분위기 띄우는 데는 하등 도움이 되지 않는다는 걸 알고 있는 모양이다.

만두가게에서 만두 한 판씩 후딱 해치우고도 호텔에 돌아와선 통닭 한 마리를 뼈다귀만 남겼다. 닭이면 별로인 색시까지 손놀림이 장난 아니었다. 어떻게 이런 맛이 나지 그러면서 신이 났다는 부여통신. 맛소금에 찍어먹어도 좋고, 그냥 먹어도 맛났다. 코끝에 스미는 냄새, 그리고 손끝에 느껴지는 촉촉함. 입에 당기니 허겁지겁 이란 표현을 안 쓸 수 없었다. 다 먹고 나서 하시는 말씀. 내일 한 마리 더 시켜먹을까? 봐서.

부여백제관광호텔

능산리 고분군과 나성

2019년 4월 2일(화)

역사학자들은 백제 성왕에서 의자왕에 이르기까지 120년간의 도읍지인 부여를 '사비시대' 라고 부른다. 사비시대를 아는 데는 아니 공부하려면 능산리고분군만 한 곳이 없다고 한다. 능산(121m)에 백제의 왕과 왕족들의 무덤 7기가 있기 때문이다.

절터에는 567년에 제작된 사리함과 백제금동대향로 등의 유물이 출토되었고, 동하총에는 벽화도 남아있을 뿐 아니라 의자왕의 묘도 있다.

우린 위덕왕이 성왕의 위업을 기리기 위해 기원사찰을 지었다는 절터에서 시작해서 둘러보기로 했다. 일 탑, 일 금당. 이것이 백제식 가람배치다. 특히 중문지에서 동서로 탑과 금당(불상을 모시는 곳)을 두른 회랑도의 터를 복원하였다는 설명문까지 있어 이해하기 쉬웠다.

이곳 나성은 한반도 고대 삼국 중 최초로 축조되었다는 백제의 외곽방어시설로 사비를 보호하기 위해 쌓은 8km의 성이다. 부소산성에서 시작하여 도시의 북쪽과 동쪽을 감싸고 있는데, 부여의 서쪽과 남쪽은 금강이 그리고 범람을 통하여 형성된 자연제방이 성벽의 역할을 대신했다고 한다.

백제도 경외(京外) 매장(埋葬)에 따라 사비시대의 왕릉원인 능산리 고분군을 나성 바깥에 두었다. 그 바람에 온전한 나성의 성곽을 고분군에서 볼 수 있게 된 것이다. 다만 다른 사람들이 걷는 것을 보면서도 성곽을 따라 능산(121m)의 정상까지 올라갈 생각을 못한 것은 두고두고 아쉬움으로 남을 거 같다.

부소산과 낙화암

오후 시간에 여유부리며 걸을 생각이다. 걷다 짬나면 역사 거꾸로 보기해가며 걸으면 재미있을 것 같다. 부여는 삼국에서 최고의 예술혼을 피웠던 모습과 패망의 아픔을 함께 전해 주는 곳이어서 의미 있는 곳이다.

백제는 찬란한 문화를 가진 화려한 백제가 있었는가 하면, 낙화암의 삼천 궁녀로 알려진 백제여인도 있다. 황산벌에 가면 백제 최후를 지킨 영령들의 숨결도 느낄 수 있다. 나당연합군의 말발굽아래 무참히 도륙 당하고 치욕적인 굴복을 감내해야 했을 뿐 아니라 백제 최후를 겪었다. 지금도 이 지방의 많은 사람들은 부소산에 올라 백마강을 바라보며 백제의 애환을 노래한다고 한다.

부소산은 백제 왕실에 딸린 후원이면서 사비도성의 최후를 지켜본 산이다. 역사성과 아름다움으로 유명한 산이기도 하다. 그 부소산 '사비길'에 들어서면 만나는 이들이 있다. 백제의 잘못된 정치를 바로잡으려 애쓰다 죽은 성충과 나당연합군이 침공하자 탄현에서 적을 막아야 한다며 의자왕에게 직언한 홍수, 5천 결사대와 함께 황산벌에서 최후를 맞은 계백. 이들을 기리는 '삼충사'다.

산등선에 진달래가 활짝 필 때면 고운 길(600여m)을 걸으며 왕이 해맞이를 했다는 영일루와 군장터. 태뫼식토성을 걷다보면 반월루에 다다른다. 정상에 세운 사자루에 오르면 유유히 흐르는 백마강이 멀리까지 보인다.

우리 부부는 낙화암(백화정)까지 묵언 수행했다. 신라와 당나라 연합군이 밀려오자 궁녀들이 굴욕을 피해 치마를 뒤집어쓰고 백마강에 몸을 던진 곳이라 하지 않는가. 200m쯤 계단을 더 내려가면 고란사다. 옛 백제왕실에선 고란약수를 떠 올 때 이곳에서만 자란다는 고란초의 잎을 하나씩 띄워오게 했다는 일화가 전해져 내려올 정도로 왕들이 즐겨 마셨던 약수다. 그 고란약수를 먹고 간난아이가 된 할아버지이야기도 있는데 우리가 그냥 지나칠 수 없지요. 벌컥벌컥 아 시원하네. 그랬죠.

유람선은 운에 맡기기로 했다. 배가 운항하려면 손님 일곱은 있어야한단다. 그러니 고란사에선 유람선 선착장부터 살피는 게 먼저다. 유람선을 탈 수 있느냐 없느냐. 조용해서 글렀다. 했다. 우리가 고란사들 둘러보는 시간

에 상황은 반전했다. 신안에서 고란사를 찾은 단체관광객들 덕분에 유람선
을 타고 뱃놀이까지 할 수 있었다. '아모르파티', '보약 같은 친구'를 틀
어놓고 음악에 맞춰 구드레나루터까지 떼창을 부르며 흔들어대신다. 그 바
람에 분위기에 취했고, 백마강에서 유람선을 타면 꼭 낙화암의 기암절벽은
꼭 보고 가라는 얘길 까먹고 말았다.

부여 삼정부여유스타운 별관 굿 뜨레 동

미암사 와불

2019년 4월 3일(수)

무량사 가는 길목에 있으니 가는 길에 잠시 들렀다 가면 된다. 금부처가
입구부터 법당까지 늘어서 있어 오르는데 지루하지는 않았다. 표정이 제각
각이라 더 재미있었다. 지동리 쌀바위로 유명한 절이다.

산은 소나무 숲이요. 언덕에는 진달래가 붉게 타고. 와불인 와우법당(적
멸보궁)에는 진신사리가 모셔져 있다는데 그 불당에선 보살님들의 불심이
쑥쑥 자라고 있었다.

이 절에는 원적외선이 반사되어 각종 질병의 원인인 세균도 없애주고, 노
화방지, 성인병 예방은 물론 혈액순환에도 좋다는 바위가 있다. 108배를 하
고 바위를 끌어안고 심호흡하면서 손바닥으로 바위를 두드리면 건강에도
좋고 악업도 소멸된단다.

만수산 무량사와 반교마을

천년고찰 만수산 무량사는 일주문인 광명문(光明門)이 입구다. 5층 석탑
은 고려전기의 것으로 극락전 앞에 있다. 신라의 탑은 2층 기단이지만 이곳

5층 석탑은 백제의 형식과 같은 단층기단이다.

눈길을 끈 건 극락전이다. 극락세계를 관장하는 아미타불을 모신 극락전은 2층 건물로 된 불전인데 안을 들여다보면 내부는 단층으로 되어있다. 조선중기의 건축양식이라고 한다. 건물의 색이 바라긴 했어도 그윽한 옛 향이 그대로 묻어 있었다.

그 옆에는 매월당 김시습의 영정이 걸려 있는 작은 전각 '설잠' 이 있다. 김시습이 세조가 조카 단종을 살해하고 임금이 된 것을 비판하며 말년에 이곳에 머물다 세상을 떠났다는 곳이다.

아미산 아래 반교마을은 척박한 땅을 일구고 산에서 불어오는 바람을 피하기 위해 오랫동안 이 지역에 흔한 돌을 주워 담을 쌓고 살았다는 마을이다. 우린 다리를 건너면서 돌담길을 걷다 처마 끝이 닿을 만큼 높이 쌓은 돌담에 슬쩍 눈길 한번 준 게 전부였다.

무식하면 멋진 공연도 지루한 법이라는 말 공감한 하루였다. 오래 걷지도 못했다. 그늘은커녕 사람 코빼기도 볼 수 없는 농촌마을을 걷는 데 익숙하질 않아서다. 무량사에서 4.1km밖에 안 되는 거리다. 선전은 그럴싸했다만 우리 같은 보통사람들에겐 그냥 평범한 시골마을이라 금세 싫증을 느끼는 건 어쩔 수 없는 일.

마을이 돌담길로는 충청도에서 유일하다고 하여 문화제로 지정되었다고 하니 오가는 길에 차에서 내려 돌담을 배경으로 기념사진 한 장 남기는 것만으로도 잘하는 것 같다.

서동요 테마파크

서동요테마파크는 2005년에 계백장군이 태어났다는 충화면 천등산에 세운 역사드라마 '서동요' 의 오픈세트장이다. 기대에 너무 못 미쳐 마음이 아프다. 솔직히 시간 내서 온 것을 속상해했고, 조금만 더 손길이 갔더라면 후회하진 않을 것 같은 곳이라 화가 났다.

백제와 신라의 왕궁, 왕궁촌, 태학사, 하늘재, 저잣거리 등 드라마 서동요를 연상시켜 보려고 애써보았는데 어디가 어딘지 통 감이 잡히지 않을 정도로 퇴락한 모습이었다. 오죽하면 덕용저수지의 경치가 더 아름답다며 한 폭의 멋진 풍경화를 보는 것 같다며 감탄하고 왔을까. 반나절 품을 팔아서라도 걷고 올걸 그랬나. 자리를 뜨고 몇 분도 안 되어 그걸 후회했다.

성흥산 대조사와 가림성 사랑나무

성흥산 대조사는 관음보살이 새가 되어 날아와 앉은 자리에 세웠다하여 이름 지은 사찰이다. 이 절의 원통보전(圓通寶殿)앞 대조사 석탑은 부처님의 진신사리를 보관했던 탑으로 원래 지붕돌만 있었는데 1975년 근처에서 몸체 돌을 발견하여 복원하게 되었다고 한다.

이 절의 하이라이트는 뒷마당에 가면 볼 수 있다. 바위에 새겨진 석불상이다. 고려시대의 미륵불인데 볼수록 재미있다. 얼굴은 길쭉하고 어딘가 세련돼 보이지 않는 신체비율이라 어울리지 않을 것 같으면서도 볼수록 해학적이라 정감이 간다. 이런 미륵불 즉 석불이 유독 충남지방에 많은 것은 당시 이 지역에 미륵신앙이 크게 번성했기 때문이라고 한다.

대조사에 들렀으면 가림성은 반드시 다녀가야 할 곳이다. 차를 갖고 가는 것도 편하겠지만 우린 차를 대조사에 두고 무식하게 걷기로 했다. 대조사에서 30여분 거리를 마음을 내려놓고 걷는다 생각해보자. 가림성 가는 길이 천국 가는 길이다.

가림성은 백제의 사비천도 이전인 501년에 쌓은 백제산성이다. 돌과 흙을 함께 사용하여 쌓은 성이라 석성과 토성이 섞여있다. 성 내부에는 지금도 우물터, 건물터가 남아있어 한참 복원 중이라고 한다. 백제가 멸망한 후 부흥운동의 거점이었다고 한다.

성에 도착해서 올려다보면 솔직히 수령이 400년이나 된다는 사랑나무 한 그루만 보인다. 딱 한 그루가 온 산을 덮을 기세였다. 어디서나 눈에 잘 띄어 성흥산의 상징이 되었다는데 그럴 만하겠다. '흥부'와 '육룡의 나르샤'를 촬영한 곳이기도 한 사랑나무까지는 주차장에서 210m. 힘들게 걷지 않아도 오를 수 있으니 오르지 않고는 못 배길걸요.

우리 부부는 사랑나무 아래서 인증 샷하곤 바로 가림성 성곽을 밟으며 걸었다. 공사 중이라며 더 이상 갈 수 없는 지점까지 걸었다. 그리곤 성곽 중에 가장 높은 곳에 있다는 성벽에 올라서서 사방을 둘러보고 내려오는 것으로 마무리했다.

정림사지와 박물관

5시면 박물관문을 닫는다. 정림사지 매표소에 도착하니 20분 전. 휴 다행이다. 정림사도 1탑 1금당의 백제 양식을 띈 절이다. 정림사는 사비시대의 대표적인 절터요, 백제가 부여로 도읍을 옮긴 후 6세기 말에 세워진 사찰이다.

국보인 정림사지 5층 석탑에다 당나라 소정방이 백제를 멸망시킨 공적을 새겨 놓은 것을 보면 백제 왕조의 운명과 직결된 상징적인 공간이란 뜻이다. 보물 제108호로 지정된 석불좌상은 불에 타서 심하게 마모되어 대좌와 불상은 겨우 형체만 남았다. 이 형체만 남아있는 건 백제멸망과 함께 소실되었다는 걸 입증하는 것이다. 지금은 소중한 문화제라며 보호건물에 넣어 두었다.

표현을 빌리면 진리를 나타내는 '비로지나불상'일 가능성이 크다고 한다. 고려도 폐허가 된 이 절터에 다시 절을 세우면서 백제시대의 강당자리를 금당으로 삼아 이 비로지나불상을 주존불로 삼았을 가능성이 높다고 한다. 백제불상의 특징은 첫째가 삼존불, 둘째는 미륵보살반가사유상. 셋째는 보주를 든 보살이다. 오늘은 백제석탑의 이야기를 늘어놓을까 한다.

백제석탑은 중국남조의 목조탑 양식을 들여와 우리 주변에 흔한 돌을 재료로 탑을 쌓은 백제인의 탑이다. 불상을 얹어놓은 대좌는 부처가 보리수 밑에서 참선할 때 풀방석을 깔았던 것에서 유래했고, 연화대좌는 연꽃에서 부처가 탄생하여 진리가 성립됨을 말해주는 것이다. 불상이란 깨달은 자 즉 부처를 말하며 불교의 예배 대상이다.

정림사지는 백제의 찬란했던 시간과 멸망의 아픔의 시간을 함께 담고 있었다. 보고 읽고 그러다보면 가슴에 찡하게 와 닿는 무언가가 있다. 경주 불국사를 다녀왔으면 이곳을 꼭 들르라 권하고 싶다. 무언가 느끼는 바가 분명 있을 것이다.

'솔내음' 의 떡갈비 연잎 밥

솔내음은 호텔에서 걸어서 1분. 구드레 공원 옆에 있다. 우린 그 식당에서 떡갈비에 10여 가지의 찬이 따라 나오는 '연정식' 을 시켰다.

보기만 해도 정갈하고 맛깔 나는 음식이었다. 파괴가 아니라 한식의 전통을 살짝 비튼 새로운 도전으로 봐야한다. 메인은 한우 한 돈 떡갈비와, 연, 은행, 대추, 밤콩, 찹쌀을 연잎에 싸서 찐 연잎밥. 찬은 취나물, 파 무침, 야채샐러드, 표고버섯무침, 더덕무침, 장뇌삼 한 뿌리, 연뿌리와 양송이버섯, 감자경단, 삼색전, 연 튀김, 그리고 김치와 구수한 냄새를 풍기는 된장찌개.

어머머. 김치만 빼고 상을 깨끗하게 설거지까지 했다는 거 아닙니까. 그만큼 담백하고 맛깔나단 얘기죠. 돈 아깝지 않았어요. 맛있으면 0 Kcal라고. 오늘 저녁 그랬을 걸요. 연잎밥 한 덩이를 둘이 나눠 먹고, 한 덩이 들고 와서 밤에 밤참으로 먹었는데 반찬이 없어도 맛있던데요. 이럴 줄 알았으면 한 덩이 더 얻어올 걸 그랬나.

뜰에 제비꽃이 여기저기 흩어져 피어있고 야외식탁용 테이블까지. 숙소로

선 완벽했다. 밤을 즐기지 않았다고 해서 저녁이 있는 여행을 포기 했다는
건 아니다. 잠시 미루었을 뿐이다.

부여 삼정부여 유스타운 별관 굿 뜨레동

부여의 봄, 궁남지

2019년 4월 4일(목)

백제무왕 때 궁궐의 남쪽에 연못을 팠다는 삼국사기를 근거로 지은 이
름이 '궁남지' 다. 서동이라 불렸던 백제무왕의 이야기로 잘 알려진 634년
에 만든 우리나라 최초의 인공정원이다. 긴 수로를 통해 물을 끌어들여 주
위에 버드나무를 심고 연못에 섬을 만들었으며 그 중앙에 '표류정' 이라는
정자를 지어 나무다리를 놓았다. 연못에선 뱃놀이를 했다는 기록이 있다.

궁남지는 사계절이 아름다운 곳이다. 봄에는 연두의 버드나무가 마음을
설레게 한다면 7월의 절정을 이르면 7만송이의 연꽃을 보러 오는 사람들로
장관을 이룬다고한다. 가을에는 '굿 뜨레' 라는 국화전시회로 관광객을 끌
어 모은다. 오늘은 궁남지의 봄을 맞으러 왔다.

귀양을 간 공주를 서동이 백제로 데려와 행복하게 살았다는 전설 같은
사랑이야기의 마지막을 장식하는 곳이 또한 궁남지다. 우린 얼마 걷지 않아
버드나무에 먼저 취한 것 같다. 서로 이마가 마주칠 것 같은 버드나무 길을
은근한 미소로 맞고 보내는 버드나무와 함께 연못가를 걷는 일은 우리가 여
행을 즐기는 방법이다.

'표류정' 에선 인증 샷 남기는 것도 잊지 않았다. 하이라이트는 셀프카메
라로 인증 샷을 찍으려는 바로 그 순간 연못의 분수가 솟아올랐다는 거 아
닙니까. 깜짝 놀랐지요. 버드나무와 개나리 그곳에 숨어 피는 듯 붉은 기운
까지 더하면 걸어보지 않은 사람은 모른다고 하는데 갑자기 분수가 솟아오
르며 분위기는 차분에서 활달로 바뀌는 묘한 반전의 분위기까지 맛보았다.

분위기를 아는 사람들이 함께 걷고 있으니 이곳이 바로 궁남류원(宮南柳園)이 아닌가. 연꽃은 사람의 마을을 들뜨게 한다면 버드나무는 가슴속에 무언가를 주워 담는 질그릇 같은 분위기가 있다.

봄볕이 아무리 좋은 들 늘어진 능수버들만 할까. 궁남지에 늘어진 그늘이 수양이 아닌 능수였음 좋겠단 생각도 했다. 봄철에 이 버드나무 길을 걸어보지 않은 사람에게 이 기분을 전할 방법은 없을 것 같다. 와 보랄 밖에.

"실버들을 천만사 늘여놓고도 가는 봄을 잡지도 못한단 말인가."

'오두막집' 백마강 웅어 회무침

오두막집은 삼정유스호스텔에서도 보이는 식당이다. 노부부가 메기매운탕, 붕어찜을 파는 평범한 시골식당이다. 오늘 우리는 그 집에 계절별미로 친다는 백마강 우어를 아점으로 먹을 생각이다. 10시 반 돼야 문을 연다고 하니 눈뜨기 무섭게 궁남지를 들러서 달려갔다.

우어를 웅어 라고도 부른다는데 이 우어에 미나리, 오이, 양파, 대파 등을 썰어 넣고 식초와 단맛으로 간을 하면 끝. 새콤-달콤에 씹히는 맛이 예술이란다. 아쉬운 건 겨울별미라는 우어를 4월에 먹었더니 어느새 뼈가 생겨 뼈를 발라 무쳤다는 데도 식감이 억센 편이었다. 그러나 양념과 미나리가 어우러져 젓가락질을 멈출 수가 없었다. 곁들이 음식으로 냉이된장국, 취나물, 오이무침, 연근조림. 생김은 우어회 무침을 싸먹으라는 건데 강한 신맛이 순해진 것 같아 좋았다. 3월 초쯤 한번 와서 잡솨 봐요.

부여 백제문화단지

따스한 봄볕이 내리는 하루의 시작은 좋았다. 12시. 시원한 바람까지 불어주니 여행 중에 이런 날씨를 만날 때 하는 말이 있다. "이보다 더 좋을 수는 없는 겨."

'천정문→ 사비궁→ 동궁→ 능사(금강역사, 5층 석탑, 금당인 대웅전)→ 자효당, →고분공원→ 자효당(전망대)→ 위례성→ 생활문화마을.'

천정문을 들어서면 회랑으로 둘러싸인 '사비궁'의 웅장한 모습에 깜짝 놀라게 되어 있다. 삼국시대 왕궁 중 최초로 재현한 왕궁으로 동궁까지 고증을 거쳤다니 놀랍고 고맙다.

능사는 백제 성왕의 명복을 빌기 위해 세운 백제 왕실 사찰. 입구에 서있는 이는 번갯불을 가지고 다닌다는 금강역사(금강신)다. 장차 붓다가 될 보살이요, 옛날에는 가뭄이 들 때면 금강역사에게 기원하기도 했다고 한다. 5층 석탑에서 들리는 요령소리가 은은하다 못해 살랑바람을 불러오는 보살 같다. 귀를 편안하게 하고 속세에서 벗어났다는 안도감까지 주었다. 대웅전에는 삼존불을 모셨다. 고분공원의 고분군에는 백제 사비시대의 대표적인 고분형태로 당시 귀족계층의 무덤이 아니었을까 그리 추측한다고 한다. 전망대(제향루)에 올라서면 또 다른 세상, 위례성이 기다리고 있다.

고구려에서 남하한 '온조'가 터를 잡고 지었는데 백제 한성시기의 도읍지를 재현했다고 한다. 성에 걸려있는 깃발이 분위기를 살렸다. 솔직히 여기까지 오면 지친다. 일단 성 안에 들어서면 움집, 고상가옥, 개국공신의 집, 망루, 형벌을 다스리는 곳 등이 당시의 생활을 이해하는데 도움이 되었다. 그냥 지나갔음 어쩔 뻔 했을까. 잘 왔네. 그랬다니까요.

생활문화 마을은 한성시대에서 사비시대까지의 백제의 귀족, 군관, 중인, 서민 등 각 계층별 생활모습을 보여주었다. 특히 백제 무왕시대의 중류가옥에는 집 안에 측간, 곳간, 타작 공간이며 부엌, 주인은 주옥에서 살고 있었음을 보여주었다. 계층이 아니라 능력에 따라 부가 축적되고 있음을 보여주어 흥미로웠다. 4월에 옷이 무겁게 느껴지면 봄 날씨답지 않게 무척 더웠단 얘기다.

부여 백제관광호텔, 부여 삼정부여유스타운

서 산

서산 마애여래삼존상

2015년 12월 31일(금)

　오늘은 년 말. 부처님 공덕 잊으면 안 되는 날. 개심사에 들러 해미읍성을 갈 생각이다. 식사는 간월암 주변에 가서 굴밥에 어리굴젓.

　서산 운산면 용현리에 있는 마애여래삼존상은 우리나라에서 발견된 마애불 중 가장 뛰어난 백제후기의 작품이라고 한다. 얼음이 얼어 미끄럽긴 해도 계단을 따라 걸으면 금방 불이문이다. 그 문을 통과하여 50여m를 걸어 올라가니 곱고 환한 미소의 세 분 보살님이 보인다.

　수정봉의 옷고름이 흘러내려 용현계곡을 이루었다고 하여 이곳을 찾는 이의 불심뿐만 아니라 마음의 평화까지도 챙겨주려는 마음이 보인다. 얼굴 가득한 자애로운 미소로 우릴 보고 있는 모습을 보면 이미 가슴속에 들어와 있는 것은 아닐까.

　그렇다. 난 보살을 보고 있으면 당시 사람들의 얼굴 모습부터 떠올린다. 여기 마애불도 보면 불교가 전례 될 당시 백제인의 평화로운 생활모습을 담아냈을 것이고, 그 기질은 온화하면서도 낭만적이지 않는가. 스님의 독경소리와 보살의 웃는 모습이 너무 잘 어울린다고 생각했다. '빛과의 조화' 는 백제인의 슬기로움을 느끼는 것 같았다.

　중앙에 본존인 석가여래입상, 좌측에는 보살입상, 우측에는 반가사유상
이 서 있다. 머리 뒤에 광배와 초생 달 같은 눈썹 미소 짓는 입술은 친근감
이 있다는 설명이 무슨 소용이 있을까. 보고만 있는데도 저절로 미소가 흐
르는데.

　'마애여래 삼존상을 보고 있으면 불심이 없어도 마치 누이를 만나고 있
는 듯 착각이 드니 참 묘하지 않은가. 라는 누군가의 표현이 가슴에 와 닿
는다.

개심사와 간월암

　서산시 운산면 신창리에 있는 개심사는 충남 4대 사찰 중의 하나다. 백
제 의자왕 때 혜감국사가 창건한 절이요, 간월암이란 무학대사가 달을 보
고 홀연히 도를 깨우친 절이라 하여 부쳐진 이름이다. 그 암자가 있는 섬
이 간월도. 민물 시 물 위에 떠있는 연꽃과 비슷하다하여 연화대로 부르기
도 한단다.

　간월암 가는 길은 옛 그대로인데 줄을 당겨 배를 움직이는 끌배도 보이
지 않아 걸어 들어갔다. 무학대사의 온기를 느끼려면 파도에 바다가 시려
야 제격이라면서요. 오늘따라 보살님들의 발길이 끊이질 않는 건 그래선가?

　간월암에는 250살 먹은 사철나무와 150살의 팽나무가 있다. 들러 소원
탑에 돌을 올려놓는 마음으로 찬찬히 둘러본다면 불심뿐이겠습니까. 내가
보기엔 무언가 신선한 충격을 받을 것 같은 분위기던데.

　건물은 조선 성종 때 다시 중건하여 아름답기로 치면 건축예술의 극치라
고 하는데 예쁘고 단아한 느낌이 들긴 하나 솔직히 잘 모르겠다. 다만 긴
여행 중에 잠시 집에 들른 것 같은 편안함이 있어 좋았다.

　제철별미라는 굴밥과 굴전을 시켰는데 그 맛이 아니다. 이럴 거면 소설
'분례기'의 고장에 가서 분례 숲을 걷고 동촌삼거리 허름한 묵집에 들러

차라리 묵밥이나 먹고 올 것 그랬나. 후회를 많이 했다.

수덕사

날개와 다리를 다친 학이 날아와서는 물로 상처를 바르고 치료한 후 날아갔다. 이율곡의 저서에 쓰여 있는 글이다. 여행은 호기심을 자극하는 것도 중요하지만 적당한 때에 심신의 피로도 풀어주어야 한다. 고등학교 시절 김일엽스님에게 법문을 듣던 그곳이 더 궁금한 곳이다.

석가모니불을 모신 가장 오래되었다는 백제 건축양식의 목조건물인 대웅전을 둘러보고 길 따라 1km쯤 걸으면 등산객들이 잊지 않고 찾는다는 덕숭산(수덕산)으로 가는 길이 나오지만 의도적으로 외면했다.

오늘은 수덕산의 등산객이 아니라 수덕사의 탐방객이 되고 싶었다. 삼라만상의 영고성쇠를 문자적 추상화로 바위에 새겨놓은 조각도 보고, 추억의 수덕여관을 들른다. 또 있다. 고 김일엽스님이 거처했다는 암자를 먼발치로 확인한 것만으로도 행복했다. 어둠은 빠른 걸음으로 달려온다지 않는가.

덕산온천관광호텔

해미읍성

2017년 9월 2일(토)

새벽에 출발하는 것은 도심을 빠져나가는 시간을 줄이고, 아침을 여행지에서 먹을 수 있는 장점이 있다. 오늘은 예상이 한참 빗나갔다. 홍제동서부터 가다 서다를 반복하더니 당진IC까지 차량행렬이 이어졌다. 이거 생각 밖인데. 국내 여행하는 사람이 그새 이렇게 많이 늘었나. 좋은 일이긴 하다. 비행기 타고 지갑을 열어야 여행 다녀왔다고 하는 세상이 아닌가.

'충남 여행길 걸어유'는 틈새여행. 양반들은 헛기침하며 드나들고 백성들은 굽실거려야만 통과 할 수 있다는 '진남문'을 우리 부부는 허릴 꼿꼿이 펴고 들어갔다. '해미(海美)'는 해안지방에 출몰하는 왜구를 방어하라고 했지 불쌍한 백성과 천주교신자들까지 옥사에 가두고 고문하라 축성한 성이 아니다.

늙고 병든 회화나무를 교수목이라 부른다. 1940년, 교수목의 동쪽 가지가 부러지던 날이 순교의 날과 일치했다고 들었다. 우연일까. 필연일까. 그게 뭐 그리 중요합니까. 태어난 자리 때문에 300여 년 동안 이 꼴 저 꼴 다 보며 서있었다는 거 아닙니까. 죄수감방 근처에 있는 민속가옥 세 채 중 끝집 돌담 밑에 떨어진 노란 감 하나를 주웠으면 만족해야 했다.

"맛있어유, 한번 잡쉬봐유, 괜찮아유."

그 말에 욕심이 동한 일이다. 돌담 위에 누군가가 올려놓고 간 감 하나론 심이 차지 않았나 보다. 까치발을 하면서까지 기어이 두 개를 더 따고 말았다. 감을 슬쩍할 수 있는 강심장에 나도 놀랐다. 그것도 민속가옥을 한 바퀴 둘러보며 주변을 살피고서 해낸 일이다. 부끄러운 짓을 한 건 아는지 그 자리서 먹을 배짱도 없었다.

'프란체스코 교황'이 하신 말씀이 생각난다. 위선적인 믿음을 갖는 것보다는 차라리 무신론이 낫다.

서산 남당항 대하축제

상가가 늦가을 낙엽 뒹굴 듯 썰렁한 분위기이던데 굴밥이 제 맛이 날까. 그 생각에 이르자 우린 남당항으로 내빼다시피 달렸다. 요즘이 대하축제기간이라고 하지 않는가. 축제에 들를 때마다 너무 비싸다며 못 먹고 간 것이 마음에 걸렸다. 비싸면 얼마나 비쌀라고. 한턱 쏘러가는 길이다.

간월암에서 서산A지구 방조제를 건너니 그리 멀지 않았다. 상인들은 들썩들썩하는데 손님들은 차분하다. 우리는 먼발치서 어부횟집과 삼천리횟집을 저울질하고 있었다. 선택의 기준이요. 어디로 손님이 많이 들어가나 그걸 보는 거죠. 호객하지 않으면서 조용히 웃고 있는 시골할머니가 수더분해 보여 마음이 끌렸나보다.

A코스(9만원)를 시켰다는 거 아닙니까. 대하구이, 대하튀김, 전복회, 전어회, 전어구이에 해물칼국수까지. 푸짐한 상차림에 만족했다. 배 두드리며 나올 때는 남겨 놓은 대하튀김과 바삭하게 튀긴 머리 부분은 포장해 달라고 까지 했는걸요.

이원면의 새섬 리조트는 분위기가 끝내주는 곳이다. 수영장, 갯벌, 가을 햇살이 만들어낸 누런 들녘, 석양의 노을. 이 모두가 어울려져 환상적인 하모니를 이루고 있었다. 화덕에 불을 지핀다. 그 불판에 소시지, 야채, 돼지고기를 얹어 지글지글 굽는다. 가족들이 환하게 웃는다. 생각만으로도 행복했다.

주변을 산책하고 돌아와 보니 편의점이 문을 닫았다. 아뿔싸! 어쩐다. 호우주의보까지 내렸는데 굳이 좁은 논두렁길을 운전하고 식당을 찾아갈 필요가 없었다. 엄청 겁먹었거든요. 그러면서도 엄청 퍼부을 때의 바다는 어떤 모습일까 궁금해서 아침에 창문을 활짝 열어젖혔더니 아무 일 없었다는 듯 멀쩡합니다. 하늘과 갯벌은 물론 황금들녘까지도.

새섬리조트 C동 202호

팔봉산 등반

2019년 4월 6일(토)

하늘과 바다 사이에 해발 360m의 팔봉산. 울창한 소나무 숲과 여덟 개의 봉우리가 줄 지어 있다는 곳이다. 구봉이었는데 어느 해인가 홍수에 쓸려 하나가 떠내려갔다고 한다. 그래 매해 12월이면 버려진 구봉이 자신의 신세를 한탄하며 슬피 운다는 전설이 전해오고 있다고 한다.

　아기자기한 코스에 주말이라 주차장이 북적거릴만한데 생각보단 그렇지 않았다. 일찍 산에 올라간 사람은 점심 때 맞춰 내려올 것이다. 지금은 점심 먹고 오르는 사람들의 시간대다. 해발이야 뭐 등정이랄 게 있겠냐. 싶지만, 내 다리는 출발부터 긴장했는지 천근이었다. 대신 아내는 걸음걸이가 가벼웠다. 아내는 사뿐사뿐 난 뚜벅뚜벅.

　나뭇가지 하나 경관을 거스르지 않고 주변의 모든 것을 보여준다는 팔봉산을 오르면서 내내 감동 먹었다. 그리고 한해가 다르게 달라지는 몸을 느꼈다. 한 5분이면 발동이 걸리는데 금년은 20여분은 힘들게 걸어야 제 컨디션으로 되돌아오는 걸 느끼고 있다. 지금 이 순간이 힘들다고 주저 않으면 다시는 산을 오르기 쉽지 않다는 걸 알기 때문에 버티고 있다. 모든 것이 마음먹기 마련이다.

　나이대로 가는 게 아니라며 이를 악물었다. 오르다보면 팔봉산은 누구나 부담 없이 오를 수 있고, 낯설고 힘들다는 생각보다는 정겹고 포근한 느낌이라 오르기는 어렵지 않았다. 봉우리를 섭렵할 적마다 느끼는 쾌감과 산을 걷는 즐거움을 만끽하고 내려왔다. 꽃구경도 하고 여기저기 메모하는 것도 게을리 하지 않았다. 그러다보니 그게 걸음이 늦는 핑계거리가 됐네요.

　팔봉중 제1봉은 거북바위. 고향으로 돌아가고픈 듯 눈물을 글썽인다고 한다. "가긴 어딜 가요. 1봉은 보았으면 됐어요. 2봉(우럭바위)에 올라가서 기다리고 있으면 젊은이들이 올 것 아니어요. 그때 사진 한 장 찍어 달라 그러면 되지." 그러며 제친 봉우리가 1봉이다. 2봉에 오르자 컨디션이 좋아졌다. 2봉 우럭바위는 용왕이 보낸 우럭이 팔봉산 경치에 반해 돌아갈 것을 잊고 바위가 되었다는 전설이 있다.

　3봉은 코끼리봉. 이 봉이 정상(362m)이다. 힘센 용사의 어깨를 닮아 이 봉우리에 올라서서 움츠렸던 어깨를 펴면 활기와 새 힘을 얻어 새로운 삶을 시작하게 될 거라는 의미의 어깨봉이다. 4봉에는 팔봉의 수호신인 용이 살았다는 굴이 있다. 우린 4봉까지 만이다. 내려오면서 항상 구름이 머물러 있다 해서 붙여진 '운암사지' 와 자연석굴로 호랑이가 살았다 하여 붙여진 '호랑이굴' 을 보고 오니 삼거리다.

산은 대부분 정상 가까이 가면 가파르기 마련이다. 그때 올라오는 사람에 떠밀려가도 재밌고, 길동무 생기면 더 좋다. 오르면서 뒤돌아보면 느껴지는 쾌감과 성취감. 팔봉산은 가파른 철계단이 맘에 쏙 들었다. 3시간 반 걸렸다.

서산 삼기꽃게장

간장게장은 꽃게로 유명한 태안과 서산이 특히 유명하다고 한다. 꽃게는 봄이 제철이지만, 간장게장은 계절에 상관없이 즐길 수 있는 음식이다.

'삼기꽃게장' 은 서산 시내에 있는 간장게장전문식당이다. 너른 공영주차장이 바로 앞에 있어 주차 걱정은 안 해도 된다. 게장이 삼삼하고 담백해서 좋았다. 우리 마님도 집에서는 몸 생각하느라 밥상에 앉으면 깔짝깔짝하는 편인데 오늘은 달랐다. 산행을 해서 그런지는 몰라도 손이 먼저 간다. 그리곤 밥 한 그릇까지 뚝딱이다. 나도 정말 맛있게 먹었다. 알뜰하게 먹었다. 실은 워낙 제 입에 맞아서 열심히 먹었던 것 같다.

아내는 내가 게장을 좋아한다고 크게 인심 쓰셨다. 이런 맛난 게장을 어디서 또 먹어봐요. 그러며 통 크게 거금 16만원을 들여 2kg나 택배를 시켰다. 그리곤 잠자리는 하룻밤에 4만원.

너무 후지면 어쩌지. 돈은 지불하지 않았지만 예약한 거라 자고 가야 한다. 걱정 한줌 쥐고 찾아 갔다. 그런데 주차장에 들어서면서 눈이 휘둥그레졌다. 잘못 찾아왔나 잠시 당황했다. 주차장과 숙박시설이 한눈에 봐도 너무 너르고 예뻤다. 이 가격에 이렇게 깨끗하고 정원도 아기자기하게 꾸며놓은 호텔은 전국 어디서도 보지 못했다.

실내도 나무랄 데가 없었다. 일반 호텔 시설 수준이었다. 모텔을 개조한 수준일 거라 생각했던 내 자신이 부끄러웠다.

서산 아리아호텔 신관 203호

해미읍성의 청허정

2020년 7월 21일(화)

여행의 패턴을 바꾸면 한결 수월할 거라 생각했는데 부담감은 오히려 배가 되는 것 같았다. 계획을 꼼꼼하게 세우고 떠나면 계획에 얽매이는 것 같아 이번에는 가슴만 열어놓고 떠났더니 불안하다. 아니 신경이 더 쓰인다. 맛집 찾아다니는 즐거움, 명승지 섭렵의 욕심을 버리고 마음에 쉼표 찍는 기분을 내기로 했다. 코로나가 극성이라고 방콕만 능사는 아니지 않는가.

"그래요. 열심히 생활 속 방역을 하며 다녔는데도 코로나에 걸리면 할 수 없는 거 아닌가요. 그래도 서울 보다야 지방이 낮지 않겠습니까. 대신 맛있는 거 포장해 달래서 호텔에 와서 먹으면 되고."

은근히 힘을 실어주는 아내가 고맙다. 솔직히 인스턴트 음식에 물렸다며 찡그릴 수도 없고, 매끼 해달라고 투정부릴 수도 없을 때는 떠나는 것이 최고라는 마음엔 변함이 없다. 아내도 알고 있다. 편한 마음으로 떨어진 추억한 토막 있으면 주워오고, 없으면 만들며 놀다 올 생각이다.

행담도 휴게소에 도착하니 9시 30분. 전북 군산여행의 마수걸이로 서산 해미읍성을 택했다. 땡볕에 성벽을 밟으며 읍성을 한 바퀴 걸은 추억을 잊지 않고 있는 곳이다. 진남문으로 들어갔다. 익숙한 곳이라 부담스럽지가 않았다. 계획 없이 찾아와 걷다 가려고 들렀다. 읍성 둘레에 탱자나무를 심었다 하여 탱자성. 전번에는 십자가의 길을 걸어 천주교신자를 매달아 고문했다는 수령 300년은 넘은 회화나무(일명 호야나무)와 그들을 투옥한 옥사를 둘러보고, 말단 관리와 서민, 부농의 집을 재현했다는 민속가옥을 둘러보았다.

　오늘은 그때 놓쳤던 동헌을 둘러보고 곁문으로 빠져나와 맑고 욕심 없이 다스리라는 의미의 청허정에 오르기로 했다. 시원한 바람이 마중 나와 주었다. 내려올 땐 소나무숲길을 이용했다. 철없는 코스모스가 가을인 줄 착각하는 국궁장으로 이어지는 일정을 무리 없이 소화했다.

　에필로그는 백종원의 골목식당에 나왔다는 '맛이나 식당'에 들러 돼지찌게나 비빔밥을 먹는 것이다. 그리곤 군산 이성당에 들러 야채빵이나 고구마빵을 사 들고 간다. 호텔침대에 벌렁 누우니 게으름을 펴도 좋을 만큼의 빵이 눈에 아른거렸다.

군산 리츠프라자호텔 싱글트윈

서산 베니키아호텔, 서산비치모텔, 서산 아리아호텔

서 천

서천 에코리움(국립생태 원)   서천 동백꽃축제
마량포구 돌고래횟집 생우럭탕   무창포 신비의 바닷길

서천 에코리움(국립생태 원)

<u>2017년 9월 2일(토)</u>

'둠벙' 이란 빗물과 골짜기물이 지하수와 합쳐 만든 자연습지를 말한다. 논 한가운데 움푹 꺼진 물웅덩이를 이곳 사람들은 이렇게 부른다. 에코리움은 금개구리와 습지생물들의 이상향이라는 의미를 담아 지은 이름이라고 한다.

이곳은 우리나라는 물론 극지에서 사는 생물 등 환경이 다른 곳에서 서식하는 동식물들을 관찰하고 체험해 볼 수 있는 공간으로 꾸민 곳이다. 우린 놀라움을 섞어가며 정신없이 구경하다가 그만 점심때를 놓쳤다.

충격은 발상의 전환, 즉 땅속의 개미세계를 보여준 것이다. 가시개미, 짱구개미가 사는 모습이며 잎을 자른다는 잎꾼개미(가위개미)가 잎에 균을 뿌려 버섯을 키우는 모습까지 보여주어 너무너무 좋았다. 그들의 공동생활과 사회생활은 나에겐 충격이었다.

열대관은 첫마디가 어이구! 이거 장난 아니네. 엄청 덥구만. 그 말이 툭 튀어나올 만큼 엄청 더웠다. 습한 열대우림 날씨를 그대로 재현했다고 한다. 열대관에선 아기를 업어 키운다는 어부바개구리(독화살개구리)며 투명 물고기도 보여주었다.

지중해관은 바오밥나무와 노아의 홍수 때 비둘기가 잎을 물고와 평화의 상징으로 불린다는 올리브나무. 온대관에는 고생대에 지구에서 번성했던

속새가 제주도에서 볼 수 있다는 것도 잔잔한 충격이었다.

　극지관에 들어서면 거대한 얼음과 속살을 에이는 바람이 실감나는 곳이다. 어- 추워. 소리가 무의식중에 튀어나온다. 나그네쥐, 북극여우가 살고 시베리아의 '네미츠 족', 북아메리카의 '이누아트 족'의 생활모습까지 하나의 동선으로 이루어져 있어 호기심 맘껏 발휘하다 나오면 된다. 우리나라에는 최고포식자로 사슴까지 단숨에 쓰러뜨린다는 노란목도리 담비가 있다고 한다. 참 노란목도리담비의 서식지가 무등산이란 거, 이거 최근에 알려진 따끈한 정보예요.

　이곳은 인간과 자연이 상생하며 사는 날을 꿈꾸게 해주는 그런 곳이다. 뛰어 놀 수 있으니 아이들의 천국이요, 생태계의 소중함을 알리니 교육의 현장이다. 노인과 아이의 순서가 있으니 예의지국.

　전동차를 이용할 생각에 정류장에 서 있었을 때 벌어진 해프닝을 소개할까 한다.

　"얘들아! 할아버지, 할머니 먼저 타시게 우리 다음 차 타자."

　"할아버지가 아니고 아저씨예요"

　"네. 알았지. 아저씨, 아줌마가 먼저시다."

　"이젠 그만하세요. 마님. 인정하며 사셔야지요. 안 그래요?"

　이럴 때 멀쑥해지는 건 나고, 전리품 챙기듯 언제나 당당함은 아내 몫일까?

서천 동백꽃축제

2019년 3월 30일(토)

　짙은 황토 빛으로 물든 바다와 질박한 충청도의 매력에 폭 빠지러 왔다. 금강갑문을 달려서 마량포구에 도착해보니 분위기가 장난이 아니었다. 와! 정말 차들 많다. 뭐야 왜 이렇게 차들이 많은데. 이들이 모두 동백꽃 보고 주꾸미 먹으러 온 사람들이란 말인가.

"어이구머니나. 아! 그렇지. 내일까지 축제지."

오늘이 주말이란 사실을 군산에서 실감나게 느끼고 왔으면서 서천에 들어서선 까맣게 잊고 있었다. 긴 여행을 하다보면 가끔 그럴 때가 있다. 오늘 오후 일정은 마량포구에서 점심에 주꾸미 먹고 동백꽃 구경하기. 차량들로 북새통이라며 급하게 순서를 바꿔 동백꽃축제가 열리는 마량리 동백나무숲부터 갔다. 강한 바닷바람 때문에 옆으로 퍼지느라 키도 2m 내외로 자란다는 동백꽃을 실컷 구경하고 왔다.

"500년 전 마량진 수군 참사가 바다 위에 꽃이 떠있는 꿈을 꾸고 나가보니 정말 꽃이 있더란다. 이를 건져 심은 것이 자라서 지금의 마량리 동백나무숲이 되었다고 한다."

지금은 자생군락지 중 가장 북방에 있는 천연기념물이다. 한겨울에도 웃음꽃이 피라고 동백나무를 심었다는데 고기며 주꾸미가 많이 잡혀 복덩이가 되었다고 한다. 선홍색 꽃들이 햇살을 머금었다. 눈높이에서 꽃이 핀다.

"어머 좋다. 여기선 인증사진 찍고 가야지. 자기야! 잠깐만 기다려줄래요. 누구한테 한 장 박아 달라 부탁해 볼 테니까."

사람들에 떠밀려 가면서도 아내는 동백꽃에 필이 꽂혔다. 젊었을 땐 동백꽃이 떨어져 있는 것만 봐도 어머 이 꽃은 떨어져도 예쁘네. 그랬던 거 기억날 텐데.

숙소는 축제장에서 4km. 주꾸미는커녕 배고픈 것까지 까맣게 잊었다. 편의점 신세 지면서도 행복했다. 민낯을 드러낸 갯벌 경치가 끝내주었다. 방에서 꼼짝도 않고 갯벌과 소나무 숲만 보다 해를 넘겼다. 입이 무거운 아내가 창밖을 보더니 한마디 한다. "너무 너무 좋다!"

서천 비치텔(모텔) 103호

마량포구 돌고래횟집 생우럭탕

잿빛 구름을 동무삼은 초생 달이 빨강, 파란, 노란 삼색등대를 신비 속에 가둬두었다. 갯펄, 그 너머 점점이 박혀있는 섬들, 아침을 여느라 분주한 까치의 날갯짓, 연두로 봄을 연주하는 소나무, 붉은 옷으로 갈아입는 하늘. 오늘 아침은 노도 없이 물결 따라 흘러가는 조각배를 훔쳐보고 있었다. 군더더기 없이 그려낸 자연의 모습이었다. 지켜보는 것조차 부끄러울 것 같은 그런 평화로움이 묻어나는 한 폭의 수채화였다.

한동안 무심한 척 눈길만 주었다. 나이가 들면 가끔 이렇게 예고 없이 센티할 때가 있다. 서두르지도 않았다. 긴 여행이라 우리 마님도 많이 피곤해하신다. 작년 다르고 금년 다르다. 훌훌 털고 일어난 것은 기다릴 것 만 같은 그곳이 있기 때문이다.

마량포구 방파제에는 해넘이, 해돋이 명소답게 벽화를 제법 예쁘게 그렸다. 그림이 재미있어서 그냥 만족한 웃음을 흘리기만 했다. 식당에서 제철이라는 생우럭탕을 시켰다. 서천까지 와서 주꾸미 먹지 웬 생뚱맞게 계절음식이냐고 그러겠지만 꿍꿍이속이 있걸랑요. 나중에 알게 되요. 홀 담당아줌마의 성격이 좋아 손님을 편안하게 해주고 주방에선 음식을 맛깔나게 만들어 내놓으니 이보다 좋을 수가 없다. 돈 좀 벌었겠는데요.

무창포 신비의 바닷길

운이 좋으면 바닷길을 걸어 볼 수도 있겠다. 바닷물이 열리면 바닥이 훤히 드러난다지 않는가. 무창포 신비의 바닷길이 열린다는 석대도 앞 해변까지 손잡고 걷는 것이 오늘의 목적이다. 석대도 까지가 1.5km라고 하니까 걸을 수 있을지 혹 알아요.

　무창포에선 앞으로 나가질 못하고 바람과 싸우고 있었다. 바람을 등질 땐 몰랐다. 바닷바람이 옆을 치고 들어오면 몸을 가누기조차 매우 힘들었다. 강풍 수준이었다. 개미에게 물이 천적이듯 체구가 아담한 아내에겐 바람이 천적이다. 무창포 골목길을 힘겹게 빠져나왔는데 해수욕장은 텅 비어 있었다.

　그런데 '비에사제스' 카페는 별세계였다. 너른 홀이 비좁을 정도로 사람들로 바글바글 했다. 종업원도 손님 사이를 뛰어다니느라 정신이 없어 보였다. 주문받을 생각도 잊은 것 같았다. 바람을 피해 사람들이 모이다보니 흡사 대피소 같은 분위기였다.

　주로 '석대도' 가 바라보이는 창가 좌석에는 사람들이 몰려있다. 석대도의 풍경을 감상하고 있는 건지, 바닷물이 열리기를 기다리는 건지, 편안하게 수다나 떨다 가겠다는 건지 확실치는 않지만 바람이 잦아들기 만을 기다리는 건 확실해 보인다.

　아주 잠시 바람이 잦아들었나 싶었다. 순간 썰물처럼 손님들은 빠져나갔고 우린 바람과 함께 밀려오는 먼 바다와 가까운 바다가 물색을 바꿔가는 묘한 자연현상을 보며 석모도 방향으로 걷고 있었다. 행복한 시간은 오래가지 못했다. 강풍이 되살아났기 때문이다.

　"이 맞바람을 맞으며 가긴 어딜 가요. 온전히 서 있기도 힘든데. 우리보고 미친 사람인 줄 알겠다. 주꾸미 먹으러 왔다면서요? 그럼 거기 가요. 석대도가 파도에 흔들리는 거 좀 봐요. 살아 있는 육식공룡 같다니까. 난 무서워 더는 못가요."

　이번엔 바람을 등지고 걸었다. 식당까지 힘 하나 안들이고 왔다.

서천 비치텔(모텔) 103호

아산

아산 외암민속마을

2013년 12월 17일(화)

내친김에 17km를 달렸더니 광덕산 강당 골이다. '예안 이씨 집성촌' 으로 반석교를 건너면 외암 민속마을이다. 추수의 계절, 가을과 잘 어울릴 것 같은 그런 마을이다. 노송이 아름다운 동네. 기와고택을 둘러싸고 있는 돌담을 정성스럽게 짚으로 이엉을 덮은 걸 보면 사람 사는 한적한 시골마을이 분명하다.

우린 돌담 안을 기웃거리며 걸었다. 실은 남의 집 뒷마당을 훔쳐보는 거나 다를 것이 없다. 예가 아님을 알면서도 그 재미에 멈출 수가 없었다. 낙안읍성처럼 성안에 마을의 빈집을 기웃거리는 것이 아니라 시골가면 보는 평범한 살림집이다.

아침 댓바람에 외지인이 와서 마을을 어슬렁거리는 것은 보기에도 안 좋은 건 안다. 그래 조심한다고 했지만 그때뿐이었다. 마을이 예쁜 걸 어쩝니까. 소품이긴 하지만 물레방아가 있고, 소나무숲길도 만들었다. 담장 너머 산수유마저 수줍은 듯 반갑게 손님을 맞는 모습이니 어찌 안 그렇겠습니까. 깡충깡충 뛰며 집안을 들여다보느라 정신없었죠.

'임꺽정, 태극기 휘날리며' 등 영화촬영지로 알려진 이 마을은 체험민박도 한다고 한다. 오늘 같이 쌀쌀한 날. 10만원 안팎으로 따습게 온돌방에서 몸을 지진다. 다음날 온양온천에 가서 따끈한 물에 몸 담그고 집에 가면 그만한 호사가 또 있을까.

마을은 그냥 걷기만 했는데도 느낌이 오는 골목길이었다. 그러니 내 가슴은 무언가로 가득 채워진 느낌이다. 시장기가 드는 데도 자리 뜰 마음이 눈곱만큼도 없었으니.

맹사성고택

외암에서 멀지 않은 설화산 자락, 그리 넓지 않은 대지에 잊혀진지 오래인 듯 보이는 고택이 한 채 있다. 사당과 생전에 기거했다던 한 칸짜리 집 한 채와 맹사성이 심었을 것이라는 수령이 600년은 넘어 보이는 은행나무 한 그루가 전부다.

이 고택이 우리나라의 대표적인 옛날 민가라고 한다. 은행나무는 학자수라 불리기도 한다니 자신이 학자로서의 본분에서 벗어나지 말아야겠다는 다짐으로 심지 않았을까.

둘러보는 데는 10여분이면 되는데 여운은 길게 남았다. 무엇 때문일까? 맹사성의 젊은 시절 가르쳐주셨던 무명선사의 가르침 때문일까. 요즘 정치인은 되새겨봐야 할 말인 것 같다. 그거 읽어보니 유치원생들도 금 방 알겠던데 왜 유식하다는 그 양반네들은 이 말 뜻을 모를까. 알다가도 모르겠네. 그렇게 어려운 글도 아닌데.

'나쁜 일은 행하지 않고 선정을 베푸시면 됩니다.'

신정호 생활체육공원

공원은 신정저수지 주변을 개발해서 주민들에게 되돌려준 사례다. 누구나 여가를 즐길 수 있게 만든 여가공간이다. 어린이에서 우리 세대까지 아우르는 수변공원. 습지관찰원, 생태학습장, 어린이놀이터에 성인운동시설까지 갖추었다. 그러니 동호인들의 천국이랄 밖에.

4km 남짓 되는 둘레길은 아낙과 우리 같은 나그네의 몫으로 마련했나 보다. 여기서 무얼 더 바랄까. 한 바퀴 걷는데 지루하지가 않았다. 배고픈 줄도 몰랐다. 너른 저수지 주변을 걸으며 내 몸을 맡기는 것만으로도 충분히 행복했다면 믿을까. 얼마나 정성들여 만든 걷기 코스인지 몸소 체험하고 왔다.

오죽하면 돌아오는 봄에는 꼭 다시 와서 여유롭게 걷고 가야지 하고 마음먹었을까. 엄지손가락에 올려놓을 가치가 있는 곳이었다.

온양 민속박물관

온양민속박물관은 추억의 작은 한토막이라도 있는 사람이라면 그 시절로 돌아가고 싶어 입이 근질근질한 곳이다. 우리나라에서 가장 많은 민속품을 전시하고 있다고 한다. 정말 대단하다. 추억은 누구에게나 그리움이지만 또한 소중한 경험이 만들어낸 자산이다. 이제 그 오래된 경험을 너덜너덜할 때까지 써먹고 또 써먹을 것이 아니라 우리 나이에도 새로운 경험이 필요하다는 것을 알게 해준 곳이다.

조상들의 삶의 하루하루가 참 힘들었겠다. 뜬금없이 그런 생각이 들었다. 이 시대에 태어난 것에 감사한다며 슬그머니 내자의 얼굴을 살피고 있었다. 삶의 시작에서 이승을 등지는 그날까지의 관혼상제의 일습을 알기 쉽게 설명해주는 해설사의 설명이 귀에 쏙쏙 들어온다. 상주의 상복에 대한 이야기는 이랬다.

어깨에 붙인 삼베 한 조각은 이제부터는 어버이가 지셨던 무거운 짐을 이 아들이 지고 살겠습니다 하는 다짐이요. 상주의 옷자락이 제비꽁지를 닮은 것은 강남 같던 제비가 봄이면 돌아오듯 환생하시라는 의미가 있다고 한다. 상복의 가슴에 달려있는 눈물주머니도 예사롭지가 않아 보였다.

찬찬히 다 둘러보려면 족히 두어 시간은 잡아야할 것 같은데 배가 너무 고프다 보니 힘에 부치는 게 사실이다. 그러니 야외전시장은 먼발치서 보는 것으로 가름하기로 하고 서둘렀다. 짐부터 내려놓고 내려온 건 잘한 일이다. 3시가 넘었으니 늦은 점심.

호텔 대청마루에서 순두부 먹고 푹 쉬었다. 저녁은 온궁에서 스파게티와 전복죽 온천에 왔으니 사우나는 필수. OK

온양온천관광호텔

추억의 저잣거리와 고촌수구레

2016년 7월 20일(수)

아침밥은 외암 민속마을 저잣거리에 있다는 고촌수구레. 얼큰해서 아침 해장으로 제격이라고 한다. 매콤하고 씹히는 쫄깃한 맛이 처음 먹어보는 음식이긴 하나 입에선 익숙하다. 소가죽 안쪽의 쫄깃한 특정부위를 쓴다는데 콜라겐과 젤라틴이 많다고 한다. 틀림없이 웰빙 음식은 맞는 것 같은데 피부노화방지에 좋은 음식까지라면 너무 기대가 많은 것 같다.

무엇보다 아내가 "이게 뭐지? 어! 육개장 맛이네." 그러며 한 그릇 들더니 컨디션이 회복되었다며 웃는다. 한시름 놓았다. 외암 민속마을을 둘러보면 서부터 말이 많아졌다. 여긴 우리 나이또래에겐 추억을 끄집어내기 딱 좋은 곳이다. 기와집이 즐비하니 양반들이 살던 부촌이라, 내가 살던 초가지붕의 동네 모습과는 영 딴판이다.

사실 난 유년시절을 수원에서 보내긴 했지만 기와집 한 채 없는 변두리에서 살았다. 30여 호 남짓한 작은 마을이었는데 과수원집을 빼곤 형편이 넉넉하질 못했던 시골마을이었다. 어디서 살았건 추억은 평등한 법이다.

잠자리 잡고 피라미 잡으며 놀다 그도 싫증나면 물웅덩이로 뛰어가 풍덩하던 어린 시절의 내 모습이 아련히 남아있는 것에 놀랐다. 이런 고즈넉한 마을을 보며 고맙다는 마음까지 드는 걸 보면 여기까지 살아온 것에 감사하고 있는 것이 분명하다.

봉곡사 천년비손 길

'천년의 숲길'은 이번 여행 중 절대 놓쳐서는 안 되는 곳으로 손꼽았던 여행지 중 하나다. 소나무 숲을 거닐며 힐링 한다는 건 우리 부부에게는 만난 것 먹는 만큼이나 중요한 일이기 때문이다. 아니 먼저일 수도 있다.

내비는 정확했다. 도착해서의 느낌은 뜨악했다. 생각과는 생판 달라서다. 사람들이 많이 찾는 곳인 줄 알았는데 주차장은 너른데 사람이 안 보인다. 결론은 이렇게 더운데 누가 나오겠나. 우리면 모를까.

'봉곡사 천년비손 길'을 알려주는 안내판이 제 역할을 하는지도 궁금하다. 주차장에서 봉곡사를 지나 갈매봉을 향해 아름다운 능선 길을 걷다 오면 3시간은 족히 걸린다는데 우린 4시간 잡아야 한다면 빠른 취소가 답이다. 아내의 컨디션에 건강까지 신경 쓰려면 표정부터 살펴야 한다.

"오늘은 천년의 숲길 걷는 걸로 마무리할 게요. 먼 길이 아니니까. 길 양옆으로 아름드리 소나무가 숲을 이루듯 꽉 들어차있다니 걱정할 건 없어요. 안 걸으면 우리만 손핸데. 안 그래요?"

다음에는 꼭 다시 들러 갈매봉 능선을 한번 걸어보자며 새끼손가락까지 걸었는 걸요. 땡볕에선 그늘 찾아 빨리 걷고, 그늘이 있으면 느긋하게 걸으면 된다. 수백 년은 족히 되어 보이는 붉은 소나무들이 도열해 있는 운치 있는 길인데 어때요. 안 걷고 가면 두고두고 후회할 텐데.

큰 소나무마다 밑 둥에 V 자 흉터가 흉물스럽다. 일제가 송진을 채취하기 위해 그 짓을 했다는데. 소나무도 나라 없는 설움이 어떤 건진 똑똑히 알았을 것이다. 그러니 더 열심히 살면서 이곳을 찾는 이들에게 유익한 것을 아낌없이 내어주기로 했을 것이다. 그러니 우리도 앙팡지게 걸어야한다.

봉수산은 도선국사가 봉곡사를 창건한다니까 봉수산자락을 덥석 내어준 게 틀림없다. 규모는 작지만 큰 석가모니를 모신 대웅전의 모습이 대단해 보여서다. 받는 이보다 주는 이가 더 복이 있을 거라고 주접도 떨면서 우린 어느 길손에게 옥수수 딱 한 개만 보시하라 부탁했다. 분명 이 길은 걷기 좋은 길은 맞는데 오늘은 날씨가 받쳐주질 못한 걸로 기록해야할 것 같다. 헉헉거릴 정도로 엄청 찌는 날씨였거든요.

내려오는 길은 그 옥수수 한 알에 두 걸음씩 떼니 힘이 될 줄이야. 그 힘으로 24분의 순교자의 영혼이 잠들어 있고, 가장 아름답다는 '공세리 성당' 을 찾아가는 길이다.

영인산 자연휴양림

영인산 자연휴양림에 들렀을 땐 우리 둘 다 의욕상실, 기진맥진이었다. 휴양림에서도 2km 구간에서만 산의 정기를 듬뿍 받을 수 있는 멋진 길이라며 잠시나마 환호했지만 그때뿐이었다.

오름길이긴 해도 배낭 메고 폼 나게 걷고 싶은 마음이 없을 리가 있는가. 마음과 달리 우리 부부는 주차장 앞 벤치에 앉아 수다만 떨다 왔다는 거 아닙니까. 수영장에서 놀고 있는 아이들의 웃음소리에 우리의 수다가 묻히긴 했지만 더위에 지친 몸을 쉬기엔 충분했다.

공기가 좋으니까 앉아서나, 서서나 깊은 숨쉬기를 하면서 그냥 횡설수설 했을 걸요. 되도 않는 노래도 몇 곡 부르고. 뜬금없이 색시야! 이런 휴양림에서 며칠 자고 갈까. 뭐 그런 말도 한 것 같은데. 오늘 같은 날은 아무 말이나 다 받아주니 고맙다. 난 이말 저말 해가며 스트레스 풀고, 아내는 아무 말 잔치에 웃음으로 대답한 것으로 풀었으면 되었다.

저녁은 튀김우동으로 끼니를 때웠다. 더위에 입맛이 달아나 버렸다. 온천이나 하며 더위에 지친 몸을 쉬어야 할 것 같다.

아산온천

아산 아산온천, 온양 온천관광호텔

예 산

예당저수지의 의좋은 형제공원
예산 관광지
예산의 소머리국밥

예당저수지의 의좋은 형제공원

2016년 1월 1일(토)

뭘 먹나 오늘 아침은. 궁금하면 가보시면 알아요. 시골 논두렁 밭두렁 길을 꼬불꼬불 한참을 달려야 나온다. 고향 촌에선 늦은 아침이기는 하지만 큼지막하게 썬 모두부와 순두부가 맛나 보여 과식한 모양이다.

예당저수지 주변에 있는 의좋은 형제공원을 찾았다. 느림의 미학을 지향하는 슬로시티 대흥과 예당저수지 데크길을 걷는 것으로 하루를 시작했다. 시골마을 옛길 걷기다. 이 마을에 살았던 형제의 이야기가 적힌 효제비가 발견된 것도 대흥마을 이라고 한다.

그래서 마을사람들이 힘을 모아 동상도 세우고, 의좋은 형제의 삶을 둘러보는 공원도 만들었다고 한다. 농촌생활을 느껴보고, 느리게 사는 삶의 의미를 되새겨보라는 뜻에서 만든 느린 꼬부랑길. 자연이 주는 건강한 기운을 담아가시라는 뜻이라고 한다.

시간 반이면 걸을 수 있는 코스로 옛이야기길, 느림길, 사랑길로 세분화 하였는데 우린 2코스 느림길을 걷는 것으로 병신년을 열기로 했다. 거기다 예당저수지 습지생물탐방로까지 섭렵하고 나면 민물나라로 붕어찜 먹으러 가야지.

예산은 한우갈비, 예당붕어찜, 민물어죽, 수덕사 산채정식에 삽다리 곱창이라고 들었다. 전국 제일의 저수지에서 잡은 참붕어를 무청과 함께 지져낸 붕어찜. 우린 무청은 물론 냄비의 바닥까지 긁었다.

배가 부르면 저수지 주변 쉼표공원 카페가 제격이다. 정원이 넓고 잘 정돈돼 있어 버린 시간이 하나도 아깝다 생각이 안 든다.

예산 관광지

여행은 동반자를 잘 만나야 즐거운 여행을 보장할 수 있다. 함께 떠나는 여행이 패키지가 아니라면 상대방에 대해 생각을 많이 해야 한다. 이곳은 말이 필요 없는 곳이다. 산과 물, 그리고 하늘이 그려내는 여백의 아름다움이 있고, 자연을 오롯이 느낄 수 있는 곳이기 때문이다. 느낌이 좋으면 숨쉬기만으로도 여기 온 값을 한다고 생각되는 곳이다. 가볍게 몸 풀 듯 팔을 앞뒤로 흔들어가며 걸어도 좋고, 캠핑장이나 쉼터나 산책로를 따라 조각공원에 들어서면 작품 하나하나가 가슴에 와 닿을 정도로 눈길을 끄는 곳이다.

관심이 별로라고 우리의 무지를 탓할 생각은 버려라. 우리의 살아온 삶이 작품을 감상하며 시간을 보낼 만큼 여유가 있었던 것이 아니지 않는가. 그만큼 정서적 문화적 공간이 없었다. 그러니 우리 나이에 작품을 옆에 놓고 고개를 갸우뚱하며 진지해지는 것이 쉬운 일은 아니다.

젊었을 때는 바쁘다는 핑계로 용서가 되었다. 그러나 나이가 들고 보니 시간밖에 다른 눈으로 바라 볼 수도 있겠단 생각을 했다. 그러니 노력이 어렵다면 갸우뚱하는 흉내라도 낼 수 있으면 싶다. 이 하나하나가 살아가는 노인의 지혜라고 생각하면 어떨까.

우린 산책코스를 함께 걷는 내내 행복했었다. 걷고 감상하고, 작품을 보면 지나치지 않고 보는 척도 하고, 느낌도 오지만 가끔은 밝은 웃음을 흘리는 것도 여행 중 청량음료와 같은 것이니 소홀하면 안 된다.

내일은 아침에 황보어죽 먹고 해 저물기 전에 집에 도착하면 된다. 오늘

은 토요일이니까 일요일 아침 일찌감치 고창으로 달려갈 계획을 실천할 생
각이다.

덕산온천관광호텔

예산의 소머리국밥

2016년 7월 21일(목)

힐링이 필요할 때는 오라고 손짓하는 곳으로 가면 된다. 차가 있으면 좋고
아님 버스 기차 등 대중교통도 이용하면 편하다. 배낭 하나 메고 떠나면 어
떤가. 우리 나이의 특권이니 누려볼만 하지 않은가. 가끔 그러고 싶을 때가
있다. 첫걸음이 중요하다. 어제 또 밤잠을 설쳤다. 피곤한데 잠이 오질 않는
다. 에어컨도 빵빵하게 틀어 열대야도 식혔는데 뭣 때문일까.

오늘은 제일 먼저 들러야 할 곳이 있다. 한 달에 8일만 장사한다는 식당
이다 보니 저번 일정 짤 때 잘 챙겼어야 했는데 집 나설 때 깜빡했다. 그런
데 오늘이 바로 예산의 그 장날이다. 그래 조금 무리수를 두기로 했다. 소머
리국밥 한 그릇 먹어보겠다고 새벽 댓바람에 36km나 되는 예산 소머리국
밥집으로 달려간다. 놀랄 건 없다. 그보다 먼 길도 맛있는 집이라면 멀다 하
지 않고 달려간 것이 한두 번이 아니지 않는가.

생각보다 더 허름한 가게였다. 국밥을 먹으면서 맛은 있네 하면서도 뒤끝
이 있다. 너무 기대를 많이 해서 그런가. TV에 나올 때는 양이 푸짐해 보였
는데 막상 먹어보니 고기의 양이 적었다. 착시 현상이겠지. 했지만 솔직히
푸짐하단 생각은 들지 않았다. 깍두기와 열무김치가 실망시키지 않은 것으
로 위안삼아야 할 것 같다.

예산 덕산온천관광호텔

천 안

천안 독립기념관
태조산각원사
태학산 자연휴양림
천안 박물관

천안 삼거리공원
태화산 광덕사의 호두나무
천안 아름다운정원 화 수 목
백제 온조왕사당과 조선 직산현관아

천안 독립기념관

2014년 12월 18일(수)

　오늘은 우리 민족의 5천년 역사를 탐닉하러 가는 날이다. 국민성금으로 건립한 독립기념관이다. 우리 민족은 무수한 외세의 침략에도 굴하지 않았다. 식민지 지배로 뼈마디가 시리도록 고통을 당하면서도 조국의 해방을 위해 애쓰셨던 선조들. 6,25남침을 지켜낸 자유민주주의 힘. 오늘은 그 승리의 기쁨과 5천년 역사를 모처럼 가슴에 담아볼 생각이다.

　제1관, 겨레의 뿌리. 선사시대로부터 이어온 우리의 문화유산과 외세의 침략을 극복해간 역사를 모형으로 전시했다. 젊은이들은 동북아를 호령하던 고구려, 문화를 꽃피운 백제, 천년왕국 신라에서 고려, 조선에 이르기까지 우리 민족의 항쟁의식을 보고, 배우도록 민족의 정기를 바로 알리는 좋은 교육의 장이었다.

　제2관, 겨레의 시련. 일본제국주의에 짓밟힌 고난의 역사를 보여주고 있었다. 특히 반인륜적 범죄인 일본군위안부 실체를 알림으로서 역사를 잊은 민족에게는 미래가 없음을 일깨워주려는 교육의 장으로 아주 훌륭했다.

　제3관, 나라 지키기. 당시 의병들의 의복과 장비, 독립군의 활약상과 청산리전투. 선조들의 항일투쟁 상황을 밀랍인형으로 보여주고 있어 재미를 더 했다.

제4관 겨레의 함성부터 7관까지. 3.1운동을 되짚어 볼 수 있고, 국외에서 활동했던 무장독립투쟁을 벌인 한국광복군의 활동자료를 이해하기 쉽게 전시했다. 일제강점기에 임시정부 시절의 지상 피난가옥과 선박, 비밀 선상회의, 임시정부요인 밀랍인형들이 눈길을 끌었다. 대한민국정부수립과 6.25전쟁도 놓치지 않았다. 입구에 들어설 때 들리던 우렁찬 만세소리는 우리 부부의 감성을 일깨우는 효과가 아주 컸다.

그랬다. 그 시대를 살아온 사람들, 우리 민족이 거대한 중국대륙에서 명멸해가는 수많은 민족들과 맞서가며 슬기롭게 극복해나가는 발자취를 보았다. 애국지사들의 눈물겨운 투쟁사가 파노라마처럼 전개되도록 전시되어 있어 7관까지 둘러보는데 지루한 줄은 몰랐다.

아쉬운 점이 있다면 유물의 양이 너무 부족하다는 것이다. 과연 이곳을 찾는 학생이나 일반인들이 끈기 있게 7관까지 둘러볼 수 있을까.

천안 삼거리공원

여유를 부려보고도 싶었다. 걸으며 역사와 지역문화를 자연스럽게 접할 수 있는 것이 우리가 바라는 여행이다. 삼거리공원은 그런 의미에서 우리의 목적과 부합한 곳이다. 많은 공간을 능수버들에게 할애한 천안시민들의 쉼터요 여가공간이었다.

"천안삼거리 흥- 흥- , 능수야 버들아 흥 / 제멋에 겨워 흥 경사가 났구나. 흥"

아리랑의 고장답게 천안아리랑을 시민의 자부심으로 키우기 위해 애썼구나 하는 것을 느낄 수 있었다. 따스한 봄날을 즐기듯 걷고, 환하게 웃기도 하며 지금 이순간이 가장 행복하다는 것을 누군가에게 보여주고 싶은 듯 그렇게 걸었다. 거리를 멀리 잡았다. 따스한 날씨도 한몫을 했다.

"우리 내기하는 거. 뭐내기 할까. 지금 바깥온도가 몇 도가 되는가 알아 맞히기 어때? 지는 사람 점심사기."

이렇게 저지른 뒤끝 없는 내기였다. 차에 가서 확인해보니 9도. 아내는 10도 나는 7도. 점심값은 내가. 그렇게 천안한우협동조합 직영식당에 가서 갈비탕 2그릇 값을 위해 내 지갑을 열었다. 어차피 자기가 지불할 거면서 뭐 매롱. 웃는다. 예쁘다.

온양온천은 수온이 58도 내외의 고열온천으로 국내에서는 가장 오래된 온천이다. 우리가 신혼여행 온 호텔이기도 하다. 세종대왕은 물론 세조까지도 이곳에서 피부병이 낫기를 바랐다고 하지 않는가. 이 한 몸 호텔 온천탕에 맡겨도 될 것 같다.

인터넷을 열어보면 이런 저런 말들이 떠돈다. 죽을 때 사람들은 이런 것을 후회하더라. 읽어보면 틀린 말이 하나도 없다. 그래서 결심했다. 한살이라도 더 먹기 전에, 운전대를 놓기 전에, 아내와 내 나라 구석구석 여행하면서 후회 없는 삶을 살았다고 위로받고 싶었다. 이제 겨우 4번 여행해 놓고 너무 큰 그림 그리고 있는 건 아닌지 조심스럽다.

온양온천관광호텔

태조산각원사

2016년 7월 19일(화)

아침에 병천 순댓국 한 그릇 먹는 것으로 시작했다. 순댓국은 채소와 선지를 넣은 고기순대. 국밥 속에는 오소리감투와 머리고기가 입에 맞던데 마님께선 아닌가보다. 깨작깨작 하더니 입맛 없다며 숟가락을 놓는다. 병천순대는 서울식당 면순대와 전라도 피순대의 중간 맛이었다. 푸짐하면서도 텁텁하지 않은 맛이지만 깔끔한 맛과는 거리가 있어보였다. 나만 배 두드리고 나왔다.

이젠 걸으면 되는데 눈치를 볼 수밖에 없다. 긴 여행을 하려면 상대방 컨디션 체크에 신경을 써야한다. 오늘은 천안의 진산이라는 태조산각원사 가는 날이다. 불교신자들의 성금으로 남북통일 기원을 담아 77년에 세웠다는 청동대불상이 어디 세웠을까 궁금하기도 한 건 사실이다. 불심이라니요. 그냥 궁금하니까.

뜨거운 날씨라 경내조차 걸을 엄두도 못 냈다. 더위 먹었다. 색시뿐만 아니라, 더위에 지친 건 나도 마찬가지였다. 둘 다 몸 상태가 안 좋았다. 우린 느티나무 그늘에서 한 발짝도 뗄 생각이 없었다. 둘러보는 척 목운동만 하고 있었다. 청동보살은커녕 대웅보존이고 뭐고 더워도 너무 덥다. 땀을 씻을 틈도 없었다.

"가서 드셔 보세요. 오늘같이 더운 날 시원한 음식 좋지요. 다들 괜찮다고들 하던데. 내비에 찍으면 바로 나와요. 맛있게 드세요."

문화해설사가 추천한 집은 유량동에 있다는 '유량동 봉평장터' 바로 막국수 집이었다. 우리 마님께서 오늘 같이 더운 날은 이열치열이라고 속이 얼얼할 정도로 시원한 음식이 당긴다네요. 잘됐네요. 해설사말대로 한 그릇에 비빔과 물. 둘 다 해결할 수 있게 한 것이 아이디어. 여기선 뭘 먹을까 걱정할 필요가 없어요. 그냥 양념장 올린 것을 먼저 비벼 먹고 아닌 것에 시원한 육수를 부어 물 막국수로 먹으면 되요. 정말 맛나게 먹었다고 우리 마님도 환하게 웃던데요.

그리고는 뒤도 안 돌아보고 숙소로 향했습니다. 침대에 벌러덩 누워 행복해하는 아내를 보니 더 일찍 들어올 걸 하고 후회했다는 거 아닙니까. 이런 더운 날씨에 구경이라니요. 그 집에서 메밀전병 Take Out 한 것까지 맛나게 먹었다. 잘 먹으면 행복하다지 않습니까. 그럼 되었지 무얼 더 바래요.

몸이 넘치게 고단하지 않아야 하고, 입이 즐거운 여행이야 말로 즐기는 여행의 정석이란 걸 깨달았다. 오늘은 우리 마님 더위에 고생만 시킨 날이다.

아산온천

태화산 광덕사의 호두나무

2021년 6월 10일(목)

소나기라도 쏟아 부을 듯 하늘이 잔뜩 찌푸렸는데도 걱정은 1도 안했다. 오히려 비오기를 기다렸다. 연일 30℃를 넘나드는 날씨다보니 소나기라도 뿌려주었으면 하는 마음이 어디 여행 중인 우리뿐이겠습니까. 5년 전 여름, 각원사 느티나무의 악몽을 잊지 않고 있어요. 여름엔 그늘이 효자라는 걸 그때 절실하게 느꼈거든요.

오늘은 개천물길 따라 절까지 산책 하듯 걸을 생각이다. 광덕사대웅전은 계단 옆에 떡하니 버티고 서있는 400년은 넘었을 호두나무부터 친견하고 가면 된다. 700년 전의 전설 같은 이야기를 들어보는 것도 여행을 즐기는 방법의 하나다.

영밀공 유청신 선생이 원나라에서 가져와 어린 나무는 광덕사 안에 심고, 열매는 유청신 선생의 고향집 뜰 앞에 심었다고 전해지나 지금의 나무가 그때 심은 것인지는 정확하지 않다고 한다.

계단을 오르면 보화루, 몇 계단 더 오르면 대웅전이다. 삼층석탑이 다소 곳하게 서 있다. 통일신라 말이나 고려 초로 추정된다. 이 탑의 특징은 부처님사리나 유품을 모시기 위해 세운 것이 아니라 가람배치상의 필요에 의해 세운 탑이라고 한다.

광덕사의 문화재는 또 있다. 대웅전 계단 앞 돌사자와 대웅전 안에 있는 세 불상 즉 석가여래와 아미타불여래, 약사여래다.

사찰의 맛보기가 끝났으면 등산 체험을 나서면 좋다. 우리가 처음 태화산 등산로를 찾은 날은 눈이 제법 내린 초겨울이었다. 산으로 오르는 계단이 빙판이 되어 조심하면 오를 순 있겠으나 내려오려면 애 좀 먹을 것 같고, 아차 하면 봉변당할 수도 있겠다는 생각에 미련 없이 돌아섰던 곳이다.

지금 생각해도 그땐 잘 한 일이긴 하나 오늘은 또 내 무릎이 전과 같지 않으니 호기부리며 등반에 나설 수도 없는 형편이다. 어쩌면 태화산 등반은

영원한 그리움으로 남겨둬야 할 것 같다. 등산이 안 되면 트레킹, 그도 쉽지 않으면 산책이라도 하고 가야 한다. 무리할 필요는 없다.

광덕사의 호두나무를 보고 하늘을 가릴 정도로 자라 숲이 되어버린 사찰 주변 산책로를 걷다 왔다. 공주 마곡사까지도 그리 멀지 않은 거리라는 정보를 요긴하게 써먹고 싶은데 무릎이 좋아졌을 때의 일이다.

태학산 자연휴양림

이 휴양림은 차를 휴양림에서 멀찌감치 있는 주차장에 두고 걸어 들어가야 하는 체험 공간 휴양림이다. 이것만으로도 호기심을 일으키는 데는 충분했다. 교육받으려온 유치원 원생들의 재잘거리는 소리에 기분이 UP되어 기분이 좋긴 했다만, 아이들이 학습하는 모습을 보느라 발목이 잡힌 꼴이 되고 말았다.

"산책 안 가요?" 멍 때리고 있는 나를 정신 번쩍 들게 한 건 마님이셨다. 그렇게 우린 소나무 숲에 풍당 빠져들었고 깊은 숨 들이마시고 뱉길 반복하며 걸었던 기억이 난다. 숲에서 나갈 생각이 전혀 없었어요. 숲에 빠지면 약도 없다는 말 아세요. 우리가 그 짝이 났어요.

숲속의 집을 지나 치유센터. 210m 더 가면 '새소리 명상 터' 까지를 제1 목적지로 삼았다. 뻐꾸기 등 온갖 새들의 울음소리에 취하다보니 밥 때까지 놓치며 자연에 넋을 잃은 꼴이 되었다. 산책로의 언덕길을 숨 가쁘게 걷는 체험도 했다. 오늘의 숨쉬기운동은 목적을 달성했다 얘기다. 탈진하다시피 한 우린 한동안 그네의자에 앉아 흔들거리고 있었다.

'사이좋은 길' 로 들어선 것까지는 좋았는데, 휴양림 안에서 염불소리가 들렸다. 기웃거리다 보니 수련이 피어있는 작은 연못에 아담한 절의 처마가 보였다. 1931년 폐가가 된 해선암을 복원하여 극락보전으로 재건하였다는 태고종 태학사와 동굴암반에 대웅전을 짓고 1,000년 마애석불을 모신 조계종 법왕사의 두 절이 보이지 않는 경쟁을 하고 있었다.

연못에서 발갛게 익은 앵두며 보리수열매를 따먹는 재미에 손과 입이 바빴다. 앵두는 익을수록 상큼하면서도 시큼하고, 보리수는 밋밋한 맛인데 당긴다. 지금이 제철이라 그런가. 때깔까지 고와 자리뜨기 쉽지 않았다.

천안 아름다운정원 화 수 목

여긴 개인이 운영하는 정원인데 입장료가 없다. 다만 나갈 때 카페나 식당영수증을 보이면 그것으로 입장료를 대신하는 정원이다. 정원은 누가보든 말든 와! 함박웃음을 지으며 뛰어가야 맛을 느낄 수 있는 곳이다. 화사하면서도 고운 빛깔을 자랑하는 이름 모를 꽃들에 정신 줄을 놓고 말았다.

1억년의 비밀을 감추고 있다는 바위산책로를 따라가다 보면 분제원이 있고 제주 식물원과도 마주치게 되어있다. 욕심껏 꽃들을 섭렵할 생각에 들떠있는 것부터가 잘못된 생각이었다. 분제원은 주인의 입맛에 따라 식물의 성장을 억제시키는 것이다 보니 내 취향관 거리가 있다.

탐라식물원은 발을 들여놓는 순간 호기심이 발동했다. 아- 바로 이거구먼. 그랬다고 한다. 250년 된 하지귤나무, 400살의 동백나무, 소철, 황금목에 이르기까지 그냥 지나 칠 수 있는 것들이 아니었다. 이름표와 꽃을 대조해 보는 것도 꽃을 감상하는 방법 중 하나다.

화단의 꽃은 어찌 구경하느냐에 따라 달라질 수 있다. 놀란 듯 아예 입을 벌리고 다니는 것도 한 방법인지 모른다. 우리들이 올 날에 맞춰 꽃을 피게 하지 않나 의심부터 들게 하는 곳이다. 꽃 친구들의 이름을 불러주는 것도 권장할 만 한 일이다. 그런 녀석들은 몇 안 된다. 먼 나라이거나 아님 이방인이었다. 꽃들의 화려한 몸짓과 낯익은 꽃들의 무한 변신에 놀랄 수밖에 없는 이유다.

꽃향기에 취해보는 건 아내의 방식. 예쁘고 화려한 꽃들은 향기가 없고,

알만한 녀석들은 어딘가 숨어 핀다. 꽃은 우리를 어린 시절로 돌려놓는 매력을 가지고 있다. 좋아라 뛰어다니게도 하지만 곁을 떠나지 못하게 하는 매력이 있어서다.

온천지가 꽃, 꽃, 꽃. 꽃이다. 꽃은 놀래게도 하지만 마음을 평안하게 해주는 매력도 함께 갖고 있었다. 긴장이 풀렸는지 다리가 후들거리는 것은 그런 기분 때문일 것이다.

카페1층으로 내려면 '떡 먹은 단팥빵'과 '바닐라라 떼'가 요기가 된다는 걸 알게 된다. 꽃구경하다 들어온 사람들이라 그런가. 환한 미소를 흘리던데 우리도 누군가의 눈에 그리 보였으면 좋겠다.

천안 박물관

천안은 태조 왕건이 태조산에 올라 지세를 살핀 후 천하대인의 땅이라고 했다고 한다. 그 천안의 역사와 문화를 한자리에서 볼 수 있다는 복합 문화 공간, 박물관을 둘러볼 차례.

'아름다운 정원 화 수 목'에서 5km 밖에 안 되는 데다 주차걱정도 없다. 생각보다 더 시원하고 한산해서 좋았다. 오존주의보까지 내린 날이라 오늘 같은 날은 11시부터 오후 3시까지는 박물관이나 전시관 구경으로 일정을 잡는 것이 좋은 선택일 수 있다. 관람 동선은 3층부터다.

3층은 역사적 사실을 문자로 기록하기 이전의 시대, 즉 선사시대(구석기시대, 신석기시대, 청동기시대)부터 백제와의 관계 속에 성장하던 삼국시대까지의 천안의 옛 모습을 담았다. 당시에 논밭을 갈던 따비며, 땅을 파고, 고를 때 쓰는 괭이 등 농기구를 만들어 농사를 지었다는 사실도 알려주었다. 한강 이남과 삼남지방을 잇는 길목을 방어하려다보니 곳곳에 성을 쌓을 수밖에 없었던 역사적 배경까지 놓치지 않았다. 특히 고구려나 신라의 석성과는 달리 흙다짐으로 성벽을 쌓는 토성기술이 발달하였음도 보여주었다.

천안삼거리는 옛 거리 모습을 재현하여 삼남의 사람과 문물이 만나고 교류하는 거리, 쉬어가는 장소, 이별의 장소라는 지리적 여건을 알기 쉽게 풀어주었다. 과거보러 가는 선비가 묵어가는 길목이요, 급제한 선비가 어깨 펴고 지나가는 거리. 당시 삼거리는 온종일 시끌벅적했을 것이다.

당시의 앉은 굿, 온양 어가행렬, 능수버들 아래의 아낙, 천안삼거리의 주막뿐 아니라 느티나무 아래서 제를 지내는 '목신제'까지. 실물크기로 재현하여 볼거리가 풍성했다. 특히 민속놀이인 줄다리기와 거북놀이의 재현은 손바닥만 한 밀랍인형으로 등장인물이 엄청 많았는데 등장인물들의 표정까지 살리려고 애쓴 흔적을 보고 감명 먹었다.

2층은 주제관. '맛있다 천안'이 오늘의 주제였다. 천안의 음식이 칼칼한 맛이 나면서도 구수하고 담백하며 사치스럽지 않은 것은 삼남과 경기도 사람들이 어울려 살았기 때문이라고 한다. '향토먹거리'로 꼽은 보리고추장과 호두과자뿐이겠는가. '봄에는 신 것이 많고, 여름에는 쓴 것이 많고, 가을에는 매운 것이 많고, 겨울에는 단 것이 많다.'는 천안은 먹을 것이 풍성한 풍요의 땅이었다.

'팔복도가니탕 본점'에 도착한 시간은 블랙타임이 있는 어정쩡한 시간. 그래도 반갑게 맞아주어 고맙다 할 밖에. 소문대로 탕은 물론이고 배추김치와 섞박지, 깻잎장아찌까지 입에서 당기니 나무랄 데가 없었다. 오죽 맛났으면 Take Out 해서 서울로 갈 생각까지 했을까.

천안 신라스테이 1001호

백제 온조왕사당과 조선 직산현관아

2021년 6월 11일(금)

세종실록지리지에 의하면 세종 11년 1492년 온조왕 사당을 직산현 관아 동북쪽 2km 거리에 세우고 봄, 가을 제사를 지냈다는 기록이 남아있다.

그러나 1597년 정유재란 때 사당이 불타 사라진 이후 조선인조17년(1639년) 남한산성에 온조왕을 모시는 숭렬전을 건립하였다는 기록 때문에 미루어 온 것이 아닐까.

늦게나마 세종실록지리지를 근거로 천안에 사당을 세운 것은 지역 역사를 알리기 위한 작업의 하나로 봐야 할 것이다. 이왕에 시작한 사업이라면 뜰에 무성한 망초부터 제거해주는 관심을 보여주면서 이해의 폭을 넓혀가는 것이 중요할 것 같다. 온조왕 사당을 중심으로 향교, 관아를 묶어 공원을 조성하는 합동 개발이 여건상 그리 어렵진 않을 것 같다.

사당이 고요속에 잠긴 쓸쓸한 모습이라면 향교는 은행나무와 호두나무 그리고 새들의 천국이었다. 살아있는 교육의 현장으로 활용하고 있었다.

직산현 관아는 조선시대의 행정관청으로 정문인 외삼문에 '호서계수이문' 이란 글자가 뚜렷하게 쓰여 있다. 경기도와 경계를 이루는 호서의 첫 관문으로 삼남으로 통하는 길목이란 뜻이다. 내삼문을 들어서면 솟을대문이 있고 공무를 보는 외동헌과 살림집이 있다. 오늘은 백제와 조선의 흔적을 찾아보았다.

천안 '공주집' 의 간장닭갈비. 맛있네 하면서도 우리에겐 닭 껍질을 발라내는 수고가 부담스러웠다. 태조산공원은 주차장만 빼곤 몽땅 갈아치울 모양이다. 공사가 한창이다. 호텔로 돌아가는 길에 '이 고집 만두' 를 테이크아웃 했다. 만두피 없는 굴림 만두(강원도 만두). 익숙한 맛이긴 하나 특별한 맛은 느끼지 못했다.

천안 신라스테이 1001호

천안 신라스테이 천안

청 양

칠갑산 장곡사   천정호 출렁다리
청양 천장호 둘레길   칠갑산 두메산골 아낙네청국장
청양 백제문화체험박물관

칠갑산 장곡사

2016년 7월 17일(일)

청양의 맛집이라는 탕 요리전문점을 찾아 38km를 달려왔다. 너무 서두르는다는 느낌은 있었다. 그러나 후회하진 않았다. 뚝배기가 넘칠 정도로 푸짐했으니 말이다. 와 이거 장난 아닌데.

"우리 이거 안 먹고 서울 올라갔으면 어쩔 뻔 했어. 우리 오길 잘했지? 국물도 연하고 맛있는데. 꼬리곰탕에 두개 밖에 들어있지 않던데 푸짐하게 느껴지는 이유가 뭐지. 정말 엄지 맞네. 무채도 그렇고 파김치까지. 우리 이런 거 어디서 먹어봐. 안 그래요?"

내가 생색을 너무 내니까 그냥 웃기만 한다. 여행 중 생색은 내 몫이다. 분위기 살려야한다는 건 핑계다. 이유는 내가 다 알아서 준비했다. 그러고 싶은 것이다. 12km를 더 달렸다.

예로부터 하늘과 산악을 숭앙하며 살았던 백제가 진산(鎭山)으로 성스럽게 여겨 제천의식을 행했다던 그 칠갑산 장곡사로 가고 있었다. 경치가 끝내주는 곳이다. 숲의 터널도 그렇고. 그냥 걷다 오기만 해도 후회 없을 그런 곳이었다. 굳이 차를 끌고 1.2km 거리를 가야한다면 분명 두고두고 후회했을 곳이다. 걸어야 한다. 장곡사는 그런 절이다.

내가 후회를 엄청 했다는 건 아닙니까. 그래서 웬만하면 손잡고 걸으라고 권

하고 싶다. 자그마한 사찰인데 오밀조밀한 건물들로 있을 건 다 있는 절이다. 대웅전이 두 개라는 것만 빼면 이상할 것이 없는 그런 사찰이다. 칠갑산 산골가든에 전화하면 숙박도 할 수 있다. 우린 휘 둘러보고만 가는 것이 영 마음에 걸렸다.

　실은 오늘 천정호 출렁다리를 건너려고 온 것인데 길을 잘못 드는 바람에 그만. 넘어진 김에 쉬어가랬다고 하지 않는가.

천정호 출렁다리

　1박 2일에서 다녀간 곳이다. 일찍 서두른다고 했는데도 관광객들이 정말 많았다. 아주 천천히 두루두루 둘러보면서 기웃거려가며 걸을 생각이다. 우린 손잡고 산책하듯 걸었다. 연인상도 보고, 콩밭 메는 아낙네가 이마에 땀 닦고 있는 모습도 보았다. 우린 '칠갑산' 노래가 제일 먼저 떠오르던데 젊은 이들은 뭐가 떠오를까.

　칠갑산 노래나 한가락 뽑아보세요. 그러던데 나는 이미 흥얼거리고 있었다. 고추가 시립해 있고, 구기자가 문지기를 자청한 붉은 주 탑이 눈에 들어오는 순간 긴장하는 분이 계시다. 스릴을 기대하는 나와는 달리 흔들다리를 건널 때마다 한발 뒤로 빼는 아내다. 짓궂은 남정네들은 쿵쿵거리며 흔들고, 여인네들은 어머, 어머 소프라노소리를 지르면서도 잘만 건너는 다리다.

　출렁다리를 건너면 한 가지 소원은 들어준다는 황룡이 맞아준다. 우리 부부는 황룡의 기운을 받을 때 80까지 여행할 수 있는 건강을 갖게 해 달라고 그럴까. 아님 이곳을 찾는 모든 이들이 행복했으면 그걸 바랄까. 생각뿐이었다. 소원 빌 기회를 놓쳤는지도 모른다.

　화창한 어느 봄날, 이 고개를 넘던 소금장수가 호랑이를 만나자 놀란 나머지 지게작대기로 대응했다고 한다. 호랑이는 겁을 먹고 물러나고, 누군 아마 바지에 오줌을 쌌다지요. 그 후로 '소금쟁이 고개' 라 불렀다고 한다.

둘레 길을 360m쯤 걷다보면 '소원바위' 즉 잉태바위가 나온다. 우린 황룡과 천정호만 번갈아 바라볼 뿐 그 방향으로는 눈길조차 주지 않았다. 오늘처럼 들숨과 날숨에 호수에 오면 이렇게 한동안 난간에 기대여 무심하게 호수를 바라보는 것이 낙이라 여기며 살고 있다.

여행은 가끔은 이렇게 멍 때리기 하다가는 것에 재미 들리면 약도 없다는데. 우린 그걸 즐긴다. 누구나 편하게 걸을 수 있다며 강-추할 거라면 차라리 우리가 다시 찾아와 다시 걸을 약속을 하는 것이 빠르겠다.

청양 천장호 둘레길

2019년 4월 1일(월)

한국의 아름다운 길 100선에 꼽는 길이다. 장곡사 삼거리에서 주정교 삼거리까지의 5.7Km. 벚꽃 피는 봄이면 환상의 분위기요. 꽃잎이 흩날리듯 흩어질 때는 그림이 따로 없다는 말에 솔깃해서 청양에서 하룻밤 묵으며 봄맞이 할 생각으로 또 왔다. 다시 와서 걷겠다는 약속을 지킨 셈이다.

그런데 실망했다. 평년보다 3~7일 일찍 벚꽃이 필거라는 예보만 찰떡같이 믿고 여행계획을 짰는데 개떡이 된 건 여기도 마찬가지였다. 벚꽃 길은 깜깜 무소식. 한참을 잊고 있어야할 것 같다. 장곡사나 관광객이 많이 찾는다는 칠갑산출렁다리도 썰렁하긴 매한가지였다. 대천에선 바람에 일렁이는 파도라도 보니 위로가 된다지만 여긴 정말 대책이 없다. 문제는 개떡 같은 계획을 쑥떡 같이 맛난 여행으로 바꾸는 일이다.

금강 상류와 지천을 굽어보는 산세에 일곱 장수가 나올 명당자리라 하여 칠갑산(七甲山). 오지 중 오지이면서 생명의 발원지다. 산세가 험준하고 숲이 울창하여 가히 충남의 알프스라 불릴 만하다는 청양이다.

그 청양의 칠갑산을 벚꽃에 취해 가뿐하게 오르지 못할 바에는 천정호 둘레길이라도 완주해야 심이 풀릴 것 같단 생각을 했다. 다만 날씨가 받쳐주지 않으니 그걸 안타까워하고 있었다. 누구 없소. 우리 둘 뿐이다. 바람과 동행하기로 하고 시작한 걸음이다. 고추도령과 구기낭자도 함께 걷기로 했다.

천년의 세월을 기다려 승천하려던 황룡이 한 아이의 생명을 구했고 이를 본 호랑이가 영물이 되어 칠갑산을 수호하고 있다는 전설과 일일드라마 '엄마의 정원'에서 시어머니가 며느리한테 '칠갑산 가야 혀-' 이 한마디로 더욱 유명해졌다는 잉태바위도 지났다.

둘레길의 반은 관광객들의 안전에 대한 배려가 없거나, 배려할 생각이 전혀 없었다. 폭풍과 풍랑을 견디며 나아가는 배를 연상하며 만들었다는 천장호 전망대에 올라가 걸어온 길을 휘 둘러보곤 계단으로 내려왔다.

그나마 오늘은 차량통행이 뜸해 힘들지 않았지만 도로의 난폭자들로부터 엄청난 위험을 감수해야 한다, '마치1리 다리'에서 '되돌아가시오' 하는 안내판을 세우던가. 청양쑥떡이라도 싸들고 갔으니 망정이지. 사고라도 났으면 어쩔 뻔 했노.

칠갑산 두메산골 아낙네청국장

가끔 아내의 기억력이 무서울 때가 있다. 내 기억 속에는 가물가물하거나 잊혀진 것들을 어제 일처럼 생생하게 기억해 내는 재주가 탁월하다. 연월일까지 술술 꿰고 있을 때도 있다.

오늘은 희방사청국장을 떠올리며 입맛을 다시고 있다. 난 손님을 붙들고 "뭘 시키면 좋아요."

"청국장은요 산채비빔밥 시키면 나오거든요." 대답은 우리가 청국장 먹으러 온 줄 알고 하는 말이다. 산채비빔밥을 시켰다. 지고추에 간장베이스의 냉이나물, 미나리, 콩나물, 어묵, 열무물김치에 청국장.

이 식당을 사람들은 두메산골 아낙네청국장집이라고 부른다. 본 상호는 두메산골 청국장으로 유명한 집이다. 밑반찬도 진수성찬이다. 한결같다는 소리다. 청국장은 설명이 따로 필요 없다. 만난 음식이다 보니 먹어도 칼로리 걱정 안 해도 될 것 같다.

돈이 아깝지 않았다. 이 마을이 바로 청양의 청국장마을이다. 옆길로 좀 들어가면 호텔. 오늘은 우리가 유일한 손님이었다.

청양 호텔칠갑산살레 103호

청양 백제문화체험박물관

2019년 4월 2일(화)

장승공원은 어떤 모습일까. 궁금해 하며 찾아가던 길에 얻어 걸린 곳이 백제문화 체험박물관. 실은 화장실을 가야하니까. 예쁘게 잘 꾸며 놓은 것 같으니까. 잠시 둘러봐서 볼 것 없으면 화장실만 들렀다 가도 되요. 그리 들른 곳이다.

언덕 위의 황금거북, 성공의 문, 7마리의 명마는 청양사람과 청양을 다녀간 사람들의 집안에서 출중한 인물이 많이 났으면 하는 염원을 담았다고 한다. 공원에는 청양에서 자란 오래되고 건강한 과실수들로 꾸몄다. 수령이 수십 년은 되어 보이는 고목만을 옮겨 심은 걸 보면 여간 정성을 들인 게 아니다. 배나무, 앵두나무, 살구, 모과, 보리수 등 수령이 가장 어린 나무가 수령이 30년이란다.

체험박물관이 연륜은 일천해도 파릇파릇 새싹이 나면 아름드리나무가 눈과 마음을 편안함을 해줄 것이다. 박물관은 1400년의 시공을 뛰어 넘은 건 물론 60~70년대까지도 재현했다고 하니 볼거리가 풍성하다. 아이들에겐 볼거리, 노인에겐 추억거리. 고대 토기를 볼 때는 시큰둥하다가도 농기구 전시관엘 들르면 얘깃거리가 많아지는 것이 우리 세대다.

오늘의 하이라이트는 지하1층. 추억의 거리였다. 우리에겐 그리움이지만 아이들에겐 할머니가 들려주는 옛날이야기. 교실, 만화방, 난로에 수북이 쌓인 도시락, 풍금, 옛날다방, 엿장수, 전파사, 말 타기, 뻥튀기, 우리의 눈에 선한 물건들이다. 거기다 앞은 길쭉하고 뒤는 동그스름한 백제의 이동식 변기에 황금 노다지 청양구봉광산까지 보여주었다. 이쯤 되면 하는 말이 있다. 생각보다 볼 것 많은데 잘 왔구먼 뭐.

청양 칠갑산 샬레

태안

태안 백화산 마애삼존불

선두리, 만리포 해수욕장

안면도 자연휴양림

고남 폐총박물관

신두리 해안사구

천리포 수목원

꽃지 해변

태안 이원식당 박속밀국낙지

태안 백화산 마애삼존불

2018년 9월 4일(화)

　아침을 깨우는 아이들의 까르르 웃음소리, 뛰어다니는 아이들의 발소리에 잠이 깼다면 그건 꿈을 꾼 걸 겁니다. 햇살이 이미 하늘과 접선 중이었거든요. 여름아이가 수영장이며 갯벌 보고 내년에 또 올게요, 손 흔들고 떠난 지 얼마나 됐다고 그새를 못 참고 가을아이에게 틈을 내어 준 모양이다.

　이른 시간이다. 백화산을 올라갈 생각이다. 멀리서 보면 284m의 산봉우리의 모습이 하얀 천을 두른 것 같은 야트막한 언덕이요, 좀 크게 보면 야산이다. 가볍게 오를 수 있고, 입산 시간이 따로 없으니 오늘 하루 일정을 소화하는 신호탄으로는 이만한 데가 없을 것 같다.

　가을 냄새를 맡았는지, 생각지도 않은 빈객이 마중을 나왔다. 꾸뻑 인사까지 한다. 잉크 색으로 꽃단장한 닭의장풀이다. 하도 예뻐 산 입구 적당한 공터에 차 세우고 천천히 걸어 올라갈 걸 그랬나. 후회까지 했다. 정상에는 횃불과 연기로 변방의 급한 소식을 전했다는 봉수대, 발아래론 그림 같은 농촌 풍경. 너른 들, 누런 벼이삭, 태안읍의 정적, 수평선 너머로 사라질 오늘 하루까지 보았다.

　정상은 바위가 하얗다 해서 백조암, 그 아래로 왜구의 침입을 막기 위해 쌓았다는 백화산성의 터가 남아 있었다. 새벽운동을 하러 나온 사람들이 땀을 닦고 있는 모습이 좋아 보인다. 세대불문하고 약간의 땀만 흘린다면 여행 중 다녀본 곳 중 이보다 더 좋은 곳은 없을 것 같다. 서산 태안을 묶어 여행하실 생각이면 이곳을 꼭 염두에 두면 두고두고 기억에 남을 것이다.

내려오는 길에 한여름에도 서늘한 기운을 느낀다는 백화산 냉천골, 신선 놀음에 도끼자루 썩는 줄 모른다는 바둑판이 그려져 있는 망양대, 국보 제 30호인 백화산 마애여래삼존불(중앙에는 관세음보살, 좌우에 석가여래와 약사여래불)의 독특한 형식이었다. 중앙에 있는 보살은 아담한 크기의 여성 적인 모습이던데, 좌우엔 우람한 체격을 자랑하는 불상을 배치했다.

서산 용현리에서도 암벽에다 불상을 조각한 마애여래삼존불을 본 기억이 있다. 중앙에 마애불에, 좌우에는 협시보살을 모신 삼존불이었다. 이 둘을 같은 맥락에서 보면 백제인의 마음과 기질이 온화한 듯 낭만적이었던 걸 알 수 있다.

우리 조상들이 이리 착하고 낭만적이었거늘 야당은 투표 잘못한 백성 탓만 할 것인가. 민심은 천심이 아니라 문심이라 착각하며 오만에 빠져 있는 여당도 그렇다. 누굴 탓할까 그 밥에 그 나물이라고들 하던데.

백화산에 한번 올라 와 보시지 그러는가. 네 탓 내 탓만 하는 부끄러운 자신을 보게 될 걸세. 부끄러움을 아는 사람이 많이 사는 그런 세상이 왔으면 좋겠구먼.

신두리 해안사구

사구는 바람에 실려 온 모래가 쌓여 생긴 곳이지만 바닷바람을 막아 농경지를 보호하고, 사막동식물의 서식공간을 제공한다고 들었다. 그 중 '초종용'이란 풀은 햇볕이 잘 들고 건조한 모래에서 사철을 쑥 뿌리에 기생하며 살기 때문에 '사철 쑥 더부살이'라 부른다고 한다.

순비기나무는 바닷가 모래땅이나 자갈 틈에서 군락을 이루며 자라는 풀이다. 잎과 가지의 향이 좋아 천연허브로 많이 사용한다. 추운지방에서도 잘 자라며 모래가 바람에 유실되는 것을 막아주기 때문에 사구형성에 중요한 식물이다.

염랑게와 달랑게가 씹어뱉어놓은 모래경단이 해풍에 실려 육지로 운반되어 사구를 형성하는데 도움을 준다고 하니 자연은 신비로움 그 자체다. 태그 길로 들어섰는데 천지가 모래× 2다. 이 작은 사막이 1만 5천년 세월의 이야기를 조근 조근 들려줄 것 같은 분위기니 무심하게 지나치지만 않는다면 들을 수 있을지 누가 알겠는가.

더운 날씨에 사구의 열기까지 더하니 장난이 아니다. 다행히 풀무치들이 발밑에서 이리 날고 저리 뛰는 바람에 밟을까 조심해야 함으로 자꾸 잊더라도 C코스를 완주하기 위해선 긴장의 끈을 놓아선 안 된다. 표범장지 뱀은 물론 고라니동산에 개미지옥까지 산다. 생태환경이 건강하단 얘기다.

우린 군데군데 무더기로 자라는 해당화에 마음을 뺏기다 보니 어느새 늦둥이 매미가 울어재끼는 소나무 숲에 들어서고 있었다. 일반 소나무보다는 잎이 억센 30~50년생 곰솔이라 부른다. 바닷가에서 자랐으니 해송, 껍질이 검으니 흑송. 걸어보면 알지만 엄청 시원하거든요.

금년에는 지천으로 널려있다는 억새골의 억새풀마저 뜨거운 태양열과 가뭄을 이기지 못해 끄트머리가 벌겋게 타버렸다고 한다. 별똥별이 만들었다는 작은 별똥재를 지나면 끝도 모를 들판에 억새풀 밭도 보고 왔다. 무더운 날씨를 무릅쓰고 살아있는 사막의 생태계를 둘러보고 왔다는 걸 자랑하고 싶다. 100분이면 긴 시간이다. 늦은 가을, 코트 깃 올리고 이곳을 걸으면 반나절 품을 팔아도 아깝지 않을 코스일 것 같다.

선두리, 만리포 해수욕장

선두리해수욕장에서는 환상적이라는 금빛모래사장을 거닐며 달랑게와 갈매기, 바다 끝까지 눈에 담느라 행복했었다. 고운 모래가 끝없이 펼쳐진 모습에 감탄사가 절로 나왔다. 우린 무조건 바닷물이 찰랑거리는 곳까지 걸었는데 걸음이 조금씩 빨라지는 걸 느꼈다.

만리포해수욕장도 그랬다. 순전히 내 개인 생각인데 여긴 가족단위의 젊은 관광객들에게 인기가 많은 곳이다. 흐뭇한 웃음을 흘리면서도 우리 부부는 정차는 물론 차에서 내리는 것까지 거부했다. 차창을 열면 탁 트인 바다. 철 지난 해수욕장의 넉넉한 풍경에 빠질 것만 같아 눈에 담는 것만으로 행복하기로 했다. 피서 철이 아닌 비철의 모래사장과 바다 저 끝을 보며 차의 속도를 줄이는 걸 보면 아직은 가슴에 낭만이란 두 글자가 남아 있는 건 분명해 보인다.

눈에 담고는 뒷산 숲길을 빠져나가는 드라이브코스와 맞바꾸기로 했다. 해수욕장보단 수목원이 우리 편일거란 생각은 했다.

천리포 수목원

천리포수목원은 저 세상에 가면 개구리가 되고 싶어 했으며, 살아선 한국을 더 사랑한 한 영국인, 민병갈 님이 평생을 일군 땅이다. '따뜻한 한 그릇 아재밥집'에서 해물칼국수로 아점을 해결하고서야 수목원매표소의 문을 두드렸을 정도로 배가 엄청 고팠다.

목련은 봄의 전령사. 별목련, 황목련 등 600여종의 목련의 고고한 자태를 뽐내는 경연장이 여기에 있다고 한다. 여름엔 한 군락으로 자리 잡은 수선화가 수줍게 맞는 모습이 볼거리라는데 어정쩡한 지금 계절엔 누가 마중 나올지 궁금하긴 하다.

수련이 곱게 단장하고 마중 나와 주었다. 여름의 절정을 살짝 비껴났는데도 여전히 아름다운 자태였다.

수목원도 한낮은 한여름 날씨에 더위를 피하기 위해 나무그늘만 한 것이 없는 것 같다. 엄청 뜨거운 날씨였다. 동백나무숲, 모란정원을 거닐고는 침엽수원으로 들어섰다. 서해전망대까지 걸어가선 그네에 앉아 낭세섬을 바라보고 있으니 파도소리에 갯내음이, 바람소리에 솔잎향이 묻어오는 게 느껴진다. 향긋하면서도 시원한 바람이 좋다며 영님인 아예 퍼질러 앉았다. 나도 그랬다.

수목원의 정취를 만끽하며 걷는 것만으로도 힐링이 되는데, 색깔의 마술사 상사화, 멸종위기종인 하얀 각시수련까지 만나보았으면 되었다. 늦가을은 어떤 모습으로 또 우리를 놀라게 할까. 벌써부터 궁금해진다. 복자기를 시작으로 울긋불긋 가을 옷으로 갈아입느라 바쁜 모습이 그려지긴 한다.

안면도 자연휴양림

늦여름의 안면상림은 녹음이 우거진 소나무 숲이 걸작이었다. 붉은 갑옷을 입은 그들의 기세는 하늘을 찌를 듯 대단했다. 우리는 코를 쿵쿵거리며 은은한 피톤치드의 향을 즐기려 숲에 발을 담그기만 했는데도 그 기운이 느껴진다. 적송의 자존심도 보았다.

숙소인 프라자에 여장을 풀고 서두른 덕이다. 입장 시간 5시에 맞출 수 있었다. 수령 100년 내외의 조선소나무의 솔향기가 그득한 곳이니 무얼 더 바라겠는가. 울울창창한 소나무의 피톤치드는 마시면 폐에 좋고, 피부와 접촉하면 더 좋다는데 그걸 마시며 바르며 걷는데 인색할 이유가 있나요.

아는 맛이 무섭다지 않습니까. 언젠가 찾아와 처음 걸었을 때의 그 기분을 느끼고 싶어 그 길을 답습했을 뿐이다. 예쁜 이름의 봉우리들을 하나하나 섭렵해가며 깊은 숨을 들이마셨다. 기억을 끄집어낸 것만으로도 기분이 좋았다. 삼림욕은요. 그냥 걷는 것이 건강지킴인걸요.

어둡기 전에 숲에서 내려오려면 부지런을 떨어야한다. 스카이워크로 길을 잡았다. 그리 힘들이지 않고 오를 수 있다는 것을 다리가 기억하고 있었다. 능선을 따라 가면 된다. 모시조개봉, 바지락봉, 새조개봉을 차례로 섭렵하며 탕건봉까지 가서야 한숨 돌린다. 아직 서산에 해가 한 뼘쯤은 남아 있어 여유가 생겼다.

전망대에 올라서서 사방을 둘러보며 경치에 취하는 건 여기까지 걸어온 사람들의 특권이다. 맘껏 즐긴다고 뭐랄 사람 없다. 난 아무 의미 없는 말들을 던지고 아내는 받고 서로 마주보며 웃었지만 실은 무슨 말을 했는지는 기억도 없다.

어쨌든 땀 흘려 걸으며 행복했고, 만족했으면 되었다. 흙을 밟으며 그 기운을 느끼고 싶은 사람들이 찾는 곳이니 만족한다. 오늘은 우린 둘이 하나처럼 움직인 정말 멋진 시간의 연속이었다. 얼굴을 마주보며 씩 웃곤 진행방향으로 하산했다. 말이 필요한가요?

꽃지 해변

꽃지 해변에 가면, 운 좋으면 할미, 할아비바위 위로 넘어가는 일몰을 볼수도 있다는데, 운이 좋았다. 두 바위 사이로 넘어가는 일몰뿐이겠습니까. 모세의 기적이 일어난다는 그 길을 걷기까지 한 걸요.

사진작가가 아니면 어때요. 핸드폰 들이대고 몇 컷 찍으면 그 순간이 행복이지요. 순간 뭉클한 것이 가슴에 와 닿는다면 그건 우리가 나이 먹었다는 증거다. 눈만 호강해선 안 되지요.

근방의 횟집거리에서 6만원으로 우럭, 광어, 농어는 물론 새우, 전복, 키조개, 해삼에 바닷장어까지 배터지게 먹었다. 거기에 우럭구이 문어숙회에 낙지 탕탕이. 입도 제대로 호강했습니다.

고남 폐총박물관

　모처럼 잠을 푹 잔 걸 보면 어제 많이 고단했었나보다. 눈을 뜨니 해가 중천이다. 9시가 훨씬 넘은 시간에 출발했다. 하늘은 새처럼 날고 싶을 정도로 파랗다. 직원과 주고받은 두 마디 말로 고남 폐총박물관에 입장했다.

　"댕기 유--", "문 열고 들어 왔 시-유."

　패총박물관은 고대 사람들이 조개를 채집하여 먹고 버린 것이 쌓인 조개 더미가 주인공이다. 이 조개더미에서 발굴, 조사된 유적, 유물들을 분류하여 구석기시대부터 청동기시대까지 안면도에서 살았던 인류의 생활상을 살펴 볼 수 있는 곳이라고 해서 고남리까지 달려왔다.

　구석기시대의 유적으로 사냥할 때 주로 사용했다는 간돌, 검과 돌도끼, 곡식의 이삭을 따는데 사용했다는 반달돌칼, 나무를 가공하는데 사용한 홈자귀와 찌르개, 돌창, 돌판, 골각기류(동물 뼈나 뿔을 이용해 만든 것)는 물론 야외 화덕자리와 여인들의 장신구까지 발견됐다는 것이 놀랄 만하다. 시대를 불문하고 예쁘고 싶어 하는 여인의 마음까지 훔쳐본 기분이 나쁘진 않았다.

　신석기시대는 채집생활에서 경작으로, 동굴에서 나와 집을 지었고, 민무늬토기를 제작하며 산 시기였다는 걸 알고 가는 것만으로도 만족한다.

태안 이원식당 박속밀국낙지

2019년 4월 6일(토)

간재미무침은 보령 오천항. 잠은 홍성에서 잤는데 아침 먹으러 태안까지 가는 길이다.

태안의 밀국낙지는 충남 태안군 원북면, 이원면에서 잡히는 낙지를 말한다. 박속밀국낙지탕은 요즘이 제철음식이고 보양식이다. 먹을 것이 귀했던 시절에 박과 물에 간장을 넣고 끓인 국물에 밀국낙지를 넣고 양념하여 데친 음식이다.

우린 이원면 낙지마을에서 50년 역사를 자랑한다는 '이원식당' 을 꼭 찍고 찾아 가는 길이다. 9km거리의 천수만을 달리는데도 하나도 힘들지 않았다. 올봄 여행 내내 입맛 다시며 기다렸는데 어제부터 이에 이상이 생겼다. 진통제를 먹긴 했는데 맛나게 먹어야 하는데 걱정이다. 밀국낙지와의 첫인사는 박과 양파, 감자, 마늘 몇 조각 파가 전부던데 국물 맛이 기대 이상으로 삼삼하고 시원했다. 구수함이 혀에서 떠나질 않는다. 이럴 때 쓰는 말이 있다.

"이보다 더 시원하고 깔끔한 맛이 있으면 나와 보라고 혀."

육수가 끓을 때 낙지님이 납신다. 야들야들, 쫄깃쫄깃, 낙지를 다 먹고 나자 칼국수와 수제비를 넣어 주신다. 이럴 때 어떻게 행복하단 소리가 안 나올 수 있을까. 정말 맛나게 먹었다. 이 걱정은 하나도 안했다.

'지쳐 쓰러진 소도 벌떡 일으켜 세운다.' 는 말이 있으니 기력보충은 충분히 했겠다. 이제 27km 거리의 서산 팔봉산으로 달려가는 일만 남았다.

긴 여행에 피로가 많이 쌓이긴 했지만 팔봉산 정상까지는 가뿐히 넘을 힘이 생겼겠지. 믿는 구석이 있다. 박속 밀국낙지를 먹었거든.

태안 새섬리조트, 안면도 프라자호텔

홍 성

홍주재래시장 들러 홍주성곽

홍주재래시장 들러 홍주성곽

2016년 7월 14일(목)

　갈비탕을 잘한다는 식당주인이 광천에선 '그림이 있는 정원'이 볼만 하다며 추천해 준다. 가는 날이 장날이라고 문이 굳게 잠겨있었다. 이럴 때 허탈감 안 생기고 공무원 욕 안하면 부처님이게요. 황량한 산수화 한 폭이 썰렁한 자리를 지키고 있는 것만 보고 왔다. 허탕 쳤단 얘기다.

　계획을 바꿔 용봉산자연휴양림을 찾았는데 내비와 숨바꼭질만 하자고 하니 답답할 수밖에. 엉뚱한 곳을 뱅글뱅글 돌아 또 사거리 다시 4.8km를 달려가면 또 사거리. 짜증이 아니라 화가 날 지경이었다. 결국 휴양림 가는 것을 포기하고 호텔에다 차를 파킹하고 다시 나왔다.

　홍성재래시장이 호텔 옆이라 자연스럽게 시장구경을 했다. 우리 영님인 재래시장구경은 언제나 시큰둥이었다. 평범한 성격은 아니라고 하면 또 한소리 들을 테고 그냥 고상한 걸로 하지요. 좋은 게 좋은 거 아닙니까. 난 시장구경만 가면 상점의 좌판을 기웃거리는 재미에 신바람이 나던데.

　오늘도 떡집을 세 집이나 지나치고도 결국엔 '못난이 찹쌀꽈배기' 가게에서 멈췄다. 정말 좋아하거든요. 필이 꽂히면 누구도 못 말려요. 더구나 천안 2대 명품이라며 방송도 탔다면서요. 한입 물더니 더 이상 말이 필요 없단다. 맛의 신세계를 경험한 표정이었다. 한참을 입에 올리는 걸 보면 맛이 있긴 한가 보다. 나는 솔직히 그랬다. 별맛은 꽈배기가 꽈배기 맛이지.

　홍주성곽에선 성곽을 밟는다고 걸었는데 얼마 걷지도 못했다. 나무 그늘을 찾아 벤치 하나를 꿰차고 앉아야 할 만큼 햇살이 따가워서다. 한여름 더위를 식히려면 나무 그늘과 부채. 이만한 궁합이 있을까. 기분이 좋으면 흥얼거려도 좋다. '블랙커피' 가 요즘 열공하는 곡이다. 아마 열 번도 더 불렀을 걸. 배울 때가 제일 열심이지 않나 싶다.

'이토록 아름다웠음을' 을 불러달라고 조르기까지 한다. 7월 한낮 더위를 이렇게 식혔다. 시간이 후딱 가버렸다. 이곳은 천주교신자를 300여명이나 박해한 홍주성지가 있는 곳이다. 홍주성역사관에서 오늘의 긴 여행을 마무리하려고 한다.

홍성온천관광호텔

홍성 온천관광호텔

세종 특별자치시

세종 호수공원   세종 베어트리파크
운주산 비암사   세종 뒤웅박고을 장향관
세종 고복자연공원

세종 호수공원

2018년 10월 19일(토)

　화살나무가 화사한 옷으로 갈아입은 너른 들판, 장남평야에 세종시를 건설하면서 호수공원을 만들었다기에 별 기대는 안했다. 지나는 길에 잠시 둘러보고 걸을 수 있어도 좋겠다. 그랬는데 전혀 다른 방법으로 우리를 감동시켜주었다.

　어린이행사가 있는 날인 줄 알았다. 많은 젊은 부모가 여기저기서 유모차 끌고, 안고, 걷게 하고 그렇게 걷는 모습이 솔직히 적응하는데 시간이 좀 걸렸다. 한 장소에서 이렇게 많은 어린이들이 엄마아빠 손을 잡고 산책하는 모습은 상상하지도 못했던 그림이었다. 여긴 아이들의 천국이었다.

　우린 너무 신기해서 넋 놓고 바라볼 수밖에 없는 이방인이다 보니, 마음이 들뜨는 건 당연하죠. 자연스럽게 아이들과 눈 맞춤도 하며 한 공간에 머무른다 생각을 하니 너무 너무 행복했답니다. 솔직히 공영주차장에 차를 세울 때만 해도 생각도 못했거든요. 우린 들꽃 섬에서 걸어 올 때만 해도 그랬어요. 아이들이 뛰노는 모습만 봐도 즐겁고, 곁에 엄마가 돌보는 모습은 보고 있는데 행복했어요. 표현이 적절한 진 모르겠지만 히죽히죽 웃으며 걸은 건 맞아요.

　다리 중간에 '수상무대 섬'이 있었어요. 그늘이 있는 명당자리가 많아 그

런가. 자글자글 소리가 멀리까지 들릴 정도로 아이며 엄마들이 많았지요. 무엇보다 호수 길을 한눈에 볼 수 있어 아이들이 많이 좋아했던 것 같다.

걸어온 길과 걸어갈 길이 훤히 보이는 곳이다. 추억을 미리보기 하는 것 같은 착각이 들게 했다. 자유로운 영혼을 보고 있으면 내가 정화되는 것을 느낀다. 오늘은 바로 그 행운을 잡은 날이었다.

세종시 조치원읍 시크릿모텔

세종 베어트리파크

2021년 5월17일(월)

늦잠 잔 걸 보면 어젠 많이 피곤했던 모양이다. 오늘은 '이암휴게소'에 잠시 들러 차에 기름을 가득 넣은 것이 전부였다. 우리가 아직은 여행 중에 비나 눈이 오면 케이크에 토핑한 것처럼 색다른 분위기를 느낄 수 있어 좋다며 반기는 쪽에 속한다.

베어트리파크를 둘러보면서 비 걱정은 붙들어 매기로 했다. 우산을 받치는 한이 있더라도 되도록 천천히 많이 걷고, 보며 느낌이 가는 데로 걸을 생각이다. 아이가 있는 부부는 동물원부터 찾는다지만, 우린 비단잉어가 뛰어 노는 오색연못은 곁눈질도 안했다. 곧바로 자혜원으로 방향을 잡았다. 조각공원을 들러 전망대까지 갈 생각이기 때문이다.

여긴 출발부터 행복한 고민을 해야 한다. 멋진 포토 존이 사방에 널려 있어 자리 잡기부터가 쉽지 않은 곳이다. 마냥 처지다 보면 반나절 갖곤 어림도 없다. 필이 꽂혔다 하면 정원에서 헤어나지 못할 수도 있겠다며 춘천의 '제이드 가든'을 떠올리고 있었다.

여기 들어서는 순간 나처럼 어리바리하지 않을 사람이 몇이나 될까. 보이는 것마다 귀한 작품 아닌 것이 없다. 느티나무, 팽나무 이팝나무 등 아름다운 수형의 고목들을 대하면 탄성이 절로 나온다. 테마정원마다 보물 같은 나무들이 많아 눈을 뗄 수가 없었다.

넋 놓고 있는 것만으로 아쉬움이 많다며 사진을 찍어보지만 나의 한계다. 기막힐 정도로 예쁜 정원들이 즐비했다. 놀랄 노자야. 엄청나다. 어떻게 이런 것들을 한자리에 모을 생각을 했을까. 눈이 가는 곳마다 아름답지 않은 곳이 없고, 숲의 분위기에 흠뻑 취했다. 오늘의 하이라이트는 장미정원과 전망대였다. 색시는 장미향에 취했고, 나는 쫓아다니며 셔터 누르느라 손가락에 진물이 생길 정도였다. 전망대에선 신발까지 벗어들었다.

점심은 웰컴 레스토랑에서 토마토 파스타. 시장이 반찬이다. 저녁은 유성복집 세종점의 영란코스요리. 기대에는 많이 못 미쳤다. 복어껍데기무침은 식초 맛이 갔고, 복찜은 양념과 복어가 겉돌았다. 복 튀김과 복 지리까지 맛이 별로였더라면 어쩔 뻔 했노.

세종 베스트웨스턴 플러스호텔 768호

운주산 비암사

2021년 5월 18일(화)

"아니 오신 듯 다녀가소서."

도깨비도로를 달려 주차장까지 오면 계단이 코앞이다. 올라서면 법당. 대형주차장에 주차하고 400여m 길은 걸을 걸 그랬나. 후회 많이 했다. 계단에 올라서면 눈에 띄는 것은 절이 아니라 느티나무였다. 800년은 훨씬 넘었을 거라는 나이에도 기품을 잃지 않고 있으니 자꾸 눈이 간다. 흉년에는 잎이 밑에서부터 위쪽으로, 풍년에는 위에서 아래로 잎이 핀다고 한다. 이쯤되면 영물이다. 금년은 평년작인가?

비암사는 백제 유민들이 백제 부흥의 꿈을 안고 뜻을 모아 세운 절이라고 한다. 극락보존이 대웅전과 나란히 서있는 것이 특징이다. 극락보존은 도선대사가 17세기 작품인 소조아미타불여래좌상을 모셨다고 한다. 석가모니의

사리나 유품을 보관하기 위해 만들었다는 삼층석탑도 있다.

오늘은 절 마당에 야단법석을 차릴 모양인지 희망과 치유의 연등이 법당 하늘을 가득 채웠다. 내일이 부처님오신 날이라는데 절간처럼 조용해도 너무 조용하다. 폭이 486cm나 된다는 석가모니가 영취산에서 법화경을 가르치는 장면을 그렸다는 '영산회괘불탱화' 가 대웅전 앞마당에 떡하니 걸릴 것이다.

원근법으로 그려 위로 갈수록 인물의 크기가 작아진다는데 그걸 보면 불자들의 불심이 더 깊어지지 않을까. 코로나가 모두를 힘들게 하는 시기에 맞는 두 번째 석가탄일이다. 불신자가 아니어도 그 맘은 알 것 같다.

세종 뒤웅박고을 장향관

비암사에서 항아리 테마공원으로 지정된 뒤웅박고을까지 가는 길은 그야말로 멋진 드라이브 코스였다.

"좋은 약을 먹는 것보다 좋은 음식을 먹는 것이 낫고, 걷는 것은 더 좋다. 산책은 걷기다. 속도의 지배에서 벗어날 수 있는 순수한 걷기. 위대한 모든 생각은 걷기로부터 나온다. 니체."

"여기에 걸어야 하는 중요성을 알려주는 이유는 따로 설명 드리지 않아도 되죠. 마님! 이 길만이 우리가 건강 하게 남은 생을 살 수 있는 비결이라는 건 아시죠? 그럼 출발할게요."

마을의 액운을 막아주고 풍요를 기원하는 솟대를 보며 뒤웅박고을의 산책로를 따라 걸었다. 뒷짐 지고 산보하듯 걸었다. 초입이 다래넝쿨 길이요 시(詩)의 거리다. 눈과 귀에 익은 좋은 시들을 모아놓은 곳도 있다. 김소월의 진달래꽃도 귀와 눈에 익은 시다. 쉼터가 나오면 쉬었다 가도 좋고, 소리꾼과 고수, 사물놀이패, 오줌 싸게 녀석, 우리 시대의 어머니, 혼례모습, 새참, 씨름 등 우리의 고유풍속을 보여주고 있어 잊힌 추억을 되살려 내는 재미도 있다.

볼거리가 많아 지나치는 경우도 있지만 놓쳐서든 안 되는 곳이 있다. 어머니의 장독대는 물론 제주도 항아리에서 강원도 항아리까지 팔도 항아리의 특색까지 보여주는 곳이다. 하이라이트는 뭐니 뭐니 해도 장이 익어가는 질그릇처럼 뒤웅박의 언덕에 평화를 주소서. 하는 글귀와 함께 열병하듯 늘어선 셀 수 없을 정도로 많은 항아리들이다.

정향관은 11시 반 오픈. 정(情), 성(誠) 두 가지 코스요리에서 우린 정. 녹두죽에서 시작해 들깨, 드레싱 셀러드, 해파리냉채가 식욕을 돋우면 보쌈(김치 돼지고기 새우젓) 탕평채가 나오고 새우요리, 코다리 요리가 바통을 이어받는다. 떡 잡채와 녹두전이 뒤를 잇고 떡갈비와 낙지볶음에 이르면 솥밥과 된장찌개로 마무리.

누룽지와 수정과로 입가심했다. 묵은 장이 약이라며 살 줄 알았는데 그냥 나오신다. 된장찌개 맛이 별루였나 보다. 한참 달리다 물었다. “참, 된장 사가야하는데 깜빡했네.”, “그럼 차 돌릴까?”, “됄 그냥 가요.”

세종 고복자연공원

고복자연공원은 장향관에서 내비로 15km. 건강을 챙기려는 사람들의 입소문으로 유명세가 붙은 곳이다. 우리가 민락정에 도착한 시간은 13시. 세종시의 유일한 자연공원으로, 누구나 산책로에 쉽게 접근할 수 있도록 공을 들인 공원이다.

민락정은 주차능력이 서너 대면 끽이다. 정자에 올라가 저수지를 바라보며 생각을 정리할 필요가 있었다. 데크 산책로를 걷고 있는 사람들을 따라 걸었다. 오늘은 의외로 시동이 빨리 걸렸다.

습지 생태원과 야생초화원을 지나 제방까지 걸어갔는데 거기부터는 길이 없다. 이번엔 반대편 산책로. 이 길의 매력은 곳곳에 숨은 습지를 이용해 만든 정원이란 것이다. 관심을 가질수록 걸음이 더뎌지는 묘한 매력이 흠이긴 하다.

대습지원과 습지식물원은 나무랄 데 없을 만큼 잘 꾸몄다. 시간을 투자해서 건강을 챙기고 싶은 사람, 자연과 어울리고 싶은 사람은 이 공원부터 걸어보라 권하고 싶다. 날이 저무는 시간대다 보니 마음이 바빴다. 수변길만 40여 분은 더 걸었던 것 같다. 연꽃식물원이 종착점이라는데 이쯤에서 되돌아가야 한다.

산책하면서 이처럼 새로운 환경에 매료되어 쉽게 빨려든 경험은 별로 없었다. 시간 가는 줄 몰랐다면 믿을까. 이 길은 포토 존이 필요 없다. 사진기만 들이대면 거기가 포토 존이다. 걸을수록 매력을 느끼는 길, 찔레며 붓꽃을 구경하느라 힘든 것도 잊을 만큼 매력이 있다.

버드나무 홀씨가 바람에 흩날리는 통에 애 좀 먹은 걸 감안해도 좋은 추억으로 기억하고 싶은 길, 계절을 느끼고 자연과 소통하며 걷고 싶은 사람들에게 권하고 싶은 길, 건강은 따라오니 1석3조다. 13,862보.

"바람 한 모금, 숲 향기 한 모금 마시며 이 길을 걸으면 일상의 고민은 싹 잊힐 겁니다."

세종 베스트웨스턴 플러스호텔 768호

세종 특별자치 시 시크릿 모텔(조치원), 베스트웨스턴 플러스호텔

대전 광역시

대전 광덕산 태화사

2013년 12월 17일(화)

　겨울 6시면 한밤중이다. 부지런한 사람들은 도로를 달리고 있을 시간이다. 외국 사람들은 우리를 일밖에 모르는 독종이라고 한다. 우리 경제는 바로 이런 분들이 흘린 땀의 결실이다. 나도 오늘은 어둠속을 달리다 미명을 맞았고 새벽을 열었다.

　오늘의 첫 행선지가 대전 광덕산이다. 호두라는 입간판만 보였는데, 아내는 상가마다 기웃거린다. 새벽인 걸 깜빡한 모양이다.

　"호두가 치매에 효과가 있다네요. 어디 호두 파는데 없나 찾아봐요."

　차를 마을 주차장에 세워두었다. 초행길은 그래야 맘이 편하다. 개울을 끼고 걷기만 했는데도 마음이 편안해지고 입은 지 혼자 흥얼거린다. 아내의 손을 꼬─옥 잡았다. 태화산 안양암을 끼고 다리를 건너면 절의 문이 보인다. 호두씨앗을 중국에서 가져와 절 마당에 심었다는 '태화사' 다. 우리는 절을 비껴 곧장 산으로 향했다. 699m의 작은 산이라 길게 잡아 세 시간, 대수롭지 않게 생각했다.

겨울의 자연은 웃음도 흘리게 하고, 우릴 느림보로 만드는 재주까지 가졌다. 지루하지가 않았다. 그새 광덕산이 우리를 기다리다 지쳤는지 백발이 성성한 것에 당황했다. 거기다 쌓인 눈이 살짝 녹다 다시 언 가파른 계단까지 길을 막아섰다. 눈 덮인 산, 최소한 등산 아이젠은 신어야 갈 수 있는 산행, 준비가 안 돼 있는 산행엔 초자나 매한가지. 난 속상해 하고, 영님 씨는 아쉬워하고 있었다. 아쉬움은 짧을수록 좋다. 미련은 짐이 되고 상처가 될 수 있다.

"어! 저기 한 무리가 또 오시는구먼, 누가 보면 우리 정상에 올라갔다 내려오는 사람인 줄 알겠다. 우리 한 시간은 걸었나."

우린 산을 찾는 사람들과 눈인사를 나누고 있었다. 좋은 공기 마시며 걸은 효과를 보았다. 몸이 가볍다. 광덕산 태화사와 안양암을 둘러보는 것으로 오늘의 마수걸이 산행은 끝내야 할 것 같다.

자유여행에 답이 있다

<u>2014년 11월 12일(목)</u>

인간이 먼 길 떠나고 싶은 것은 욕망이 아니라 본능이다. 그 본능에 충실하면서 여행의 맛과 멋을 알려면 친구가 아니라, 아내와 함께 떠나라 권하고 싶다. 여행은 서로에 대한 배려가 먼저여야 한다.

친구와 떠나는 여행은 자유롭지만 뒤끝이 있다. 부부가 떠나는 여행은 조심성이지만 깔끔하다. 주위에는 형편이 나은 데도 날개 뗀 풍뎅이마냥 주변만 맴도는 사람이 있다. 아내가 준비해 주면 등 떠밀리듯 비행기타고 다녀오는 이웃도 보았다.

우리의 예를 보면 여행의 타이밍은 은퇴를 앞두고 함께 여행을 떠나자고 제안하는 것이다. 패키지냐, 자유여행이냐. 맘이 편한 여행과 몸이 고단한 여행. 조금만 부지런하면, 눈높이를 낮추면 또 다른 세상이 있다는 걸 금방 알 수 있다. 우린 깃발에서 해방되기로 했다. 외국여행에서 일행에게 피해가 되지 않으려면 분침처럼 움직여야한다. 아파서도 안 된다. 내 나라여행은 서로의 배려만 있으면 된다.

"준비 아직 멀었어요. 얼른 옷 입지 않고 뭐해요. 난 나갈 준비 다 됐는데."

경험해 보니 그때 서둘러도 늦지 않는다. 옷고름 알지요. 느슨하게 매면 자칫 풀어지기 십다는 거. 여자는 이것저것 남자들이 모르는 소소한 것까지 챙길 것이 많다. 도와줄 게 아니라면 입 꾹 다물고 기다릴 줄도 알아야 한다. 공주 마곡사에 들러 단풍낙엽이라도 밟아야겠다. 늦은 점심으론 석갈비와 따로국밥 먹고. 그리 계획했던 것이 휴게소에서 간단하게 점심, 호텔로 바로 들어갔다. 나이 들면 너나없이 굼떠진다. 이럴 때 특효약은 미소 딱 한 방울이면 된다.

실버인생에서 부자로, 늘그막에 팔자 좋은 사람으로 살고 싶으면 한번 떠나 보시는 건 어떨까요. 오늘은 이런저런 이유로 호텔에서 느지막이 곰탕 한 그릇 때린 게 전부라오. 열차표 산 것도 아닌데 뭐.

대전 유성호텔

동춘당의 기부

2014년 11월13일(금)

피곤해서 늦잠 좀 잤다. 12시가 되어서야 옷을 주워들었다. 첫 여행지는 문의면 대청호반 28km의 드라이브. 가로수 단풍을 표현할 방법을 몰랐다. 정말 고왔는데 저런 색을 뭐라고 해야 하나. 감색, 연두색, 진빨강, 갈색, 노랑, 오미자색, 카키색, 올리브색 그들이 갈아입은 옷은 화려한데 내 머릿속은 하야지고 있었다. 난 색에 관한한 더 문외한이다.

대청호전망대에 들어서자 호수는 하늘을, 하늘이 호수를 닮아간다는 대청호의 작은 자선음악회가 열리고 있었다. 분위기가 썩 좋았다. 옷깃을 올린 멋쟁이들이 빙 둘러섰다. 오늘은 따스한 햇살이 한몫을 톡톡히 하는 거 같았다. 주변의 나무들도 축제를 위해 무대 옷으로 갈아입었으니 이보다 더 화려한 축제는 없을 것이다.

눈이 즐거웠으면 입을 위해서도 투자해야 한다. 오늘은 대청호의 민물매운탕 집. 빠가사리 매운탕에 수제비와 김치전 우린 뽕 갔다니까요. 먼 길 찾아온 품삯으로 쳐도 돈과 시간이 아깝지 않았다. 백자그릇에 깔끔하게 차려낸 한상 밑반찬도 맛있어요. 하지만 메인에 가려 젓가락이 쉽게 가지 못한 것이 흠이라면 흠이다.

식당의 전경도 끝내준다. 호수와 갈대, 따스한 시골 풍경이 음식의 풍미를 더했다. 맛난 음식에 분위기까지 들고 나오면 자리뜨기가 쉽지 않다. 여행 중이면 더 그럴 수 있다.

동춘당은 꽤 이름난 한약방인 줄 알았다. 공원이름이었다. 궁금해서 들른 것뿐인데 그냥 지나쳤으면 어쩔 뻔 했나. 도심 한가운데 이 너른 금싸라기 땅을 후손들이 선뜻 지자체에 내놓았다는 것에 무척 감명 받았다. 자손이 정승처럼 쓰는 좋은 예가 될 것이다. 대단한 후손을 둔 덕에 그 조상들은 편히 눈을 감으셨을 겁니다.

대전 유성호텔

대전 뿌리공원

오전에는 추워서 나들이하기에 안 좋을 거라며 엄살을 부리기로 의기투합 한 덕이다. '자고 있어요.' 란 팻말을 문에 걸어놓고는 텔레비전 보며 침대에서 뒹굴며 시간을 죽였다는 거 아닙니까.

뿌리공원은 외지인이면 경로라도 입장료가 천원이다. 좀 야속하긴 하다. 돈이 아까워서라기 보단 외지인이라고 차별하는 것 같았다. 솔직히 뿌리 찾아 온 거라면 돈 받아서는 안 된다며 바득바득 우겨보겠지만 이곳 경치나 즐기며 걸을 수 있는 길이 좋다기에 찾아왔으니 달라는 대로 줄 수밖에.

잔디광장을 가로질러 다리를 건너자 계단을 내려오는 사람들이 삼삼오오 꽤 있데요. 난 어디서 오는 거지. 그것이 궁금했다. 그래 어딘지 한번 가보자고 했지요. 우린 이럴 때도 맘 하나는 잘 맞아요. 뿌리공원 안쪽길이 대전둘레산길 12코스라고 되어있네요.

문제는 어느 정도 걸어야하는지 교통편은 어떤지. 예측할 수 없는 상황에서 참 난감하데요. 걷고 싶고 궁금하긴 한데 방법이 떠오르질 않았다. 주차장까지 다시 와야 하기 때문에 무작정 대시할 수 도 없다. 그 대신 뿌리공원 내의 전망대와 정자를 모두 섭렵하기로 했다.

산과 호수가 어우러진 뿌리공원둘레길을 몸 풀 듯 빨빨거리며 돌아다녔으면 되었지요. 바람 한 점 없으니 하루 종일 걸었는 데도 피곤한 줄은 몰랐다. 컨디션 조절도 잘 되었고 걷는 즐거움을 만끽했으니 보상은 뭐로 한다. 발길에 차이는 것도 향수를 불러내는 것도 낙엽이었다. 낙엽을 보면 마음이 착잡해 지는 건 나이 때문이다.

엑스포공원과 한밭수목원

엑스포공원은 한적하다기보다는 썰렁하다는 표현이 더 어울린다. 계절 탓이다. 공원길을 걸을 땐 찬바람과 동행할 수밖에 없었다. 그런데도 이곳을 찾았을 아이들의 왁자지껄한 웃음소리가 들리는 것 같았다. 봄이면 능히 그리고도 남았을 곳이다. 곳곳이 휴관. 입장할 수 있는 곳은 첨단과학관 뿐. 우리는 놀라움과 무지, 뿌듯함에 작아짐까지 느꼈지만 청소년들은 꿈을 키우는 곳이었다.

과거와 현재 그리고 미래를 잇는 빛의 의미를 가졌다는 높이가 39m나 되는 한빛탑도 올라서니 엑스포공원과 견우직녀다리, 한밭수목원까지 한

눈에 들어왔다.

한밭수목원을 가려면 이 응로 미술관부터 둘러봐야 한다. 작품 중에 '군상'은 모든 사람들은 같은 모습 다른 느낌의 존재이며, 공생 공존하는 민중의 삶이라는 것을 나타내려 한 것 같다. 흰 종이에 움직이는 나의 몸동작이 새로운 군상으로 태어나 군중 속으로 들어가 자리를 잡는 것을 체험하며 우린 서로 웃었다.

우리 민족의 율동을 사랑한 '이응로'와 얼룩을 사랑했다는 '아르퉁 한스'는 물론 '검정'도 색이라고 주장한 '피에르 술라 주'와 회화는 나와 캔버스 사이의 투쟁이라고 역설한 일본인 '자오 우키'의 작품세계까지 두루 둘러보는 정성을 보였다. 이들은 모두 전쟁의 아픔을 양팔로 껴안고 살아온 작가들이었다.

한밭수목원은 명상의 숲, 숲속의 작은 문고길. 이런 고운 이름들 때문에 또 무슨 이름을 붙였을까 궁금하니까 계속 걷게 된다. 수목원은 규모가 크지 않아 걷는데 부담도 적고 누구나 쉽게 접근할 수 있어 편하게 걸었던 것 같다. 참나무 숲이 신선한 아이디어였다. 상수리 숲, 갈참나무숲, 졸참나무 숲에서 우린 어둠이 깔리고 하루살이 떼가 달려들었지만 더 이상 어둠을 즐기기가 무리다 싶을 때까지 걸었다. 도심의 자연이 살아있다는 것을 체험하는 프로그램에 참여한 느낌이다. 왜 그런 생각을 했을까. 나도 그게 궁금하다.

설렁탕 한 그릇, 깍두기 맛은 돈이 아깝지 않았다. 설렁탕에 넣어 먹으니 옛날 맛이 생각난다.

대전 유성호텔

몸살로 발길을 되돌린 계족산 황톳길

2014년 11월14일(토)

"오늘은 양말도 한 컬레 더 챙기세요. 황톳길 걷고는 갈아 신어야 할지 모르니까."

출발은 의기양양했다. 날씨에 많은 관광객이 모여드니 분위기로 말하면 이보다 좋을 수는 없다. 이런 날도 있구나 했다. 하늘은 푸르고 햇살은 따사하고. 영님 씨는 몸살기가 싹 달아났는지 생글생글. 몸이 가벼워진 것 같다. 양말을 벗을 때까지는 내 컨디션도 나쁘지 않았다. 부지런히 걸어야겠단 생각밖에 안 했다. 얼마 걷지 않아 내 컨디션을 의심하기 시작했다. 컨디션이 바닥으로 떨어지고 있음을 직감해서다. 한발 한발 떼는 것조차 힘들 정도로 무거웠다.

걷는 것이 이렇게 힘들다는 건 생각도 못했다. 얼마나 별러서 왔는데. 그때 아내의 배려가 없었더라면 어찌 됐을까. 식은땀 질질 흘리면서 강행군 했을 겁니다. 어디선가 한계를 보였겠지요.

아내의 배려, 체면을 세워주는 센스. 놀라운 순발력. 처음엔 나도 걷는 게 너무 힘드니까 선수 친다는 걸 눈치 채질 못했어요. 무릎이 아프다며 길바닥에 주저앉는 거예요. 깜짝 놀랐죠. 더 이상 걸을 수 없겠다는 거예요. 더위 먹은 모양이라고도 하고, 몸살 끼가 아직 있는 것 같다고도 하고, 어쨌든 따끈한 국물 먹으면 좀 나아질라나. 그리 조르기까지 한 걸요. 명분을 주었으니 고맙긴 하죠.

그때까지도 까맣게 몰랐어요. 산을 오르겠지만 지금은 평지를 걷고 있는 거거든요. 포기하기가 쉽진 않죠. 뒤늦게 그 깊은 속을 알게 된 거죠. 가슴이 울컥했어요. 그 순간이 가장 고맙고 행복하지 않았나. 그땐 힘에 부친다는 내색도 못 했어요. 마음먹기 나름이라는 건 계족산에서 배우고 왔습니다. 영님인 몸살감기를 나에게 슬쩍 떠넘기고는 자유를 만끽하고, 난 으스스. 누굴 배려하고 말고 할 처지가 못 되었다.

"자기야! 나 호텔로 들어가서 목욕부터 헐란다. 자긴 탕에 물 받아 놓고 온천물에 몸 담그고 계셔. 오늘은 더 이상 끼니 챙기는 것조차 귀찮은 데. 어쩌지?"

온천물에 몸 담그고 있으면 풀릴 거란 단순한 생각이 병을 키운 것 같다. 바로 병원에 갔더라면 고생을 덜 했을 텐데. 탕에선 손과 발이 마비되었는지 말을 듣질 않았다. 혼수상태도 한동안 계속되었다. 힘에 엄청 부쳤던 모양이다.

밤새 큰 설사만 4번. 잠귀가 밝아 숨소리만 달라져도 눈이 떠진다는 분도 세상모르고 자고 있는데 난 몸살 설사로 밤새 고생한 추억 하나를 보태고 말았다. 뭘 잘못 먹었나.

대전 유성호텔

으능정이 거리의 자화상

2014년 11월 15일(일)

밤새 고생하다 새벽에서야 잠이 들었다. 10시, 몸이 한결 가벼워졌다. 양치질과 눈곱만 떼고 내려갔으니 입맛 날 리가 있겠어요. 야채 몇 젓가락에 요구르트, 파인애플 3조각으로 끝. 영님 씨는 식욕이 왕성하다. 살찔까 걱정된다며 너스레까지 떠는 거 있지요. 아유- 미워라. 많이는 말고 먹고 싶은 것 골고루 먹어요. 그게 남는 장사니까. 보기 좋을 정도로 살찌는 것도 나쁘지 않아요. 삐쩍 마르면 건강엔 어떨지 모르지만 보기가 좀 그럴 거 같은데. 맛난 음식 앞에 놓고 입맛만 다시는 것보다야 보기 좋지요. 안 그래요?

오늘은 지하철여행하기로 했다. 호텔에서 유성온천 역까지는 걸어서 15분. 여긴 여행자거리다. 지하철이 도착하자 사람들이 우르르 내리고 우리는 탔다. 자연스럽게 아내는 앉고 나는 서고. 색시말로는 지하철 내부가 좁아 보인단다. 난 모르겠던데. 중앙역에서 내렸다.

으능정이 방향으로 걸었다. 입구의 하늘 가리개는 기둥이 묵직해 보여 너무 기능에만 치중한 건 아닌가. 가벼운 느낌의 멋스러운 건축미를 살린다면 좋았을 걸. 이름은 젊음의 거리인데 감각은 재래시장 이었다.

우린 눈만 마주치면 웃었다. 어제 개고생은 까맣게 잊었으니까 재밌어 죽는 시늉이라도 해야 할 것 같다. 그래야 분위기 메이커로서의 역할을 다 했다고 하지 않을까. 부부는 말은 없어도 통하는 게 있다고 한다. 생각이 같고 느낌이 다르지 않다면 그럴 수도 있겠다. 우린 가슴이 열려 있는 젊은이들을 만날 거란 기대만으로도 충분히 행복할 준비가 되어 있었다. 2층 에디아 카페에서 잠시 땀 좀 식혔다.

볼거리는 또 있다. 개천을 사이에 두고 젊은이와 아주머니 세대가 서로 다른 문화를 만들어 가며 조화를 이루는 재래시장과 쇼핑문화거리. 현실이 따분하거나 과거가 궁금하면 다리만 건너면 해결된다.

막걸리와 커피가 공존하는 사회에서 한숨과 눈물 그리고 용기와 도전으로 일궈낸 땀의 결실을 즐기려는 어르신 세대. 살아온 것은 부끄럽지 않은데 정작 노후준비를 못해 짐이 될까 전전긍긍하며 사는 세대. 고단했던 삶보단 최선을 다해 살았다는 자부심만은 지키고 싶은 세대.

좋은 구경하며 헛소리 한다고 할지 모르지만, 우리 세대가 정치놀음에 휘말려 너무 빨리 잊히는 일은 없었으면 좋겠다. 젊음이 너무너무 부러워서 투정 한번 해보았다.

한빛광장

광장에 오면 큰 소리를 지르고 싶을 때가 있다. 미친 늙은이 아니야! 그리 손가락질할까 봐 꾹 참는 거다. 그런 생각만으로도 가슴이 후련해진다. 살아오면서 참는데 익숙해져있다는 반증이기도 하다.

한빛광장은 젊은이들의 광장이었다. '주말은 가족과 함께' 인파가 엄청 나다. 어쨌든 장난치며 뛰어다니는 아이들의 환호소리와 엄마의 웃음소리가 뒤섞여 활기가 있어 좋았다. 좋은 세상이다.

무슨 말이 필요할까. 이미 내 심장에 귀 기우리고 있다. 잔주름 지으며 웃어도 부끄럽지 않은 날. 햇살은 얼굴로 받고, 분위기는 가슴에 담아가면 된다. 느리지 않은 걸음으로 그들 속으로 들어가는 거다. 서두르지 않는 것이 좋다.

갑천 은하수에 걸려있는 견우와 직녀다리는 사랑을 고백하면 이루어진다는 속설이 있어서 그런가. 코스 같다. 우리도 다녀왔다. 닭살 돋는다구요. 대전 내려와서 시내 구경 다녀보세요. 손 꼭 안 잡고 걷다간 쑥스러워서 못 배길걸요. 이곳은 평범한 사람들이 어깨 펴고 걸어도 뭐랄 사람 없는 세상을 꿈꾸는 사람들의 공원이랍니다.

일은 정치한다는 사람들이 저질러놓고 수습은 죄 없는 백성들보고 하란다. 과실은 우리가 따먹을 테니 거름이나 열심히 주란 말과 뭐가 다른가. 정치인들이 내뱉은 말 한마디는 실수라고 하고, 백성들의 한마디는 고의성이 있다고 윽박지르는 세상이다. 저들은 계산된 진심에서 뱉은 말이요. 우리가 하면 무지에서 비롯된 것이라고 한다.

그것이 잘못된 것임은 사탕 물고 유모차에 앉아 있는 아이도 안다. 어르신들은 자식들 앞에 죄인처럼 고개를 들 수 없게 만들어놓고 어른공경이라니요. 민주화요. 형님! 내도 고향이 거기 아니오. 그래 내 힘닿는데 까지 알아봐 줄게. 군화발이니 민주화니 그게 다 무슨 개뼈다귀 같은 소리랍니까. 군화 발에 짓밟혀 산 것도 억울한데, 민주화란 이름으로 우리 세대를 눈물 나게 해 놓고 한마디면 다 용서가 되던가요.

대전 유성호텔

콩국수 먹으러 가는 길

여행 중에 훈장처럼 달고 산 장염과 몸살은 집에 가서도 한동안 고생 좀 해야 할 것 같다. 오늘은 일부러 늦잠까지 잤다. 짬만 나면 노래책을 꺼내들었는데, 오늘은 핸드폰으로 길 찾기 하겠다며 덤벼들었다.

남들 다 하는데 나라고 못할게 뭐 있어. 여기서 기껏해야 200m 안팎일 텐데. 그랬다. 그런데 생각처럼 간단치가 않았다. 만만하게 생각한 것이 착오였다. 소득도 없이 고생만 했다. 결국은 이 사람 저 사람 붙들고 길을 물어보지만 쉽게 대답이 나올 리가 없지요. 고개를 살래살래 흔들거나 휙 돌아서서 가게로 쏙 들어가 버리는 사람도 있다. 뭔 소린지 알아듣지 못하는 노인들도 있으니 멍 때릴밖에. 더 황당한 건 뭔지 아세요. 아줌마한테 길 물으면 "나 몰라." 그러곤 내뺀다. 시집왔거나 일하러 온 외국인인 모양이다. 아침부터 재수 없단 표정을 짓는 사람도 보았다.

방법이 없네. 택시 타는 것밖엔. 그 때 짱 하고 나타났다. 차를 갓길에 대고 내려서 전화 받는 젊은 남자.

저기 콩국수 잘한다는 ○○집 혹시 어딘지 아시면… 손짓으로 전화 걸고 있으니 기다리란다. 알고 있는 걸까. 귀찮다는 걸까.

"네, 아세요? 감사합니다. 서울서 여까지 콩국수 먹으러 왔거든요. 유명하다 그래서. 길 찾기 쉽지 않네요. 노르스름한 환상적인 색. 선뜻 숟가락을 대기가 두려울 정도로 콩국물이 예술이라면서요. 맞아요?"

"예. 저도 콩국수 좋아해서 가끔 가는 집이거든요. 그 집 정말 잘해요."

골목을 요리조리 빠져나가는가 싶더니 내리시란다. 너무 고마운 거 있지요. 근데 휙 떠나는 바람에 고맙단 인사도 못했다. 하여튼 고단백콩국수 마니아를 만날 수 있었던 건 정말 행운이었다. 5분전 도착. 안엔 빈자리가 없고, 문 앞에 달랑 비워있는 딱 두 자리.

사리가 많으면 콩물이 아까울까 봐 국수사리의 양은 반만 달라고까지 했을까. 얼음을 안 넣은 채 내왔다. 콩물이 얼마나 보드라운지 떠먹는 요구르트 같단 말 사실이었다. 열무김치도 훌륭한 조연이었다. 콩국수 한 그릇의 행복.

대전 성심당

중앙시장에서 만둣국 먹고 다리를 다시 건너면 으능정이 거리다. 전국4대 명문제과에 이름을 올렸다는 대전 성심당. 그 집은 좀 전만 해도 레이더에 잡히지 않았던 곳이다. 그런데도 딱 한번 물어 찾아갈 수 있었다.

매장 안엔 매일 3백여 가지의 빵과 과자를 만들어 진열한다니 놀랍지 않아요. 그 모든 명성엔 바로 이 집의 얼굴인 '튀긴 소보로'가 있기 때문이라고 한다. 매장이 너무 크고 가짓수가 상상을 초월하다보니 입맛에 맞는 빵을 고른다는 게 보통 어려운 것이 아니었다. 사람들은 어떻게 고를까. 우린 그게 더 궁금했다.

각설하고 튀긴 소보로 6개에 모카 빵1개 담고도 감격했다. 그 힘으로 더위와 싸워가며 숙소까지 걸을 수 있었다.

오늘 하루는 중앙동지하상가를 오가며 으능정이거리와 중앙시장까지 섭렵하고 왔다. 여행의 막바지다 보니 피로는 쌓이고, 더위는 이미 먹었다. 남은 건 푹 쉬는 것뿐이다. 5시도 안됐는데 구수한 소보로의 냄새에 코를 벌름거리고 있었다. 언제 쯤 먹자 그럴라나. 눈치만 보고 있었다.

대전 내림관광호텔

계족산황톳길과 계족산성

2017년 9월 3일(일)

계족산 황톳길 재도전에 나서기로 한 날이다. 오늘 같은 날은 주차도 운이 따라야 한다. 공주에서 숙박하고 여기까지 단숨에 달려오는 길이다. 일요일이라 그런가. 우리보다 부지런한 사람들이 많았다. 주차장은 이미 만차였지만 차 한 대가 빠져 나가는 틈새를 잽싸게 치고 들어갈 수 있었다.

황톳길 걸을 생각뿐이다. 날씨는 싱그러울 정도로 푸르고, 길은 사람들로 미어졌다. 휴양과 치유라면 '건강 황톳길' 만 한 것이 없다기에 찾아온 사람들이다. 그들과 함께 황톳길 걸으며 맘껏 피톤치드 마시다 갈 생각에 분위기에 벌써부터 취해 있었다. 신발, 양말부터 벗어 들었다. 발바닥에 닿는 촉감이 좋다며 아내는 생글생글 웃는다. 궁금한 건 많은데 나도 아는 게 별로 없다.

"촉감이 나쁘진 않네. 길이 딱딱해서 그렇지. 황토 흙엔 무슨 성분이 들어 있어 그리 좋데요?"

"황토 흙이 몸에 좋다고 하면 좋은 거예요. 거 뭐가 흙에서 나온다. 그 카던데. 암튼 몸에 좋으니까 너도나도 와서 황토 흙을 밟으며 걷는 거 아니겠어요."

'뻔뻔 클래식음악당' 까지 황톳길을 걸었는데 길이 미어질 정도였다면 믿겠어요. 사람 엄청 많았다. 근데 여기가 끝이 아니라 시작점 이란다.

족욕탕' 에서 대충 발 씻고 등산로로 자릴 옮겼다. '7부 능선 길' 도 마르긴 했어도 분명히 황토 흙이 깔려있었다. 계단으로 올라가려면 황토길엔 눈길도 주지 말아야 한다. 편한 길을 놔두고 계단을 택한 이유는 컨디션이 좋을 때 산성을 밟겠다는 계산이 깔려있었기 때문이다.

삼국시대에 쌓았다는 계족산성까지 오르려는 무리에 묻어가기로 했다. 300여 계단을 밟고 한 50여분은 족히 걸었다. '북문 터' 로 가는 길이 나오긴 했는데 공사 중이니 우회해서 '서문 터' 로 가란다. 가보곤 정말 잘 올라

왔단 생각을 했다. 힘든 만큼 보람이 있었다. 성벽의 폭이 3m라 시원하게 느껴졌는데 시원한 바람도 따라와 주어 더 좋았다.

안성 죽주산성의 성벽은 흙으로 덮여있는 반면, 이곳은 납작한 판석으로 덮여있는 것이 달랐다. 계단 아래서 마당극을 하면 관객들은 계단에 걸터앉아 관람하는 그림이 그려지는 산성이란 생각도 했다. 산성은 삼국시대에 신라의 침입을 방어하는 백제의 관문역할을 했다고 한다. 자연지형지물을 잘 이용해서 난공불락의 요새였다고 한다. 산성을 걷다 우리 부부는 임도삼거리로 길을 잡았다.

여인의 꿈속에 나타난 한 노인이 바위에 정안수를 올리고 100일간 치성을 드리면 남편의 병이 낫는다는 말에, 기도로 소원을 이뤘다는 바위에 부부나무도 있었다. 사진 안 찍고 내려갈 용기도 없는 나에게 사진 찍어주겠다며 젊은이가 이마에 뽀뽀까지 하라네요. 아내는 두 팔로 내 목을 껴안고, 나는 못 이기는 척. 아내의 사랑의 포로가 되었다는 사실.

이를 위한 축하객일까. 임도삼거리가 잠시 머물다 가는 사람들 같지 않게 많이 북적거렸다. 5월이면 꼭 걷겠다고 해놓곤 우리가 너무 늦게 온 거는 맞다. 음악당에서 '사랑을 남기고 간사랑, 가을 어느 날'의 분위기에 취해 까닥 까딱 하다 내려와선 곧바로 대전 장태산 휴양림으로 길을 잡았다.

대전장태산 휴양림

장태산 자연휴양림

2017년 9월4일(월)

매미 울어대고 차창을 열면 선선한 바람이 들락날락하는 숲에 들어와 있다. 가을이 기웃거리고 있는 계절이다. 훌륭한 의사는 생긴 병을 치료하는 것이 아니라 병이 생기기 전에 치료한다는 말이 있다. 나는 재발의 고통이 없기를 바라는 마음이고, 아내는 병이 없는 삶을 살아주길 기대하는 두 마음이 합쳤다.

6시쯤 일어나선 아침 간단히 먹고 문 활짝 열어놓고는 또 잤다. 눈 뜨니까 10시 반. 갈 데도 딱히 없으면서 바쁜 척한다. 일단 숲길을 걷는 것이 의무인양 나섰다. 숲속에 들어가면 공기에 피부를 양보해야 한다며 잔소리하는 통에 귀가 짓무를 지경인데 오늘은 웬일이래요. 눈이 풍요로우면 배고픈 것도 잊는다는 건 알았지만 잔소리까지 까먹을 줄은 생각도 못했습니다.

전망대로 가는 길. 꽃밭에는 이런 글이 있어요. '나무가 나무에게 말했습니다. 우리 더불어 살자고.' 능선길이 나오고, 호수전망대까지는 930m. 막바지에 100여m의 가파른 급경사를 지나야 '장태루 전망대'에 오를 수 있다. 이마에 땀이 송골송골 맺혀야 맛이 나는 거리다.

우린 되돌아가는 편한 길을 마다하고, 거칠고 가파른 돌계단이 반복되는 산길을 선택했다. 힘들게 내려와 출렁다리를 건너는 기분. 경험한 사람만 아는 맛이다. 팔마정에서는 장안저수지가 그림 같은 모습으로 짠하고 나타나는 멋진 풍경에 넋을 놓고 보기도 했다.

우린 까만 포장도로를 따라 장안저수지. 한 귀퉁이에 걸려있는 '질울다리'를 건너, '농부가든'에 도착하니 어느 할머니가 청국장이 맛나다는 말 한마디에 따랐을 뿐인데 너무 후회했다. 그 할머니 손맛은 몰라도 입맛은 틀림없이 잃은 모양이다. 소태맛이었다.

휴양림에 돌아와선 땅거미가 지는 줄도 모르고 해가 꼴깍 넘어갈 때까지 벤치에 앉아 멍 때리기 하다 일어났다. 생태연못을 지나면 '詩와 수필'이 있는 식당이 나오고 해가 넘어간 틈새를 불빛이 분위기 잡느라 애쓴다. 좋은 글과 시가 막걸리 한잔을 부르는 시간이건만 난 곁눈질도 안 했다. 입술만 욕 봤겠네요.

대전 장태산 자연휴양림

대전광역시 대전 유성호텔, 대전 내림관광호텔, 대전 장태산 자연휴양림

충청북도

여행은 잔소리 듣는 재미

새벽에 길을 나선다. 오늘도 영님인 잠이 부족한 모양이다.

"옆에서 주무셔. 가다보면 날이 훤히 밝아오면 그때 내가 깨워 드리지. 어차피 밖은 깜깜하니까 그때까지 편히 쉬면됩니다."

"시, 저놈의 차. 저거 깜깜한 밤에 미쳤나 봐. 어! 어! 끼어드는 것 좀 봐. 큰일 날 뻔 했잖아 조심하세용. 조심운전 아시죠. 조심조심. 초콜릿 드려요. 사탕, 과일? 말만해요."

그런다고 눈감고 쉬고 있을 분이 아니다. 한시도 긴장을 늦추지 않는다. 나보다 반응이 빠를 때가 있어 깜짝깜짝 놀라곤 한다. 눈은 감았지만 나의 긴장의 끈을 잡고 당겼다 늦췄다 하신다.

잔소리가 아니라. 관심이고 염려였다. 내 옆에 부부로 남아 함께 여행하고 있는 것만으로도 고마운데 맘 편히 졸지도 못하고 눈 뜨고 앉아 이러는 거 쉬운 일은 아니다. 조수석에 앉아 보면 알지만 열이면 열 다 졸게 되어 있다. 원래 조수석이란 그런 자리다. 물론 잠깐 고개를 까딱하곤 떨굴 때도 있긴 하지만.

그만한 배려. 쉬운 일은 아니다. 새벽길에 차들이 쌩쌩 달리는 것도 무섭고 걱정되긴 나도 마찬가지다. 혹여나 내가 깜빡 졸기라도 할까 봐. 지속적으로 옆에서 지켜보는 것. 그거 정말 안 쉬운 일이다. 설사 가졌다 해도 몸이 따라주지 않으면 눈꺼풀이 내려앉게 되어있다. 그런 배우자와 단 둘이 여행을 떠난다. 그런 여행이라면 충분히 행복하고 멋있는 건 보증수표나 다

름없지 않는가.

2013년 12월 17일(화)

괴 산

괴산 산막이 옛길
속리산 국립공원 화양동 9곡길
괴산 문광저수지

괴산 산막이 옛길

2016년 11월 4일(금)

오늘은 집에 간다는 안도감, 더 머물지 못하는 아쉬움이 교차하는 날이다. 사오랑 마을에서 산막이 마을까지 10리길. 괴산의 산막이 옛길을 걸었다. 괴산호를 끼고 걷는 호반길이다. 산책코스로는 나무랄 데가 없는데, 주말이면 찾는 사람들로 산막이 마을은 발 디딜 틈이 없을 정도라고 한다. 사람들이 많이 찾아온다는 표현을 그렇게 하는 것 같다.

뱃고동을 울리며 사람을 실어 나르는 두 척의 배까지 합세하다보면 산막이 나루터는 북새통일 수밖에 없다. 충청도 양반 길을 걷는 등산객과 배타고 돌아가려는 사람들, 마을을 둘러보고 가려는 구경꾼과 점심 먹고 가려는 관광객들까지 뒤섞이면 그것도 구경거리가 된다. 그러니 현명하고 부지런한 사람들은 오전에 둘러보고 12시 전, 후 돌아갈 수 있도록 계획을 짠다. 사람에 치이지 않으면서 가볍게 걷다가는 사람에게 권하고 싶은 시간대다.

소나무출렁다리는 꼭 건너라 권하고 싶은 다리다. 나이 따지지 마시기 바람. 차돌바위나루와 연리지의 선택도 본인 몫이다. 배 타고 산막이 나루에 가서 술 한 잔 하고 오던가. 망세루에 도착하면 잊으면 손해 볼 것 같은 곳이 있다. 인증사진 찍고. 노루 샘을 거쳐 연화담에 도착하면 동행하는 사람과 함께 잡담이라도 나누며 피로를 풀어야 한다.

산막이 옛길에서 힐링하는 곳으로는 엄지다. 앉은뱅이약수터에서 우리 부부는 약수 한 사발씩 들이키고 또 걸었다. 어디를 가나 약수는 놓치는 법이 없다. 고공전망대에 올라서서는 호수바람 맞으며 들숨 날숨으로 폐 건강에도 신경 썼다. 마흔 고개 계단이 있다. 다닥다닥 한 번에 오르면 40대, 숨 가쁜데 하면 50대, 자신도 모르게 중간에 한번 쉬면 벌써 이렇게 됐나 느낀다고 한다. 늙음을 즐기는 것도 백세 장수의 한 방법이니 즐기시기 바랍니다.

진정한 부부여행의 맛을 느끼려면 손잡고 걷는 것이 좋다. 앞서거니 뒤서거니 하며 걸으면 동이요. 손을 꼭 잡고 걸으면 은. 살피며 걸으면 금이다. 그걸 배려라고 한다. 100세 청춘도 좋지만 그런 삶을 살길 바랍니다.

속리산 국립공원 화양동 9곡길

2021년 6월 7일(월)

증평에서 화양구곡으로 넘어가는 드라이브 길은 환상의 길이다. 시골경치가 좋아 봤자지. 그럴 수도 있겠지만 눈은 잠시도 쉴 틈이 없었다. 그렇게 50분을 달렸다.

속리산 국립공원 화양동 9곡길. 팔각정휴게소주차장에 주차하고 나면 여기도 녹색정원에 황금빛이 출렁이고, 붉은 장미에 보랏빛이 잘 어울린다는 생각에 잠시 방향감각을 잃을 수도 있어요.

가로수가 하늘을 덮은 6월 여름, 오늘은 화양구곡을 하나하나 확인하며 걸을 생각이다. 1곡은 운전하고 오느라 지나쳤으니 어쩔 수 없으니 세 개의 돌기둥이 개울 건너 시립하듯 서 있는 2곡 '운영담' 부터 시작할 생각이다.

3곡은 송시열이 새벽마다 한양을 향해 통곡하였다는 '읍궁암' 4곡은 물속에 보이는 모래가 마치 금싸라기 같다하여 '금사당' 이라 불렀다고 한다. 난 계곡 너머 바위 위에 앉아 있는 '암서벽' 이 더 운치가 있어 보였다.

5곡은 큰 바위가 겹겹이 쌓여있는 모습이 그 바위 위에서 천체도 관측할 수 있겠다 하여 '첨성대' 6곡은 우뚝 솟아있는 모습이 구름을 찌를 듯 하다 하여 붙였다는 '능운대' 7곡은 용이 누워 꿈틀거리는 모습 같다하여 '와룡암' 8곡은 학소대, 9곡은 파천.

다른 바위는 산책길을 걸으면서도 볼 수 있는 절경들이지만 파천만은 계곡으로 300m이상을 내려가야 한다. 그래야 너르고 평평한 흰 바위가 마치 용의 비늘을 꿰어놓은 것 같다는 파천을 보고 올 수 있다. 청학이 둥지를 틀 것 같은 모습이라는 학소대와 잘 어울릴 것 같단 생각을 왜 했을까. 난 너른 화강암돌이 개울에 평평하게 깔려있는 모습이 백담사 수렴동 계곡을 떠올리게 하던데.

파천은 신선이 목욕하고, 바둑 한판 두고 갔을 법한 바위다. 계곡물처럼 물소리만 들어도 물벼락이라도 맞아야 심이 풀릴 것 같은 개구쟁이 시절로 돌아가고 싶은 충동이 일었다. 어찌 개울에서 멱감던 그리움뿐이겠습니까. 계곡마다 지루하지 않을 이야깃거리가 있으니 찾아보는 재미가 있어 지루한 줄을 모를 것이다.

걷는 내내 새들이 따라다니며 울었고, 우린 새들과 함께 코를 벌름거리게 하는 자연의 풀냄새, 청량하게 들리는 계곡의 물소리, 짙푸른 나뭇잎에서 풍기는 싱그러움. 자연을 몸으로 느끼며 하루를 보냈으니 마음은 어느새 자연인이면 되었지 무얼 더 바라겠는가.

자연을 보다 더 가깝게 느끼고 싶으면 이 계곡을 찾으라 권하고 싶다. 어디 눈에 들어오는 것이 널브러진 고목뿐이겠습니까. 풀벌레와 나비들의 날갯짓조차 허투루 보이지 않으니 이만하면 자연에 폭 빠지다 왔다 해도 틀리지 않을 겁니다.

괴산 문광저수지

아침은 프리마호텔에서 제공하는 조식서비스. 늦은 점심은 화양동4곡 금사당 앞, Since 1968이라는 동원식당에서 도토리빈대떡. 문광저수지 가는 길도 가감 없는 시골 풍경이다. 저수지를 가려면 정겨운 마을을 몇 개 지나야 한다. 은행나무 단풍이 아름다운 길로 요즘 핫하게 떠오르는 곳이라고 한다. 가을이면 낮과 밤의 온도차로 은행나무에게 노란 옷을 입혔을 것이다.

가을에 단풍구경 다녀온 사람들은 다 가진 듯 기분 좋은 하루를 보냈고, 문광저수지를 치켜세웠을 것이다. 여름은 어떤 모습일까. 궁금하기도 하고. 아무래도 아직은 낚시꾼들의 천국이 더 어울릴 것 같은 곳이다. 짙푸른 녹음의 초여름도 나쁘진 않겠단 생각을 했다.

빗방울이 후드득. 은행나무 길을 걷다 벤치에 앉아 저수지를 바라보고 있는데 아무 생각도 없다. 오늘은 감정도 체력도 빨리 바닥을 보였다.

화양구곡에서 지친 몸을 쉬러가자며 잠시 들르기로 한 것이 구질구질하게 비까지 모시고 와서 그런가. 우리 자신이 만족하면 된다며 나선 길이지만 스케줄을 무리하게 잡은 것 같다. 많이 힘들다. 걷고 싶은 길이 아니라, 앉아서 멍 때리기 하기 좋은 곳을 찾았어야 하지 않았을까. 15,857보.

괴산 자연드림파크 호텔로움 301호

괴산 괴산자연드림파크 호텔로움

단 양

청풍문화단지
단양 4경 나들이는 건성
온달 관광지

마님 없음 난 멍청이
소머리국밥 할머니의 소원은
이젠 내가 아내의 그림자

청풍문화단지

2016년 12월 2일(금)

　청풍호의 자드락길이란 '나지막한 산기슭 비탈진 곳에 난 작은 오솔길'이다. 지자체에서 청풍호반과 산촌을 둘러볼 수 있도록 만든 길이다. 우리도 이 길을 걸을 생각이었지만 현실은 호락호락하지가 않았다.

　날씨까지 꾸물거리는 데다 간간이 비까지 뿌리니 도리가 없다. 도로마다 공사 중이라는 표지판을 세우곤 여기저기 파헤쳐져 있어 어수선하다. 게다가 우리는 길을 모르는 초짜다. 무리할 필요가 없었다. 그 대안으로 추천받은 곳이 청풍문화단지. 날씨만 좋다면야 호텔에서 걸어가도 되지만 우린 차를 가져가기로 했다.

　수몰마을 황석리는 1983년 충주댐 수몰지구 유적발굴조사로 드러났다. 고인돌의 주인공들이 살던 고장이다. 당시 5~60대의 남녀무덤과 아이무덤이 발견되었는데 돌도끼, 돌칼, 장식품, 목걸이 등, 남녀별 세대별로 다른 부장품들이 발굴되면서 당시의 매장풍습을 알려준 것으로 매스컴을 탔던 마을이다.

　이들 수몰지구마을에서 양반가옥과 일반민가, 관가 등 유형문화제급들을 옮겨놓은 곳이 문화단지다.

　안채, 사랑채, 행랑채를 갖춘 가옥은 방귀깨나 뀌던 사람이 살던 집이었을 테고, 눈에 익은 살림살이도 눈에 뜨인다. 볏짚으로 만든 삼태기, 멍석, 곰배, 달걀꾸러미 같은 것들은 수몰 전 마을사람들이 쓰던 것들이라고 한다. 관아, 청풍 한벽루, 누각이 있는 청풍 금남루는 대충.

우린 바로 망월대로 길을 잡았다. 얼굴형이 풍만해 보인다는 물태리 석조여래입상, 나무 밑동이 하트모양으로 뒤틀려 두 줄기로 뻗어 있는 하트소나무도 보았다. 계단을 내려가면 활보하고 걸을 수 있다. 황금두꺼비바위, 연리지, 소망탑, 관통석, 희망소나무를 일일이 들여다보며 걷겠지만, 관수정부터는 거친 숨을 쉬어야 오를 수 있는 가파른 계단이 있다. 가장 높은 곳에 올라야 청풍호의 경치를 바라볼 자격이 있다.

가슴이 뻥 뚫리는 희열을 맛볼 수 있는 곳이다. 오랜 세월의 풍상을 이겨낸 고송 숲과 산허리를 두른 산림녹화의 근대사를 보여주는 소나무 숲 산책길은 까불락거리지 않고 걸으면 힘이 불끈 솟는다. 그러니 한 여름철에도 반나절을 놀며, 걸으며, 쉬며 할 생각이라면 후회하지 않을 것이다.

우리는 장갑 한 켤레를 찾기 위해 걸어온 길을 되밟았고 낙엽 속까지 뒤졌다. 헛걸음 한 거 맞아요. 근데 민가마을을 둘러볼 생각을 왜 못했을까요. 국화제거작업 중이던 인부들에게 툭 던진 한마디.

"혹시 까만 장갑 한 짝 못 보셨어요?"

"아! 네 그거요. 매표소에 맡겼으니 찾아가세요."

제천 청풍레이크리조트& 호텔

마님 없음 난 멍청이

<u>2016년 12월 3일(토)</u>

어제는 영님 씨의 장갑 한 짝 때문에 두 다리가 벌을 섰지만, 오늘 아침은 차키 때문에 내 혼이 쏙 빠진 날이다. 기막힌 일이 아닙니까.

청풍호의 환상적인 드라이브코스를 콧노래 불러가며 달렸지요. 호텔에서

8km. 금수산얼음골 가는 길에다 거침없이 등산객들을 쏟아내고 있는 걸 보니 부러웠나 봅니다. 우리도 옥순봉까지는 갈 수 있다고 했는데 차문을 잠글 수가 없는 거예요. 그 때 침착했어야 했어요. 그런데 난 이성을 잃고 허둥댔던 것 같습니다.

차는 키를 소지하지 않으면 시동을 걸 수가 없어요. 운전하는 사람이면 초보도 아는 상식 아닙니까. 시동을 걸면 걸린다. 그렇다면 키가 차 안 어딘가 있다는 애긴데 왜 그 생각을 못했는지 지금도 모르겠어요. 허둥지둥 호텔까지 갔다 왔다는 거 아닙니까. 헛수고했지요.

"이황선생이 석벽이 마치 비온 듯 솟은 옥빛의 대나무순과 같다." 해서 붙여진 그 옥순봉을 가까이서 볼 수 있는 것도 포기하고 단양 가서 열쇠를 잃어버렸다며 누군가를 불러야 할 생각을 하고 있었다는 거 아닙니까. 장회나루에 들러서는 영님 씨가 속이 매스껍고 울렁거려 배는 안타겠다며 화장실에 다녀오더니 하는 말.

"잠깐만요. 트렁크 열고, 짐 싣고, 운전석에 앉아 시동 걸고, 그리고 여기까지 달려온 것 밖에 없잖아요. 그런데 온몸과 차를 뒤져도 차키가 안 보인다. 시동은 잘 걸린다. 그런데 차문을 잠글 수 없다. 그럼 운전석의자 틈새에 꽁꽁 숨은 거네. 의자를 앞으로 뺐다 뒤로 밀었다 몇 번 해봐요. 앉을 때 호주머니에서 흘린 것이 틈새로 들어간 거라면 나오지. 어디 가겠어요."

와! 소리가 저절로 나오더군요. 마님이 없으면 난 맹구라는 걸 다시 알게 해준 사건이었다. 난 왜 그 생각을 못했을까. 나 멍청이예요.

단양 4경 나들이는 건성

단양은 석회암이 많아 마늘재배에 적합한 조건을 갖추고 있어 육 쪽 마늘을 이용해 만든 마늘돌솥 밥이 유명한 곳이다.

상선암은 신선이 머물렀다는 전설이 있다. 하천의 맑은 물과 멋있는 바위가 주인공이다. 도락산(3시간 반)을 오르는 등산객들이 꽤 있는 것 같다. 산 책길은 간만 보았다.

중선암은 출렁다리를 건너면 양반네들이 한량 흉내 내며 술 마시고 물놀 이했던 곳이다. 소나무 숲에 있어 개울에 너른 돌은 한눈에도 알아볼 수 있다.

하선암은 평평하고 너른 바위 위에 앉아있는 미륵부처 같다고 한다. 기념사진 찍기 좋은 곳이다. 단성생활체육공원에서 출발하는 '물소리길 (6.5km)'의 종착점이기도 하다.

날씨 좋은 봄날 버스 타고 상선암에서 내려 등짐지고 걸어 하선암까지. 아 니 체육공원까지 한번은 꼭 걷고 싶었다.

사인암은 소나무를 이고 치솟은 바위며 경치에 자꾸 눈이 가는 걸 보니 제법 유원지답다. 찾아오는 사람들도 많고 걸을만 한 길도 잘 조성되어 있 었다.

우리는 한상차림 '흑 마늘정식'을 먹으러 가는 길이다. 점-저로 먹기엔 낭비 같은데 이걸 어떻게 다 먹지, 그러며 상을 비웠던 기억이 난다. 마늘수 제떡갈비에 6가지 마늘요리. 몸에 좋은 건 입에 쓰다는데 여긴 달다는 것 밖에는 기억이 없다.

단양관광호텔

소머리국밥 할머니의 소원은

2016년 12월 4일(일)

아침 댓바람에 영춘면(30km)으로 소머리국밥 먹으러 간다고 설레발을 쳤 다. 그 먼 곳을. 처음엔 밍밍한 것이 뭔 맛이래. 그랬는데 구운 소금으로 간 을 하니 맛이 확 달라졌다. 맛있다는 말이 그냥 툭 튀어나왔다. 깍두기국물 도 떠 먹어보는 순간 내 얼굴에 꽃이 피더란다. 한마디로 수저를 담그는 횟

수가 늘어날수록 중독성 있는 맛이었다.

"늘그막에 여행이나 하며 공기 좋은 곳에서 살자고 저 늙은이가 날 꼬드겨 여기까지 왔거든요. 그리곤 이 시골구석에 처박아놓고는 나 몰라라 해서 속상해 죽겠어요. 자기는 취미생활로 선인장이라도 기른다지만 난 이게 뭐에요. 눈뜨면 맨 날 같은 풍경만 보이는데 공기 좋으면 뭐해요. 지겹기나 하지. 그런데 손님까지 늘면 어쩌려고요."

입이 저마다 다르니 장담할 순 없지만 담백한 걸 좋아하는 나는 맛있었다. 서대문구 가좌동에서 5년 전 귀촌했다는 주인아주머니의 손맛이 끝내준다. 손 사례 치는 주인할머니의 심정은 이해하지만 솜씨가 아깝다.

오다가다 기웃거리지 않는 한 외지인은 찾기 힘든 집이다. 할머니 맘이 그러하니 숨은 맛집으로 가슴에 묻어두어야 할 것 같다.

온달 관광지

아이들과 젊은이들의 웃음소리가 그칠 줄 모른다. 잔뜩 흐렸으니 햇살과 눈 맞출 시간도 없을 테고, 몸이 찌뿌듯하다보니 목젖을 타고 들어오는 바람마저 짜증스럽게 느껴진다.

오늘은 여행하는 날치곤 빵점이다. 아예 쌀쌀하거나 아니면 비라도 뿌리던가. 그도 아니면 눈이나 펑펑 내렸으면 오히려 낫겠다. 당태종의 아버지 이연의 집, 연개소문의 동이족부인 홍불화의 처소, 귀족과 서민들이 살던 고구려 마을을 둘러보았다. 우리 민족의 대륙기질을 살려내려고 노력 한 흔적이 보이긴 하나 택도 없다.

온달기념관은 초등학교 교실 환경미화 수준, 물론 당대 유물이 빈약하니 그럴 수 있다. 핑계는 댈 순 있겠으나 모형물까지 장난감 수준에서 벗어나질 못했다면 아니함만 못하다. 이건 웅대했던 조상의 얼을 모독한 것 이전에, 이곳 아단성에서 전사했다는 평민 출신 온달장군과 그를 내조한 평강공주를 모독하는 것이기도 하다.

하나의 가품을 만들더라도 웅장하고 볼품 있게 만들어 전시해야 한다. 영춘면 하리에 있다는 온달산성은 해설사가 겨울엔 바람이 워낙 세서 그러니 봄에 오시거든 그때 올라가시란다. 우린 이의를 제기할 생각이 전혀 없었다. 맞는 말이니까. 얼른 자리를 뜨고 싶은 마음뿐이었으니까.

이젠 내가 아내의 그림자

오늘은 주말이다. 단양 구경시장은 다리안관광지에서 다리만 건너면 된다. 게다가 숙소로 가는 길목에 있다. 그냥 지나칠 수가 없는 곳이다. 바글바글 하다는 표현을 사람에게 쓰는 것이 적절한지는 모르겠으나 어쨌든 그랬다. 사람이 사람을 모은다고 사람 모이는 곳을 사람들은 찾아가기 마련이다. 나도 그랬다. 젊음이 사람이 그리운 나이가 아닌가.

오늘은 충청도 순댓국밥집에서 순댓국 한 그릇씩 시켰다. 아내는 속이 불편하다며 깨작거리고 나는 바닥을 긁었다. 맛있으니까 줄 선 보람은 있었다. 구경 잘하고 잘 먹고 간다만 그나저나 오성통닭과 마늘만두는 언제 들러 먹어본다.

구경시장은 어제 밤에도 다녀갔다. 젊은 관광객들 덕분에 그 분위기에 취하면 우리도 덩달아 신바람 날 텐데 안 가면 내가 섭섭해서다. 크로켓전문점에서 크림크로켓 하나씩을 제비처럼 입에 물고 나오는데 젊은 점주가 한마디 한다.

"어르신들 때문에 시골경기가 살아나니 얼마나 좋은지 모르겠어요. 다음에 또 오시면 들르세요. 비행기 안 타셔도 우리나라에도 갈 데 많아요. 우선 말이 통해 좋잖아요. 잠자리 편하고 음식 입에 맞고. 얼마나 좋아요."

문득 내 맘을 도둑맞았단 생각이 들었다. 가로등과 숨바꼭질하는 우리 부부의 그림자가 유난히 아름다워 보이는 것은 도둑맞은 내 맘과 같은 맘

을 가진 사람들이 있다는 것을 알았기 때문이다. 이젠 내가 아내의 그림자
로 살아갈 차례다.

단양관광호텔

단양 단양관광호텔

보 은

보은 동학기념공원   속리산 세조길
용바위 휴게소   속리산 법주사

보은 동학기념공원

동학혁명기념공원은 속리산 들어가는 길목에 있다. 잘 꾸며 놓았는데 속리산에 가려 빛이 바랜 것 같다. 그냥 기념물로만 남겨두긴 너무 아깝다는 생각이 들었다. 여기서 본 천도교의 덕목 중 글 한토막이 잔잔한 울림을 주었다.

'집안의 모든 사람을 한울님같이 공경하라. 며느리를 사랑하라. 노예를 자식같이 사랑하라.'

감명 먹었다.

속리산 관광호텔

속리산 세조길

보은 속리산 세조길은 금년 9월 26일 개통한 따끈따끈한 명품길이다보니 인기가 엄청 많은 곳이다. 거기다 오늘은 주말. 이른 시간부터 사람들이 몰려들었다. 사람이 많으면 솔직히 약간 흥분되는 기분이 드는 건 사실이다. 앞뒤로 시끌벅적거리는 낯선 동행인이 있다는 건 든든함이요 즐거움이었다.

우리도 법주사 삼거리에서 인증사진 찍고 문장대 방향으로 길을 잡았다. 세조의 전설을 따라 걷는다. 자연스럽게 동행이 되고 그들과 앞서거니 뒤서거니 하다보면 행복의 홀씨를 뿌리게 되어있다. 날씨도 거들었다.

한동안 정신 줄 놓는다고 손가락질 할 사람도 없다. 가는 길에 산과 나무의 잔영이 드리워진 저수지에도 눈길 한번 주고 경치에 취하는 건 순전히 우리의 자유의사다. 세조가 바위에 앉아 생각에 잠겼다는 눈썹바위를 보며 영님이는 여인의 속눈썹 닮았다하고, 난 문둥이 겉눈썹 같더라.

세조가 자신의 악행과 잘못을 참회하며 걸었다는 사은순행 길도 걸었고, 큰 이끼바위는 바라보는 것으로 만족하기로 했다. 담배 한 모금거리에 세조의 피부병이 씻은 듯 낳았다는 바로 그 목욕소가 있다. 난간 위에서 모두들 사진 한 장 박느라 바쁘던데. 그곳의 경치는 숲의 연륜이 있어 그런지 한마디로 끝내주었다. 은밀한 곳에 시원한 물줄기가 동무삼자는 곳이니 호기심이 생길만도 하겠다.

"세조의 꿈에 이 계곡에 커다란 바위와 소나무 많은 곳에 마르지 않는 소가 있으니 그곳에 가서 목욕하면 피부병이 나을 것입니다"

월광태자가 세조에게 일러주어 피부병을 낫게 했다는 그 길을 복원했다고 하니 재미있을 것 같다. 종착점인 세심정은 고운 단풍과 눈부신 햇살이 어우러져 그림 같은 풍경을 연출하고 있었다. 그 때문만은 아닐 것이다. 안 들르면 섭섭한 곳이 또 있다. 술꾼이건 아니건 한 잔씩, 전 한 조각씩 목에 넘기고 싶은 곳. 세심정 기둥에 써 붙인 이 글귀 때문일지 모른다.

'모친이 빚은 술'

용바위 휴게소

세심정에 도착하면 주막의 유혹에 주저앉거나, 욕심을 키우느냐 둘 중에 택 1해야 한다. 우린 후자였다. 하늘을 가린 숲길이 손짓하는 데 외면할 용기가 없더라고요. 그냥 발길을 돌리자니 쪽 팔릴 것 같고, 가자니 엄두가 안 나면 묻어가는 방법이 있다. 또래들의 뒤를 따라 페이스를 유지하며 앞으로 가는 것이다. 그렇게 걷다보면 문장대 아래 겁 없이 서있는 자신을 발견하곤 놀라게 될지 누가 알겠는가.

우리가 걸음을 멈추지 못한 이유이기도 하다. 우린 처음부터 페이스대로 걸을 수 있는 만큼 걷다 올 생각이었다. 오늘은 마님의 컨디션이 좋아 보이지 않는다는데 있다. 화장실을 들락거리는 횟수가 전보다 부쩍 늘었다.

그건 탓할 일이 아니라 걱정할 일이다. 동반자의 건강은 곧 나의 행복이기 때문이다. 걱정을 얹어 기다리는 일은 내 몫이 되었고, 조마조마하며 일 보는 건 아내 몫이었다.

산행 팀들의 걸음이 우리보다 빠르다. 또 젊다. 한참 일찍 출발한 것 같은데도 따라잡히기 시작한다. 앞질러 가는 사람들이 많아졌다. 우리가 용바위 휴게소에 들르자 다급해진 것은 색시였다. 또 화장실을 다녀온 이후로 용기 내어 30여분 더 걸어 올라가긴 했지만 마지막 휴게소를 멀찌감치 두고 되돌아와야 했다.

"그만 내려가면 안 돼요 우리."

정상을 밟는 것도 중요하지만 내일도 여행을 계속할 수 있는 건강이 더 중요하다. 한참 내려왔는데 뜬금없이 한마디 하신다.

"우리 다시 올라갈까요. 서운하면." 이제 괜찮아졌다는 얘기다. 다행이다.

속리산 관광호텔

속리산 법주사

2019년 5월 13일(월)

10시가 약간 넘었다. 추억의 옛길을 찾아 걷는 즐거움을 떠올리다 보니 〈湖南第一伽藍〉이란 일주문이 나온다. 부처의 품으로 가는 길에 '오리숲길' 이 있다. 숲속에 발을 들이미는 순간 싱그러운 솔바람이 온몸을 감쌌다. 하늘이 보이지 않을 정도의 울창한 숲과 졸졸졸 흐르는 달천의 정겨운 물소리를 들으면 자꾸 멈추게 된다.

산책하기 좋은 날씨다. 세조길에 한발을 슬쩍 걸치기만 했는데도 숲이 다가와 조곤조곤 전번에 못다 한 이야기를 들려줄 것만 같았다. 그러나 오늘은 법주사로 길을 잡았다. 오랜 세월 자연이 만들어낸 경치와 역사문화가 함께 있는 아름다운 절이다. 석물들은 신라, 목조건물은 조선후기에 만들고, 세조가 마음의 병을 고쳤다는 복천암(복천선원)은 세심정을 지나 '이 뭣고 다리'를 지나면 있는 것 정도만 알고 가도 도움이 된다.

첫인사는 입구에 있는 벽암대사 비. 법주사를 크게 중창한 고승 벽암대사의 공적을 기록한 비라고 한다. 임진왜란 때는 승병을 이끌고 해전에도 참전했고, 병자호란 때는 향미군 3천을 이끌고 남한산성을 구하러 가기도 했다고 한다.

수절교를 건너 경내에 들면 금강문이다. 양쪽으로 무시무시한 모습을 한 금강역사, 사자를 타고 앉은 문수보살, 코끼리 등에 걸터앉은 보현보살이 보인다. 이 문을 들어서면 사찰 안의 모든 악귀는 사라진다고 한다. 어제가 초파일이다. 마당 가득 연등이 걸려 있고 가슴에 와 닿는 글 한 줄 적어 보았다.

'형편이 잘 풀릴 때를 조심하라. 때로는 마음껏 풍류를 즐기고, 사슴처럼 두려워할 줄 알아야한다. 게으르게 사는 백년은 노력하며 사는 이의 하루만 못하다.'

천왕문 앞 '5층 팔상전'은 사명대사가 지은 5층 목조탑으로 석가여래의 일생을 그린 8폭 그림이다. 미륵불상과 범종각을 좌우에 거느리고 있는 것이 인상적이었다. 두 마리의 사자가 가슴을 맞대고 있는 '쌍사자석등'은 신라 석등이다.

법주사는 보면 볼수록 빠져들게 되어 있다. 팔상전 뒤편에는 향료를 받쳐 든 '석조회견보살입상'과 목조관음보살좌상이 모셔진 '원통보전'이 있

다. 신라의 전형적인 석등이라 할 수 있는 사천왕석등도 보인다. 우리나라
에서 가장 크며 쌀 80가마를 넣을 수 있는 크기라는 석련지는 팔상전, 쌍
사자석등과 함께 국보다.

진표율사가 산에 들자 밭을 갈던 소들이 모두 무릎을 꿇었다. 이를 본 농
부들이 속세를 버리고 입산수도했다 해서 속리산. 이 속리산에는 여덟 봉
우리와 대가 있음에도 자연의 부족함을 보안하기 위해 세웠다는 법주사다.
속리산은 법주사가 있어 비로소 속리산이란 말이 있다.

저녁에는 속리산 향토음식거리에 있는 '수정' 에서 '올갱이해장국' 을 먹었
다. 주인의 말로는 새벽에 문을 열면 그 날 손님을 기준으로 찬을 만든다는
식당이다. 그러니 맛도 맛이지만 신선할 밖에 없다.

올갱이해장국은 간이 세긴 해도 넉넉히 넣은 정구지와 슲음배추와 어울
려 나무랄 데가 없다. 밥을 말아 먹거나 밥 한 숟가락에 국 한 숟가락 뜨는
습관이라면 간이 맞을 것 같다. 나는 반찬과 해장국부터 먹고 밥은 마지막
에 먹는 습관이 있다. 아침 먹으러 올지 모른다고 해놓고는 다음날 아침, 차
몰고 바로 서울로 올라갔다. 긴 여행에 많이 지쳤나 보다.

레이크힐스 속리산호텔

보은 속리산 레이크 힐스호텔

영 동

천태산 영국사   노근리 평화공원과 반야사
월류봉 둘레길   영동 송호 국민관광지
옥계폭포

천태산 영국사

2016년 11월 10일(목)

여기까지 오는데 애 좀 먹었다. 260여km를 달려와서 보니 분명히 간판에는 천태산 영국사라 쓰여 있고 조형물도 세워놓았는데 내비는 그길로 가지 말란다. 그리곤 좁고 험한 길로 안내하는 것이 아닌가. 마주 오는 차라도 만날까 봐 바짝 쫄면서 운전했다.

주차장에 들어와 보니 차들이 제법 있기에 이길 너무 좁던데 오다가다 마주치면 어떠냐고 물었더니. 대답은 의외로 간단했다. 이 길은 아는 사람들만 들어오는 길이고 관광객은 은행나무아래 주차장에 차를 세우고 걸어오기 때문에 마주칠 염려가 거의 없단다.

"아! 예. 거기가 어딘데요?"

"저기 보이잖아요. 저 은행나무 아래 걸어오는 사람들이요."

헛웃음이 나온다. 직감을 따랐으면 되는 거였는데 아쉽게 되었다. C코스로 천태산 7부 능선까지밖에 갔다 오질 못했다. 천태산 등반은 D코스를 걸어서 A코스로 내려오는 3시간거리가 적당할 것 같은데 오늘은 코스 선택을 잘못했다.

천태산 등산객과 영국사를 찾는 이들에게 가장 인기몰이는 단연 영국사의 은행나무. 나무의 둘레로 치자면 여럿이서 손을 맞잡고 둘러서야 나무를

제대로 안을 까말까 하다는데 나이는 1,000살이라든가.

　가지 하나가 땅에 뿌리를 내리고 또 다른 은행나무로 자라고 있는 신기한 광경도 이 은행나무의 유명한 볼거리이라고 하는데 우린 먼발치서만 보고 간다. 기회를 만들어 다음 여행지로 찜해둘까 지금 내려갔다 올까. 우린 전자를 택했다.

노근리 평화공원과 반야사

　노근리 평화공원을 아는 사람이 그리 많지 않다. 6.25전쟁 초기 미군의 오폭으로 일어난 오근리 주민들의 비극을 되새기자며 만든 공원이다.

　앞뒤 정황은 다 빼먹고 민간인학살과 충분한 배상을 안 해준다는 것만 부각시키는 것이 난 못마땅했다. 역사의 진실을 밝히는 것에는 찬성이다. 그러나 호도하는 것 또한 범죄일 수 있다는 걸 잊고 있으면 안 된다.

　반야사는 큰 버스가 뒷걸음질하는 통에 시간을 조금 허비한 면은 있다. 절에 들어서니 제법 사람들로 북적거린다. 촬영 팀들, 둘레길 걷고 나오는 사람들, 불공드리러 절을 찾는 사람, 우리같이 뜨내기까지 보탰으니 작은 절에 사람들로 바글거리니까 좋던데요.

　반야사의 9부 능선에 있는 바위를 보곤 호랑이 형상을 찾았다고 좋아 했는데 누가 그러데요. 절 뒷산의 돌무더기를 보라며 호랑이 형상이 보이느냐고 되묻는 거예요. 긴가민가했지 보았단 말은 못했어요.

　이 시간에 하늘이 캄캄해지고 천둥까지 친다. 빗방울이 점점 굵어지니 하루 일정은 접어야 할 것 같다. 오늘밤 비께나 내리려나보다. 신혼의 꿈을 꾸러 간다.

속리산 관광호텔

월류봉 둘레길

새벽 6시에 움직였다. 어두울 때 출발하면 서울을 쉽게 빠져나갈 수 있 겠다 했는데 날은 이미 밝아 있었다. 6월 여행은 하루가 다르게 낮이 길어 진다.

봄엔 꽃구경 가고, 여름 초입엔 싱그러운 나무들과 눈 맞춤할 생각에 신 이 난다. 새벽까지 비가 내린 탓에 공기는 상큼하고 날씨는 시원해졌다. 계 절마다 날씨 변화에 신경이 쓰인다. 15℃라는데도 선선하게 느껴져 긴팔을 입어야 할지 갈피를 못 잡는 건 순전히 나이 탓이다. 세월을 속이느니 차라 리 귀신을 속이겠다.

오늘은 신탄진 졸음쉼터에서 잠시 눈을 붙인 것이 효험이 있었다. 영동읍 계산로 1길. 월류봉 광장은 비가 흥건히 젖어있었다. 계곡의 급한 물살을 안 고 있는 월류봉은 흩뿌리는 빗방울에 촉촉이 젖은 모습으로 우리를 맞아 주었다. 한 폭의 산수화였다. 오늘 아침의 일정은 월류봉 여울소리 길의 일 부를 걷고 올갱이국밥 먹으러 가면 된다.

우산부터 챙겼다. 그런데 둘레길에 들어서면서부터 비는 내릴 생각을 않 는다. 우산이 애물단지가 되고 말았다. 한발 한발 내디딜 적마다 농촌 풍경 은 신기한 것들뿐이었다. 원촌리 마을을 지나 원촌교까지는 전형적인 농촌 마을이었다. 망초는 물론 참나리도 꽃을 피웠고, 뱀딸기와 산딸기가 발갛 게 익어가는 계절. 돌제비만큼 자란 옥수수처럼 새벽 들녘이 넉넉한 걸 보 니 금년도 풍년이라며 아는 척을 했다.

벼를 보니 모내기철이 떠오르고 내가 살던 마을은 그때부터 엄청 바빴던 기억이 난다. 들밥을 먹으며 일을 손에서 놓지 못했던 시절이고 보면 꼰대가 맞다. 광석라디오를 기억하고 있는 나이다. 그러니 디지털시대에 살고 있다 만 마음은 아날로그세대를 좋아한다.

손가락 세 마디만 한 벼들을 보며 황금들녘을 그리고 있었다. 여울물소리가 요란하여 정신이 번쩍 들었다. 석천과 초강천의 합류부가 멀지 않은 모양이다. 물살이 급하게 흐르면 소리부터 다르다. 한쪽은 흙탕물이고 다른 여울은 물빛이라며 신기해했다.

황간면의 놀부식당에서 올뱅이국밥. 난 방금 쪄서 무쳐낸 가지나물과 고추범벅에 필이 꽂혔고, 아내는 참나물이 맛나다고 한다.

영동 송호 국민관광지

'여의정'에서 출발했다. 금강을 끼고 걷는 코스다. 공사 중. 우린 임시가교를 건너 강너머 야산으로 이어지는 둘레 길을 걸어 원위치 하는 길이다.

100년 이상은 너끈히 되고도 남을 소나무가 숲을 이룬 송림 숲이 압권이다. 삼림욕을 위한 캠핑장, 물놀이장에 원룸까지. 그뿐이 아니다. 분수대, 장미꽃터널, 살구꽃동산, 조각공원까지 시설도 고루 갖추었다. 여름 한철은 엄청 붐빌 것 같다. 이곳 너른 풀밭에 느티나무가 만들어준 그늘도 사랑깨나 받을 것이 분명하다. 공사가 한창인 출렁다리가 완성되면 덩달아 산책하는 사람도 많아지겠지.

상판을 얹느라 바쁜 임시가교를 건너면 데크로 이어진다. 입구에서 127계단을 올라가면 숲에 안기자 우린 환호성을 질렀다. 이때부터가 힐링을 즐길 수 있는 산책길이다. 그다음부터는 아무 생각 없이 걷기만 하면 된다. 들숨, 날숨에 쉼터에서 땀도 식혀가며 걸었다.

예쁜 다리를 건너면 드디어 두 개의 정자가 나온다. 바위와 소나무가 어우러지는 모습을 보고만 있어도 가슴이 탁 트이는 곳. '강선대'에 오르면 금강의 거친 물살이 빚어내는 물거품부터 보아야 한다. 그 물살에 고단함이 싹 씻길 것이다. 멋지달 밖에.

넉넉한 자연과 마주할 수 있는 곳이요, 실컷 즐기다 내려와도 누가 뭐랄 사람도 없다. 우린 멋 부린 소나무와 새침데기 정자를 배경으로 사진 한 장

박겠다고 법석을 떨다가 왔다. 누가 있어야지요. 계속해서 1.2km는 더 걸어가야 차와 접선할 수 있다.

우린 강선대 앞 한옥카페 '소풍'에서 화끈한 낙지덮밥을 먹을까, 쌍화차를 들까 했는데 결국 쌍화차 한 사발로 통일하기로 했다. 달걀노른자에 참깨, 대추. 보약이네.

송호 주차장--여의정--수두교(임시가교)--숲길을 걸어--강선대--다시 송호주차장

옥계폭포

고선당이란 사찰의 주차장서부터 걸으면 된다. 300m의 좁은 길을 차를 끌고 가느니 차라리 걷는 게 편하다. 그곳엔 젊은이들이 나무그늘에서 담소를 나누는 마당이 있는 카페가 있다. 폭포까지는 한참을 걸어가야 한다.

산새들과 친구 삼고 들꽃들에 취하다 보면 더운 줄도 모르겠지. 자그마한 저수지가 나오자 이제 반은 왔을 거라며 계속 걸었다. 거리정보는 없지만 걷다보니 멀지 않다는 것쯤은 알겠다. 구름타고 한쪽다리를 꼬고 앉아 피리 부는 박연탑이 보인다. 지금부터다. 더위와의 한판 승부의 승자가 되는 길은 묵묵히 걷는 것이다. 그리 도착해보니 폭포는 우렁차게 물안개까지 튕겨가며 떨어지고 있었다. 옥계폭포는 여자폭포라고 한다. 이곳에서 음기를 듬뿍 받아 소원을 이루라는데 우리는 용이 살았다는 전설의 폭포에 더 관심이 많았다. 여러 장 박았을걸요.

내려올 때는 힐링하기 좋은 시간대였다. 오후 3시경이면 아직은 광합성작용이 활발할 시간대다. 숲속에 산소가 풍부하다는 얘기다. 이런 시간에는 숨을 깊이 들이마시고 뱉기를 반복하면 좋다. 우린 그 짓이 일상이다. 폐를 튼튼하게 하려는 노력이다. 그렇게 룰루랄라 하며 내려왔는데도 올라갈 때 차 마시던 그 젊은이들은 마당 그 자리에 앉아 있었다. 지루하지도 않나.

우린 24km를 또 달려 이번엔 학산면에 있다는 '선미식당' 을 찾았다. 자장과 탕수육이 유명한 집이라고 한다. 언제 적 정보인지 잘 모르겠지만 주인장의 나이가 75세라면 얼추 우리 또래인 것 같은데 현금만 받는다고 한다.

테이블은 딱 5개에 방 하나. 자장 한 그릇에 탕수육을 시켰다. 자장엔 양파가 아니라 호박을 듬뿍 볶아 넣었다. 서울서 자장면을 먹을 때면 크기도 일정하지 않은 양파가 지저분하게 느껴져 그릇 벽으로 밀어내고 먹곤 했었다. 끝까지 그릇을 사수하고 있는 건 양파였다.

그런데 이집에선 호박의 은근한 맛이 끝내준다. 부드럽고 촉촉하고. 간이 잘 배는 성질이 있었다. 탕수육도 나무랄 데가 없다. 먼 길 달려오길 잘했다. 하루를 일찍 시작했으니 5시면 숙소로 가야한다. 오늘같이 활동량이 많은 날은 배꼽에서 나오는 육수의 양도 만만치 않다.

그런데 배꼽치료에 필수인 테이프가 안 보인다고 난리가 났다. 내 실수죠 뭐. 내일 아침에 약국을 뒤질 수밖에 다른 방법이 없다. 준비 잘 해 놓고 집에 두고 온 것으로 내가 독박을 썼다. 칠칠맞긴. 13,826보

영동 스탕달 모텔206호

영동 스탕달 모텔

옥 천

옥천 생선국수 마을

　생각하고 말고 할 것도 없다. 본 게임은 정해져 있다. 대전 선화동에서 출발했는데 서울 반대 방향으로 가라고 한다. 내비 말을 잘 들으면 신간이 편하다고 들었다. 그러니 군말 없이 따를 밖에. 거리는 좀 되지만 맛있다는데 어딘 못갈까. 휘파람 불며 달려가는 힘이 되어 주었다.

　금강 상류에 위치한 옥천에는 민물고기를 이용한 향토음식이 있다. 이름하여 옥천의 생선국수. 맛있는 아침 한 그릇 먹고 서울로 올라갈 생각이다. 오다보니 예정보다 좀 이른 시간에 도착했다. 인터넷에 실린 글대로 폐업한 주유소가 바로 식당 옆인데 터가 너르다. 그곳에 주차하고 나니 일단 마음이 놓인다. 길가에 차를 세우는 것에 비할까.

　넉넉하게 반시간 남았다. 식당문도 닫혀있겠다. 이럴 때 하는 일이 동네 구경하는 거다. 퇴직 후 여행 다니면서부터 생긴 예쁜 버릇 중 하나가 시장에서 물건 값 안 깎는 거다. 얼마나 남긴다고 안 사면 몰라도 살 거면 달라는 대로 다 준다. 잡화 꿀 한 병과 아파트 경비원 준다고 빵까지 넉넉하게 샀다. 나는 뒷짐 지고 아내는 팔짱끼고 그렇게 마을을 둘러보곤 식당으로 왔다. 동네를 한 바퀴 둘러온 것뿐인데 그새 식당 안은 손님들로 꽉 차 있었다.

　아니 어떻게 알고 찾아오는 거지. 여기 앉아 있는 면면들 좀 보소. 우리 같은 늙은이는 눈 씻고 보아도 없지. 저 젊은이들은 수군댈 걸. 저 노인네들은 뭐야 새벽부터 이깐 생선국수 한 그릇 먹으려고 여기까지 와서 죽치고 있었던 거야. 청승맞긴 그러겠지. 우리가 맛집 찾아다니며 긴 여행하고 있다면 저들이 믿을까, 놀랄까?

사실 어디 가면 줄 서서 번호표 받아가며 먹는 것이 어디 한두 번인가. 가끔은 쪽 팔린단 생각도 했다. 하지만 우리 연배도 맛집 찾아다닐 만큼 열정적이란 걸 보여주는 것도 나쁘지 않다. 우린 젊은이들과 섞여 줄 서있는 걸 좋아한다.

누군가 데려다주면 모를까. 찾아다닌다는 것이 쉽지 않은 나이다. 그래서 다리품 판만큼 입이 즐거우면 그만큼 보람도 있다. 그 맛이 그 맛이지 뭐. 미치지 않고서야 그 먼데를 5천량짜리 죽 한 그릇 먹으려고 가냐. 그런 소리를 대놓고 하는 이웃들이 내 주변에도 있으니까.

우리 부부가 생선국수 한 그릇씩에 도리뱅뱅이까지 곁들였는데 만족감은 그 100배를 주어도 어디서도 먹어볼 수 없는 맛이다. 올라오는 내내 알큰하고 비린 맛도 안 나고 입에 착착 감기는 그 맛을 음미하고 있었다.

옥천 선사공원과 둘레길

2016년 11월 11일(금)

일기예보가 적중한 탓이다. 밤새 내리던 비가 아침에 뚝 그쳤다. 먼지는 비구름 따라 보내고 맑은 공기에 산들바람만 남겨두었으니 드라이브하기에 적당한 날씨와 코스까지 받쳐주니 가분 좋은 아침이다. 산간, 수변, 마을까지 잘 어울리는 걸보니 잘 왔단 생각부터 했다.

"아 멋지네요. 어때요. 창문 열까요. 말까요.", "여세요."

옥천으로 또 생선국수 먹으로 가는 길이다. 도리뱅뱅이를 깻잎에 싸서 마늘 고추 얹어 싸먹을 때의 상큼하고 바삭한 맛이 끝내주었던 기억이 아직도 남아 있었다. 생선국수도 그랬다. 국수를 반만 달랄 걸 또 깜박했네 하면서도 그릇을 싹 비우고 일어났다면 얘긴 끝난 거다.

옥천 선사공원은 너른 터에 잘 정돈된 놀이동산 같은 곳이다. 고인돌, 입석, 움집, 장승에 솟대가 널려있는 공원이다. 우린 공원을 한 바퀴 휘 둘러보는 것으로 요식행위를 끝냈으면, 이곳이 시발지라는 전망대 가는 길의 입구를 찾아 걷는 일만 남았다.

시간이 좀 걸렸지만 찾는 건 어렵지 않았다. 음산한 날씨라 동행하는 사람이 아직은 없었다. 걷다 보면 만나겠지 하는 희망을 갖고 호기부리며 출발했다.

언제부턴가 둘레길 환경이 아니라는 데에 무게가 실리기 시작했다. 안내표지판 하나 없다. 걷는 사람도 없다. 트레킹 길이 아니라 그냥 산로였다. 시야를 가리는 나무나 풀들을 제거한 것은 맞는데 길은 패이고 풀들은 제멋대로 자랐다. 멧돼지 조심하란 표지판 그거 무시 못 하거든요. 산길이 음달이라 더 그랬을 걸요.

나가자고 보채는 건 당연하다. 풀섶, 이슬길, 성근별길, 전설바닷길까지 다 걸으면 23km지만 아직은 아닌 것 같다. 나중엔 어떨지 모르겠으나 지금으로선 욕심, 의욕이 부른 세금낭비였다.

교동댁과 정지용 그리고 구읍할매묵집

육영수 여사의 교동댁에 와선 첫마디가 참 너른 정원을 가진 구한말의 한옥에서 공주처럼 살았겠다. 우린 어려운 시절에 살았으니 삶이 풍요로웠을 육영수 여사의 학창시절이 부러웠다. 손가락만 까딱하면 다 대령했을 것 같은 대궐 같은 집이었다.

그녀가 책 읽고 자수 놓고 잠을 잤다는 한 칸 방은 너무 좁아 보이긴 하다. 그것도 안방(엄마 방)에 붙어있다. 엄마의 시야에서 벗어나서는 안 되는 삶. 그건 생각에 따라선 감옥일 수도 있다. 그러니 소일하러 자주 나왔다는 연못과 정자를 유일한 자유지대로 생각하며 보냈을 학창시절을 떠올리며 부러움이 측은함으로 바뀌었다. 부러움도, 동정심도 아닌 묘한 분위기에 어리둥절하고 있다.

정지용 생가는 굳게 닫혀있었고 박물관은 견학 온 천안대학 학생들로 북적였다. 관람 태도가 아주 진지해보였다. 그런 모습은 박물관에서는 보기 쉽지 않은 광경이다. 문학창작은 모든 예술의 꽃이라는 것을 이들이라도 알고 갔으면 좋겠다. 그것이 미래의 귀중한 먹을거리가 될 수 있다는 것을 기성세대가 먼저 알면 더 좋겠고.

옥천 '구읍할매묵집'은 먹거리 X파일에서 착한식당으로 소개된 집이다. 카페가 많은 시골동네라 물으면 쉽게 찾을 수 있다. 우린 '온묵' 한 그릇씩 시켰다. 다들 경험한 일이지만 젓가락으로 먹자니 끊어지고 숟가락으로 뜨자니 너무 길고 그러니 그릇 들고 후루룩.

우린 육수 없이 양념 추가 없이 그대로를 즐겼다. 맛나던데요. 목 넘김도 부드럽고. 육영수 생가 교동댁에서 정지용 생가 구읍리를 걸어 다니느라 피곤한 다리를 쉴 수 있어 좋았다. '묵 찹쌀떡' 2개 사들고 나왔다. 묵 찹쌀떡도 제값 한다 했다. 맛있고 실하고 덜 달고. "더 살걸 그랬나."

옥천 향토전시관

2021년 6월 5일(토)

오늘 아침은 올갱이국밥. 올갱이국밥만 취급하는 단일 메뉴 식당인 옥천 금강올갱이전문집이다. 주차장이 너르기도 하지만 손님이 참 많다. 아욱과 정구지가 들어있는 올갱이국밥에 깍두기, 배추김치, 아삭이 고추가 전부다. 약간 쌉싸래한 건 막장 맛인지, 올갱이 특유의 맛 때문인지는 지금도 잘 모르겠다. 현지인들은 맛나게 한 그릇 뚝딱. 우리도 아욱에 푹 빠져 바닥이 드러날 때까지 건져먹고 마지막엔 사발 째 들이킨 걸요.

장계관광지를 둘러보며 산책을 즐기며 하루를 시작할까 했는데 윗길과 아랫길이 모두 출입이 통제된 상태였다. 22년까지 공사라고 하니 다음을 기대하기도 어렵게 되었다.

향토전시관이라도. 전시관 입구에 뒤주와 돌탑부터 보고 들어갔다. 뒤주를 보면 6.25당시 노량진 큰할머니 댁에서 뒤주 바닥에 있는 쌀알을 긁으려고 발을 공중에 띄워야 했던 기억이 난다. 전시관을 들어서면 외관묘, 석관묘를 시작으로 신석기시대에 곡식을 가는 판돌이와 석검, 돌도끼, 간돌칼에 반달칼까지 볼 수 있어 좋았는데 삼국시대의 백제석곽묘까지 보여주었다.

고려는 불교유물, 조선시대의 가치는 단연 종이, 붓, 벼루, 먹. 문방사우다. 그러다보니 유물이래야 생활용품에 서책과 글씨 비석이 고작이다. 이 마을주민이 모르고 비석을 빨래판으로 사용했다 하여 빨래판비석이라 이름 붙인 것이 이야깃거리가 되었다.

향토전시관엔 눈요깃거리가 많아 지루한 줄 몰랐지만 뒷마당은 새로운 세계였다. 참나리와 금계국의 금빛 꽃에 피로가 확 풀렸다. 더운 날씨를 피하기엔 더 없이 좋은 곳이지만 청마리 제신 탑을 끝으로 차는 다음 일정을 소화하기로 했다.

교동생태습지와 지용문학공원

"넓은 들 동쪽 끝으로 옛 이야기 지줄 대는
실개천이 회 돌아 나가고
얼룩백이 황소가 해설 피
금빛 게으른 울음을 우는 곳
그곳이 참아 꿈엔들 잊힐 리야."

시인 정지용의 시 한수 읊어보고 가야 한다며 옥천 묵집에서 3km 거리

의 교동생태습지로 달려갔다. 산책과 명상을 함께 할 수 있는 예쁜 저수지
와 언덕을 끼고 문학공원을 만들었다는 곳이다.

저수지에는 정지용 시인의 시의 세계를 묘사한 빨래하는 아낙, 소꼴 먹이
는 여인, 근심 한 짐 지고 있는 남자, 밭갈이 농부 등을 생태습지에 작품처
럼 만들어 놓아 눈길을 끌었다.

둘레길을 걷다보면 예쁜 카페도 만나고, 식당에선 몸보신하라고 우렁 쌈
밥에 오리, 닭까지 판다. 이만하면 편하게 걷고 휴식하기에 더 없이 편리한
곳이 아닌가. 게다가 데크길도 넓어 앞에 오는 사람이 마스크를 썼는지 벗
어들었는지 신경 쓰지 않아도 될 정도다.

이렇듯 멋진 저수지와 뒷동산의 매력을 한껏 살린 공원이 있다는 건 주민
으로선 축복이다. 우린 저수지 둘레를 걷고도 기운이 남았나 보다. 뒷동산
문학공원을 구석구석 섭렵하고 왔다. 이 정도면 어른신들 건강관리나 아이
들을 데리고 나오는 주부들에겐 부담 없는 거리겠다.

호텔로 들어가는 길에 만나김밥과 옥천찐빵 집에 들렀다. 오늘은 차타고
드라이브 하느라 많이 못 걸었으면서도 진이 빠진 기분이다.

옥천관광호텔 506호

옥천 옥천관광호텔

음 성

옥천 옥천관광호텔
음성 큰 바위 얼굴 테마파크
음성 설성공원

옥천 옥천관광호텔

2016년 11월 13일(일)

서울로 올라오는 길에 들르려는 반기문 비채길이 음성에 있다. 삼신이 보덕산에 놀러왔다가 만발한 살구꽃에 반해 머물러 살게 되었다는 행치마을로 가는 중이다. 비채길의 시발지이기도 한 전형적인 농촌마을이다. 그 마을을 병풍처럼 둘러치고 있는 보덕산이 오늘의 목적지다.

일명 그 코스를 비움과 채움의 길이라는 뜻으로 비채길이라 했다고 한다. 우린 그의 고향 뒷산 보덕산에 얽힌 전설을 들으며 걸을 생각이다.

보덕산의 신령한 기운이 다 모였다는 소나무 숲을 지나면 낙엽으로 카펫을 깔아놓은 것 같은 길을 만났다. 늦가을에 낙엽 사이를 팔랑거리며 길 안내를 하는 재롱둥이 나비들까지 보태면 웃지 않고는 배길 재간이 없는 길이다. 숲에 들면 자연스럽게 터득하게 되는 느림의 미학. 서두르지 않는 걸음이다.

뭐 그리 챙길 것이 많은지 모르겠다. 낙엽이 가지에 달려있는 모습만 봐도 예사롭게 않아 보이는 것은 나이 탓일 것이고, 골바람이 지나갈 때마다 팔랑개비처럼 떨어지는 낙엽만 봐도 짠해지는 것도 그렇다. 저 너머 따스한 햇살이 모이는 언덕배기에도 자꾸 눈이 가는 걸 보면 날씨가 제법 쌀쌀하단 얘긴데, 좋은 경치만 보아도 미소 짓고 여유 부리게 된 것이 어디 어제 오늘의 일이랍니까.

그러다보니 어느새 산비탈 계단 앞에 서 있었다. 솔직히 까까절벽이라는 표현을 써야 실감나는 계단이다. 10계단 씩 올라가면 60계단. 여기까지는 누구나 어렵지 않게 오를 수 있다. 그 다음 39계단은 경사가 급해 내려다보면 아찔하다. 10계단 오를 때마다 숨 한번 쉬면 건강한 사람이지만 39계단을 단숨에 오르면 건강 100수라고 한다.

"여기서 멧돼지 만나면 어떻게 피해요. 도움 청할 사람도 없는데. 그리고 참 꼭 전망대까지 가야 하는 거는 아니지요."

"그럽시다. 내 색시 힘들면 안 되지롱."

계단이 가파른 데다 낙엽이 많아 내려올 때 쉽지 않을 것이란 계산이다. 꼭 정상을 밟을 필요는 없다며 기다렸다는 듯 돌아섰지요. 후회라니요. 따스한 햇살을 받으며 비채길의 트레킹과 산행을 적절히 섞어 그 기쁨을 만끽했음 됐지 뭘 더 바라겠습니까. 후회와 아픔, 욕심을 내려놓고 걸으면 치유의 기쁨이 있다는 건 경험이다. 우리 부부는 몸과 마음이 더 이상 병들지 않는 것이 치유라며 감사하며 살고 있다.

음성 큰 바위 얼굴 테마파크

2021년 6월 8일(화)

괴산의 자연드림파크는 농촌 살리기 테마를 살려 복합문화공간으로 만들려는 노력이 현실화되고 있었다. 숙박 손님에게 제공되는 조식메뉴도 가볍고 즐겁게. 훌륭하다.

괴산에서 9시 반에 출발, 이중섭의 그림 황소를 떠올리게 하는 작품과 함께 많은 조각 작품이 전시돼 있는 테마파크에 와 있다. 처음엔 하나하나 둘러보겠다며 의욕이 앞서더니, 건너 뛰길 하고 있다. 인물 중심 작품이다보니 귀에 익숙한 인물과 그렇지 않은 인물의 차이는 관심과 무관심이다.

6월의 태양도 원인 중 하나였다. 땀이 줄줄 흐를 정도의 날씨는 아니지만 그늘이 그리운 계절이다. 인물상은 전설의 소림사 18나한과 탁구의 여왕 이애리사, 버지니아 울프, 역대 대통령 흉상에, 김구로부터 시작되는 유명인들. 역사적 인물들을 묘사하였는데 뛰어난 작품성에 더 놀랬다.

달라이라마, 싱가포르의 리관유, 대만의 장개석, 베트남 지도자 호치민의 흉상도 있었다. 계몽 사상가와 종교인. 예수, 마호메트, 석가모니와 공자, 바오로2세, 성철스님까지. 근현대사를 이끌어온 동서양의 정치인과 기업인, 철학, 종교, 예술, 체육인에 이르기까지. 시대의 유명 인사들은 망라했다.

이병철과 정주영, 재산을 가지고 죽는다는 것은 인간으로서 부끄러운 일이라고 했다는 록펠러도 있다. 이곳은 역사란 박제화 된 과거 속의 이야기가 아니라 살아있는 현재 진행형이었다. 역사적 인물들의 과거와 현재가 궁금하다고 찾는 젊은이들이 많았으면 좋겠다. 대형 작품 1점을 만드는데 꼬박 7개월이 걸린다고 한다. 작품 수가 무려 1천여 점이나 된다고 한다. 놀랍지 않은가.

음성 설성공원

30℃를 오르내리는 기온이다. 후끈거리는 열기는 아직 올라오지 않지만 햇살이 닿는 부분은 따끔따끔할 정도다. 찌는 날씨라 산책로보단 중간 중간에 벤치가 있는 공원이 인기다. 쉼표로서의 목적을 다 할 수 있는 곳. 그렇게 찾아낸 공원이다.

이런 날은 걷는 것 보단 그늘이 있는 벤치에 앉아 영양가 없는 이야기라도 주고받는 것이 나쁘지 않은 여행일 수 있다. 생극해장국 집은 특유의 냄새가 없어 부담감 없이 먹을 수 있어 좋았으나 콩나물과 묵은지 등 재료마다의 색깔을 완벽히 살릴 수만 있다면 전국적 맛집으로 손색이 없을 것 같단 생각을 했다.

오며가며 들리는 사람들이 제법 눈에 띄는 설성공원은 음성읍내 한 복판에 있는 주민을 위한 휴식공간이다. 주차문제도 어렵지 않게 해결할 수 있다. 근린공원으로서의 역할을 충실히 하고 있었다.

본의 아니게 평화롭게 쉬고 있는 이 고장 노인들의 일상을 훔쳐보는 것도 여행의 재미다. 우린 경로정이란 정자와 삼층석탑, 독립기념비까지 둘러보았다. 작은 공간을 넓게 쓰려는 공무원의 지혜에 감동 먹었다.

가끔 휴식 같은 여행이 필요할 때가 있다. 호텔에서 뜨개질이나 독서로 소일 할 수도 있지만, 젊은이들은 카페를 즐겨 찾는다. 지방의 근린공원을 찾는 것도 한 방법일 수 있다. 일상생활로 돌아온 것처럼 한가하게 벤치를 차지해도 좋고, 그늘 찾아다니며 더위를 시키는 방법도 있다. 그런 소소한 행동이 여행의 맛을 한 계단 업그레이드 시켜준다. 9,347보

음성 거성호텔

음성 거성호텔

제 천

제천의 산초기름구이   박달도령과 금풍낭자의 박달재
베론 성지   탁사정과 의림지

제천의 산초기름구이

산초를 향초자라고도 한다. 자생식물이다. 어린잎은 나물로 무쳐먹기도 하지만, 어린 열매는 장아찌를 담근다. 열매가 익으면 기름을 짠다. 산초 특유의 향과 맛이 있다. 충청도, 전라도, 경상도 등 남도에서 주로 사용한다고 한다.

이 식당은 방아향이 난다는 산초기름으로 구운 산초두부구이와 김치찌개가 특유의 맛으로 유명세를 톡톡히 치루고 있다고 한다. 허영만의 백반기행에 나와 더 유명해진 곳이다. 이 식당은 산초기름두부구이와 들기름두부구이 중 선택할 수 있다. 가게는 자그마해도 시골구석 같지가 않다. 맛을 찾아오는 손님들이 끊이질 않아서다.

"두부구이 2인분, 김치찌개 1인분을 주문했더니 주인아주머니가 와선 양이 너무 많을 것 같으니 김치찌개 1인분에 두부구이 1인분만 시키세요. 기름은요?"

"예 그래요. 그럼 산초기름두부구이 주세요. 공깃밥은 한 그릇만 주시구요."

두부구이에는 양념장이 나오지 않나요. 근데 안 보이는데요. 한 면은 노릇노릇하게 구워 고소하면서도 부드러웠다. 다만 산초기름향이 맛이 색다르긴 해도 맛나더란 표현은 삼가고 싶다. 내 입이 그리 까다로운가?

김치찌개는 식당마다 안 올라간 데가 없다. 지글지글 끓는 소리부터가 다르다. 밥 한술에 김치찌개 올리고 국물에 담가서 먹으면 맛 끝내준다. 두부로 이미 배를 채웠는데도 식욕을 부르는 맛이었다. 밥은 반 공기가 정량인데 한 공기 뚝딱 해치웠다. 시원하면서도 깔끔한 국물에 반했다. 맛을 표현하는 적당한 방법이 없을까.

칼칼한 맛이 약한 것이 맛내기의 비법 같기도 하다. 이런 맛을 내지. 내 입맛에 맞는데 그 걸로는 설명이 약하다. 외할머니가 해주시던 그 김치찌개 맛이라고 해도 되나.

나처럼 엄청 맛있단 사람이 있으면 그럭저럭 괜찮다는 사람도 있다. 식성과 입맛이 사람마다 지역마다 조금씩 다를 테니까. 여행의 행복이란 바로 이런 별난 음식을 찾아다니며 먹는 것이다.

제천관광호텔 216호

박달도령과 금풍낭자의 박달재

2016년 12월 1일(목)

문강온천은 값에 비해 탕이 깔끔하고 방도 아늑해서 온유와는 또 다른 느낌이었다. 그 온천물에 몸 담그고 박달재로 달려가는 길이다.

박달도령과 금풍낭자의 애틋한 사랑이야기가 아니더라도 나에겐 입맛을 다실만큼 그리운 추억이 있다. "아침은요?" 하기에 "저기요. 우리 박달재 가서 채묵 한 그릇씩 하는 건 어때요?" 그 추억의 음식에 잔뜩 기대를 걸고 가는 길이었다. 근데 너무 많이 변해버려 추억을 주워 담기는커녕 새 추억을 주워 담기에도 날씨가 너무 받쳐주질 않았다.

변하긴 했으나 예쁜 추억 하난 만들 수 있지 않을까. 하룻밤 묵어가고 싶은 곳 중 하나로 남겨둘 생각이다.

박달재 파르텔에 숙소를 잡고 사랑산을 올라보고 휴양림까지 이어지는 박달재 옛길을 걷는다. 어스름해선 박달이와 금붕이가 들려주는 사랑이야기를 들으며 잠들고 싶다. 송송 썬 김치에 참기름 한 방울 떨어뜨린 채묵에 대한 그리움은 내 남은 몇 안 되는 고운 추억으로 남겨 두어야 할 것 같다.

베론 성지

베론 성지는 신유박해 때 교인들의 은둔지였으며, 최초로 성 요셉 신학교가 세워진 곳이기도 하다. 가톨릭신자들에게는 성지와 같은 곳이다.

테레사 수녀님은 소박함만큼이나 작은 동상을 세웠다. 우리 부부는 '약속의 땅으로 가는 길'이라는 미로의 길을 두 손 모으고 걸었다. 대 임득호 님이 뭘 믿는다고. 사탄처럼 입에서 거침없이 나오는 말은 거칠면서도 마음은 겸손하게 두 손 모으고 끝까지 걸어주어서 고맙긴 한데 어떤 마음으로 걸었을까.

나도 아직은 바람 불면 날아가 버릴 것만 같은 낙엽 같은 신앙이다 보니 정신 흐트러지지 않으려고 자꾸 틀리고 빼먹으면서도 성모송을 열심히 외웠다.

그리고 달려간 곳이 제천 의림지. 석향정에서 지갑을 활짝 열었다. 떡갈비 정식을 시켰거든요. 콩죽을 내오더니 주꾸미볶음, 잡채, 닭 가슴살 샐러드, 감자전에 무초절임 그리고 곤드레 밥과 떡갈비.

맛나죠. 깨끗하죠. 거기다 종업원들은 웃음까지 잃지 않는 친절까지 보탰으니 더 바랄 것이 없었다. 주변에 있는 낭만자장이나 두부식당은 배가 불러 포기해야 할 것 같다.

탁사정과 의림지

탁사정은 가파른 81계단을 올라가면 된다. 탁 트인 경치와 노송 숲이 잘 어우러져 경관이 좋았다. 정말 멋있는 곳이라는 표현을 곱빼기로 해도 아깝지 않았다. 오늘따라 흐르는 물이 턱없이 부족한 것이 흠이다. 가뭄 탓이다. 달리고 달려라.

의림지는 청둥오리 수십 마리가 한가롭게 물장구치고, 2~3백년 된 소나무와 버드나무, 정자가 어우러져 초겨울인데도 운치가 살아있었다. 숲속산책길과 호수변을 걷는 산책길이 있어 누구나 부담 없이 걸을 수 있어 좋았다. 수면 위에 달랑 말랑 누워있는 노송에겐 누군가 무릎이나 베개를 내어준 것 같아 쉽게 발걸음이 떨어지지 않았다.

솔밭공원은 관광안내소에서 추천한 곳이다. 공기 좋고 조용해서 10여분 걷다 벤치에 앉아 쉬다 오기 좋은 곳이다. 우리에게 의림지에서 계단을 따라 올라가는 트레킹코스를 안내하지 않고, 이곳을 추천한 이유가 힘없는 늙은이로 보여서 그랬을까? 생각할수록 노여워지려고 한다.

그나저나 솔밭공원에서 50m만 더 가면 용두산 등산로 입구. 거기서 정상까지 왕복 2시간. 용담사를 가려면 900m 거리라니까. 40분이면 충분히 다녀올 수 있는 거리다. 우리는 포기가 빨랐다. 그런데 애꿎은 날씨를 핑계 삼고 있었다.

제천 제천청풍레이크호텔, 제천 관광호텔

진 천

진천 농다리와 초평호수초롱길   진천 김유신 탄생지
만뢰산 자연생태공원   보련산 보탑사
진천 종 박물관

진천 농다리와 초평호수초롱길

2016년 10월 31일(월)

월요일 아침은 반갑지 않다. 오늘은 어딜 가지. 그 말이 저절로 나오게 하는 요일이다. 청남대는 물론이고 박물관까지 쉰다고 하니 걸을 곳을 찾아가야 한다. 위로가 되는 건 호텔 직원이 수요일에 청남대를 예약해 놓았다니 한결 마음이 가볍고 고맙다.

진천 농다리를 다시 가보자며 차에 시동을 걸었다. 이번에는 주소를 내비에 넣었더니 어제와 다른 너른 길로 안내한다. 어제와 달리 잔뜩 찌푸린 날씨는 늙으니 주름살 같더구먼, 피부에 와 닿는 느낌은 아줌마의 손길이었다.

세금천의 진천 농다리를 천 년 전 어느 추운 날처럼 걸어보기로 했다. 그리 건너면 초롱길이 나온다.

'세금천을 건너던 어느 여인의 지극한 효심을 딱히 여긴 임 장군이 용마에 돌을 실어 날라 다리를 놓았다고 한다. 용마는 너무 지쳐 쓰러져 죽었고, 바−끈이 끌려져 떨어진 돌이 지금의 쌍바위라는 전설. 임장군의 딸이 오라버니와의 내기에 이기기 위해 치마로 돌을 날라 다리를 놓았다는 이야기. 당시 아들을 응원한 어머니 때문에 약속대로 죽게 되자 딸이 놓지 못한 마지막 한 칸은 후세사람들이 놓았다고 한다.'

위로 올라갈수록 폭이 좁아져 장마가 져도 유실되지 않고 천년을 견뎌온 다리라는데 장마 때만 되면 일반인이 놓은 부분의 다리만 떠내려간단다. 우리 인증사진 찍으려는 아줌씨들의 웃음소리에 섞였다. 관광버스는 계속 실어 나르고 우리는 사람 많네 하며 좋아 죽는 시늉이라도 해야 할 것 같다.

"여기서 우리도 한 장 찍어주세요."

'천년 정'을 지나 '초평 호수변 탐방로'를 따라 걷는 1km는 누구나 걸을 수 있는 길이다. 쉼터의 단풍이 고운 것은 호수의 물안개 때문이다. 한동안 넋을 잃고 있었다. 만화로 본 '생거진천'도 읽어보았다.

"주천석이 저승사자의 실수로 용인사람이 된 사연이다. 현명한 고을 원님이 자초지종을 다 듣고 나서 양가 가족을 불러놓고는 진천의 주천석이 틀림없다. 그러니 '생거진천 사거용인' 할 것을 명하노라."

그 생거진천 하늘다리를 건너 '좋은날 구멍가게'에서 차 한 잔 하고 호수 풍경에 취하느라 시간 가는 걸 깜빡했다. 그리 멋 부리고 앉아 있기만 하면 되는 감. 그건 궁둥이 무겁지 말란 얘기 아니겠소. 오던 다리를 건너가면 1.7km의 야산 트레킹로드가 기다리고 있다. 초입부터 제법 가파르다. 숨을 할딱거려야 걸을 수 있다.

정상에서 바라보는 경치가 주변 산과 호수가 어울리는 풍경이 표현은 참 예쁘다. 급하면 별 수 있나요. 우리 색시. 거기서 큰 거 했데요. 난 작은 거.

걷는다는 생각만으로도 행복한 길이었다. 3시간, 심호흡은 소나무 숲에 들어서면 하고 가야 된다. 숨 천천히 크게 내쉬고 가만히 있으면 저절로 들이마시기다.

초평호수 초롱길은 가을의 전령사라는 소태나무의 붉은 잎사귀와 노란 산국까지 더해져 눈이 풍요로웠던 나들길이었다.

진천 김유신 탄생지

2021년 6월 9일(수)

김유신 탄생지는 461.8m 높이의 야트막한 태령산을 끼고 앉은 진천읍 계양마을이다. 평지에서 두어 뼘 높은 곳으로 아버지 김서현 장군이 집무를 보던 관청이 있는 곳이다. 관청 옆 살림집을 '담안밭' 이라 부른 것은 살림집을 큰 담으로 둘렀다하여 그리 부른 것으로 추정하고 있다.

지금은 터만 남아 있어 당시의 사는 모습을 추정하긴 어렵지만 농지보다 한 계단 높은 곳에 터를 잡은 것으로 보아 당시 가야의 왕손으로서 손색이 없는 어린 시절을 보낸 것으로 추정해 볼 수 있다.

너른 풀밭을 가로질렀다. 발밑에 깔리는 잡초를 의식해서 발뒤꿈치를 들고 걸을 수는 있겠으나 그러진 않았다. 발에 밟히는 풀의 촉감을 즐겼다고나 할까. 푹신한 풀밭을 밟고 걷는 호사를 누렸다.

담안밭에서 오른쪽으로 산기슭을 따라 270m쯤 올라가면 김유신 장군이 식수로 사용했다는 '영단정' 이 있고, 600m 더 가면 김유신의 태를 묻은 태실이 있어 올라가고 싶은 생각이야 굴뚝같다만 접을 수밖에 없었다.

찾는 이가 없어 산길에 잡초가 많이 자라 걷기 힘들 거라는 것이 이유였다. 진짜 이유는 올라가다가 턱이 높은 계단이라도 만나면 물러설 내가 아니니 무리를 해서라도 가려 할 것이다. 만약 무릎이 크게 탈이라도 나는 날이면 남은 여행 일정을 접어야 할지도 모른다는 생각이 결심을 굳히게 했다고 보아도 된다.

만뢰산 자연생태공원

만뢰산은 김유신 장군의 아버지 김서현이 쌓았다는 성터의 흔적이 있고, 통일의 염원을 담아 지었다는 보탑사가 있어 관광지로도 손색이 없다. 생태공원까지 꾸며 휴식공간에 문화적 기능을 첨가하였으니 더 바랄 것이 없는 곳이다.

더욱이 생태환경이 잘 보존된 지역이다 보니 여길 동식물의 천국이라고 해도 토 달 사람은 없을 것이다. 무엇보다 어린아이들과 함께 오면 좋다. 여름 분수 삼총사가 작은 연못에서 물을 뿜는 모습에 끌려 산책길에 들어섰다고 해도 틀린 말은 아니다.

망설일 것도, 고민할 필요가 없었다. 발길 닿는 대로 맘 내키는 대로 걸었다. 그때 작은 연못이 손을 내밀었다. 연못의 수련은 우리를 실망시키지 않았고 함박꽃 같은 웃음을 주었다.

공원을 걷다가 큰 숨 한번 들이쉬고, 하늘 한번 올려다보는 것이 일상인 것처럼 행동하면 된다. 숲 향기에 온몸을 맡기고 코를 벌름거리면 새소리가 화답해 줄 것이다. 숨어 피는 무명초를 굳이 찾아내려 애쓰지 않아도 알아서 찾아온다. 시흥나물이 고개를 내밀었다.

노란 꽃잎 5장을 달고 우리 앞에 나타났다. 타임머신을 타고 왔을 거라며 좋아했다. 단번에 그 시절로 달려갔고, 추억의 맛에 함박웃음을 지었다. 배고팠던 시절에 우리들의 간식이었으니 새콤한 맛을 어찌 잊을 수 있단 말인가.

멀리 더 멀리. 모든 것을 섭렵하겠단 마음으로 외곽으로만 걸었다. 숲은 늙지도 젊지도 않아 좋았다. 야생초원을 지나자 산새들의 지저귀는 소리에 귀가 멍할 정도다. 숲은 새가 많아야 한다. 정자에 앉아 엄마손 잡고 뛰노는 아이들의 웃음소리를 듣는 것도 즐거움 중 하나다.

앉아있는 것이 어색한 것은 걷는 것에 길들여져 있기 때문이다. 조금만 더 걷자는 청을 못이기는 척 따라 걷다 보면 별자리마당이다. 피곤해도, 시간이 없어도 그렇지 100여m만 걸으면 된다는데 못 본 척 할 수가 없더군요.

보련산 보탑사

보련산 보탑사에는 통일을 염원하는 온 국민의 마음을 담은 삼층 건물의 통일대탑이 있다. 우리나라에선 최고높이(42.7m)로 황룡사의 9층 목탑을 모티브로 해서 지었다고 한다. 옛 방식대로 못을 사용하지 않고 내부 계단을 통해 3층까지 올라갈 수 있게 지었다고 한다.

만뢰산 생태공원에서 3km 밖에 안 되는 거리에 있다. 입구에는 300년은 넘었을 느티나무 한 그루가 사방으로 그늘을 만들어주며 보탑사의 일주문 역할을 충실히 하고 있었다. 보련산의 옥녀봉 약수봉 등 9개의 봉우리가 어우러진 모습이 한 송이 연꽃 같다 하여 이 마을을 연곡리라 불렀다는데, 여름 한철엔 느티나무를 마을회관으로 사용해도 될 것 같다.

느티나무 아래 앉아 더위 식히고, 사천왕문으로 들어서면 범종각과 범고각(운판, 범어, 범고), 석등을 앞세운 웅장한 모습의 3층 전각인 대웅보전이 떡하니 버티고 서 있다. 통일대탑의 웅장한 모습이다.

건물마다 깔끔하고 단정한 모습이 아주 인상적이었는데 경내를 화분으로 채운 것은 보살님들의 보시 때문이겠지. 화려하고 아름다움이 특별하여 잠시도 눈을 뗄 수가 없었다.

보살님들이 이 땅이 극락이길 바라는 마음은 아니었을까. 낯익은 야생화에서 바다 건너 온 낯선 꽃들에 이르기까지 이름표를 달아주어 더 좋았다. 친절을 넘어 부처님의 배려라 생각했다. 헤프다 싶게 웃음을 흘리며 꽃구경에 본격적으로 나섰다.

우린 사찰을 둘러보겠다고 들어와선 꽃구경하고 간다. 부처꽃, 제라늄, 한련화, 안개꽃, 천상초, 매발톱 등 꽃 이름에 익숙해지려고 중얼거리고 또 중얼거리며 다녔다. 몇 개나 기억하게 될 진 모르겠지만 그러다보면 한두 개는 건지지 않을까. 사천왕문을 나서는 발걸음이 훨씬 가벼워진 걸 느낄 수 있었다.

백곡 가마솥 소머리곰탕은 동네에서 재배한 채소만을 사용해서 그런가.

배추김치와 깍두기의 맛이 끝내준다. 곤지암의 소머리국밥은 비교대상이 아니다. 맛이 고급스러웠다. 밥 한 톨 안 남기고 그릇째 들이마셨다.

진천 종 박물관

고대 철 생산 유적지가 있는 진천에 건립한 종 박물관이라면 의미가 있다. 박물관을 설립한 뜻은 우리나라 범종의 예술적 가치와 우수성을 세계에 알리고픈 마음에서였다고 한다.

에밀레종의 신비하리만치 아름다운 음색과 울림은 종 박물관을 관람하는 내내 신기하게도 귓가에서 맴돌았다. 범종은 울림과 배음이 하모니를 이루는 소리로 사람의 마음을 안정시켜주어, 불가에선 근심 없는 세상으로 인도하는 소리라고 한다.

우리나라에서 가장 오래된 범종은 단연 오대산 상원사의 동종이다. 현존하는 종으로 가장 크며 그 소리가 압권인 종은 성덕대왕 신종, 에밀레종이다. 고려시대 동종 가운데 가장 규모가 크고 아름다우면서 가장 세련된 기법의 종이라면 천흥사 동종을 꼽는다고 한다. 고려 태조가 창건한 천흥사에 있었으나 절터만 남아 지금은 종은 국립중앙박물관이 소장하고 있다고 한다.

중생들이 고통에서 벗어나 즐거움을 얻고 진리를 깨우치라는 의미로 들린다는 범종, 날아다니는 중생을 제도하고 허공을 헤매는 영혼을 천도하기 위한 운판, 북소리를 통해 속세의 모든 축생을 계도 한다는 법고, 수행자는 졸지 말고 도를 닦으라는 뜻이 있다는 목어.

수행자의 나태함을 깨우치는 역할을 한다는 법당의 처마나 불탑의 옥개 부분에 매달아 소리 나게 하는 풍경에 대한 설명도 있었다.

1층은 종의 역사, 2층은 동서양의 각종 종을 비교 전시했다. 탁상 종, 기념 종, 알림 종, 가축 종, 핸드 벨, 종교 종, 대문 종 등 다양한 방면에서 실생활에 응용한 종들이 있음에 놀랐다. 종을 만드는 과정도 재현하였다.

밀랍녹이기→ 문양조감하기→ 종의 원형 만들기→ 외형 바르기→ 다시 밀랍녹이기→ 내형 만들기 등으로 종을 만드는 복잡한 과정을 일목요연하게 보여주어 이해하는데 많은 도움이 되었다.

문득 풍경소리 들리는 절간을 떠올리고 있었더니 마음이 편안해지는 걸 느꼈다. 착각일까? 10,034보

진천 미니비즈니스 호텔607호

진천 미니비즈니스호텔

증 평

증평 삼기저수지 등잔길
좌구산 자연휴양림 명상구름다리

증평 삼기저수지 등잔길

2021년 6월 6일(일)

아침은 증평 읍내에 있는 생극해장국. 잘은 몰라도 해장국에 달걀프라이가 나오는 집은 이 집이 처음이지 않나 싶다. 청진동 해장국을 떠올리게 하는 맛이었다. 해장국은 어제의 실수로 의기소침했는데 속이 뻥 뚫리는 기분이었다.

삼기저수지는 2021년에 비대면 안심관광지로 선정됐다고 해서 다시 들렀다. 코로나로 인한 웃지 못 할 선정이긴 하다. 산책길은 목재탐방데크로 조성하였고 전 구간이 완만한 평지형이라 가족끼리 가볍게 산책하기 좋은 곳이다.

증평하면 등잔길, 삼기저수지 생태공원. 이 산책길의 주인공은 누가 뭐래도 김득신이란 분이다. 증평 율리 밤티마을에서 태어나 자신과의 약속을 지킨 대기만성형 노력파로 59세 나이에 문과에 급제한 사람이다.

부족하고 모자란 만큼 읽고 또 읽자. 서책을 들고 있는 김득신과 책보를 들고 따라가는 학동. 소년과 함께 걷고 있는 김득신 선비는 마스크를 썼다. 이런 것을 살아있는 교육이라고 한다. 산책할 때는 마스크부터 챙기라는 무언의 교훈이다. 이것이 다 코로나가 만들어낸 해프닝이 아닌가.

3km 수변산책로는 산책과 명상을 하며 걸을 수 있는 길이다. 잔잔한 물에 뿌리를 담그고 있는 버드나무를 보면 신기하고. 함께 걷는 가족들의 평

화로운 모습을 보면 부러울 때가 더 많다. 산책로 곳곳에 마련된 김득신과 관련한 옛이야기를 들여다보다보면 지루한 줄도 모르고 걷게 된다.

율리 석조관음보살상을 만나게 되어 있다. 우린 초면이 아니다보니 어색해한 것도 잠시 곧 친해졌다. 오래전에 '등잔길'을 걸을 때 만난 구면이다. 고려시대의 불상으로 신체에 비해 손발이 조금 큰 것과 자세히 보면 코가 뭉개지고 없는 것 빼곤 일반인과 달라보이질 않는다.

그건 이 땅의 여인들이 남긴 아픈 흔적이다. 조선시대 여인들이 믿음 때문이었으니 어쩌겠어요. 보살님은 다 용서했다네요. 서글픈 이야기가 아닌가.

좌구산 자연휴양림 명상구름다리

금계국이 지천으로 널려있는 충청북도를 여행하면서 피곤한 줄 모르고 다닐 수 있었던 것은 꽃의 화려함 때문이었다.

좌구산이란 건강과 장수를 상징하는 거북이처럼 생겼다하여 붙여진 이름이라고 한다. 휴양림은 아직 기획 개발 중이라 완전하진 않았지만 그래도 사람들이 많이 찾는 걸 보니 매력 있는 휴양림인 건 틀림없다. 우린 명상구름다리 아래 식당가 주차장에 차를 세웠다. 숙박체험이며 짚 라인, 천문대, 아기동물먹이주기 등 체험할 수 있는 곳도 많았다.

우리의 목적은 단 하나. 힐링 산책하는 것이다. 깊은 숲길로 들어가 걷기만 해도 눈과 귀뿐 아니라 마음까지 깨끗이 씻어진다고 믿는 사람이다. 산책이 곧 휴식이요 힐링이란 믿음이다.

명상구름다리를 건너는 것이 첫 관문이다. 휴양림의 명물이기도 하지만 건너기만 하면 걷지 않아도 숲에 폭 빠질 수 있는 곳이다. 돌계단의 폭이 높다보니 애 좀 먹었다. 그만큼 무릎이 혹사당하고 있고, 시원치 않다는 신호이기도 하다. 힘들게 내디디면서도 내색은 하지 않았다. 힘든데 이쯤 그만 돌아가자고 떼 쓸 게 뻔해서다.

구름다리는 건너려는 사람들로 제법 붐볐다. 다행히 다리바닥이 나무로 되어 있어 무섭단 소린 듣지 못했다. 건너자마자 하트 포토 존에서 사진부터 한 장 박고 거북바위정원으로 갈까 잠시 고심하기는 했다. 그리곤 등산코스가 아닌 산책코스를 따라 걷기로 했으나 공사 중이라 얼마 걷지도 못했다.

구름다리 밑으로 나 있는 가파른 내리막길로 가기로 했다. 길에 멍석을 깔았는데 가파르니 조심하란 뜻 일 게다. 고생 끝에 낙이란 말이 있다. 조용한 숲에 새들이 놀이터 삼아 노는 곳이다. 우리 부부는 평상에 누워 산림치유의 시간을 보냈다. 커다란 평상은 독차지 했다.

새들은 지저귀고 우린 청중 역할을 충실히 했다. 더위가 기승을 부리는 날씨에 오싹한 한기를 느끼며 평상에 눕는다. 숲속 친구들과 시간을 보낸다. 보약이 가득한 숲, 바라만 보아도 건강이 회복되는 것을 느낀다는 숲에 들어오긴 했는데 나갈 생각이 없어 애 먹었다.

우린 힘닿는 날까지 이렇게 살다 훌훌 털고 떠나고 싶다. 잘 놀다간다. 7,828보

증평 프리마 모텔 501호

증평 프리마 모텔

청 주

일진이 사나운 날

2016년 10월 30일(일)

"가을에 서둘러 온 초겨울 새벽녘에 반가운 눈처럼 그대는 내게로 다가 왔죠."

변진섭의 노래를 흥얼거려야 할 것 같은 딱 그 계절이다.

출발은 7시 반인데 오늘같이 쌀쌀한 날은 사람들이 선뜻 밖으로 나가질 않을 테니 조금 늦어도 길은 붐비지 않을 것이라고 했다. 어제보다 오늘 아침이 바람 때문에 더 추울 거란 예보가 신경 쓰인다.

첫얼음이 얼고 날씨가 쌀쌀하니 따숩게 입고 나서야한다는 말을 귀 따갑도록 들으며 집을 나선다. 근데 웬일이래. 파란 하늘에 말간 태양. 그 빛이 닿는 농촌마을마다 따사로울 것 같은 풍경이 펼쳐지고 있었다. 추수가 끝난 들판을 보며 달리는 우리는 행복 그 자체였다. 꿈꾸는 것 같은 현실이 기다려 줄 것만 같은 그런 날이었다. 그러나 청남대는 차량출입 예약자만 들어갈 수 있단다. 아니면 문의면사무소에 차를 두고 시내버스 타고 들어오던가. 예약은 생각도 못했다. 두말없이 차를 돌렸다. 창피해서 더 이상 지체할 수 가 없었다.

"우리 여기 왜 안 들어가요?"

못들은 척 했다. 진천의 농다리를 목전에 두고 이건 또 무슨 날벼락이래. 승용차 한 대가 농수로에 앞뒤 두 바퀴가 빠져 있다. 내비가 우릴 왜 이런 시골논두렁길 길로 안내하는지 모르겠다며 구시렁대던 중이었다, 기계차가 길을 막고는 지나갈 수 없으니 우회하란다.

여행 첫날. 가지가지 한다. 금년 가을에는 다시 볼 수 없을 것 같은 하늘인데 우리에겐 어리석고 일진 사나운 일만 겹치는 날이다. 난 이런 환경이 야속하고, 어찌 처신해야 할지 난감해 하고 있는데 아내가 깔끔하게 정리해준다.

"오늘만 날인가 뭐. 그냥 호텔로 들어가요. 더 이상 길에서 있다간 무슨 더 큰 봉변당할지 모르잖아요. 오늘은 일진이 사나운 날이네. 그리 생각하면 되지. 가는 길에 운전 정말 조심해야하는 거 아시죠?"

청주 육거리시장

호텔 카운터에 부탁해 택시를 타고 근처 갈비탕샤브샤브 집에 들러 한 그릇 뚝딱. 사리를 넣고 샤브샤브처럼 먹고 나왔다. 우리가 점심에 뭘 먹고 나온 거지. 갈비탕이야 샤브샤브야. 헷갈리네.

영님 씨가 침대에 벌렁 드러누우며 눈을 감는다. 나는 일정을 재점검 중. 벌건 대낮에 호텔방에서 뒹굴다 으스름할 저녁시간에 육거리 시장갈 때는 택시로 갔다.

'유명한 꼬마족발집'을 찾는 것이 첫 번째 목적. 시장은 사거리에 있고 오가는 사람들이 많아 시장 맛이 났다. 시장 통인 데다 버스정류장까지 있어 오가는 사람들로 북적북적했다. 육거리 시장 구경부터 하기로 했다. 소문난 만두집에서 고기만두와 새우만두를 먹곤 깜짝 놀랐다.

"어- 이거 중국집 만두 맛이 나는데. 새우만두는 어때? 한판 더 시킬까."

"새우만두도 맛있긴 한데. 냉중에 또 오면 되지. 이집 만두 삼천오백원 이면 가격대비 너무 맛있다."

어딜 가도 시장구경을 하면 좋아 죽는 건 나, 떨떠름해 하는 건 우리 마님. 시장골목을 돌아다니며 이것저것 사들였다. 난 재밌던데 누군 시장이 번잡하다면서 열심히 따라다닌다. 고맙지 뭐요.

시장에서 저녁시간을 다 보냈으면 5일간 머물 곳이라며 냉장고에 그득 채웠다. 밤에 요깃거리도 필요하고, 군것질거리도 소홀하면 안 된다. 꼬마족 발에 포도, 사과, 바나나에 음료수까지 거기다 전까지 샀다. 첫날밤은 이렇게 장바구니 채우느라 시간가는 줄 몰랐다. 시장구경 잘 했네. 불쾌한 기분 싹 다 잊었다.

라마다 플라자청주호텔

청주 고 인쇄박물관

2016년 11월 1일(화)

서울에선 올 들어 첫얼음이 얼었다고 한다. 한라산과 설악산의 상고대를 보니 늦가을 추위가 온 거 같다. 우린 평소보다 조금 늦게 출발했다. 오늘은 둘 다 바쁠 것이 없는 하루다. 날씨가 쌀쌀하니 박물관투어나 하자며 나서는 길이다.

솔직히 보면 볼수록 알 듯 모르겠고, 가까운 듯 멀게 느껴지는 것이 박물관투어다. 한자로 유물을 설명한 것이 많아 무슨 내용인지 모르겠는 건 우리 부부만이 아닐 터인데 세월이 흘러도 변하지 않는 곳은 박물관이다. 해설사의 설명을 듣고 있는 학생들의 무표정을 보아도 짐작을 할 텐데. 불가사의한 것이 박물관 행정이다.

청주 고 인쇄박물관은 원형의 하얀 지붕을 얹어 건물부터가 인상적이었다. 예사로워 보이지 않았다. 박물관은 세계 최고의 금속활자 발상지의 위상을 그대로 보여주었다. 그곳에는 현존하는 금속 활자본 중 가장 오래되었다는 '직지(直指)'가 진열돼 있었다. 우리 활자의 역사를 동서양의 인쇄문화와 비교해 볼 수 있고 세계인쇄술의 발전까지도 함께 볼 수 있어 좋았다.

선선하다. 서늘하다. 시원하다. 싸늘하다. 차다, 춥다를 설명해 보라며 다 그치신다. 갑작스런 질문에 잠시 당황했다. 청주 날씨를 보면 기온이 내려갔는데 바람까지 분다. 쌀쌀한 날씨 맞다. 그런데 하늘은 맑다 못해 투명할 정도를 넘어 눈이 부실 정도다. 그럼 가을인데 웬 겨울 날씨.

직지 산책로에서 눈이 부실 정도의 햇살은 피하고 싶다며 선택한 길이다. 숲속산책로를 찾아 연결 문을 지나 양병산 산책로로 들어선 것은 자연스런 선택이었다. 울창한 나무그늘이 하늘을 가려주어 서늘한 그늘 탓에 음산하면서도 몸이 떨릴 정도로 으스스하다. 그때까지는 몰랐다. 산책로가 극락인 걸, 영님 씨가 질문한 이유를 알 것 같다.

솔직히 난 숲이 서늘하다 못해 추웠다. 계절의 변화를 실감했다. 춥다로 바뀌는 계절이 애매하다. 다시 직지 산책로로 돌아왔을 땐 따스한 햇살이 눈이 부셔 싫다고 한 걸 까맣게 잊고 햇살을 즐겼다. 아내도 얼굴이 걱정된다며 한 걱정하면서도 햇살이 좋은 모양이다.

발을 오래 붙들어 매는 곳이 어디냐고 묻는다면 단연 직지의 간행과정을 인형모형으로 만들어 놓은 곳이었다. 현존 최고의 활자본 '직지'를 확대경으로 보면서도 별 감흥이 없는 건 무지의 소치일까 아니면 머리에 쥐가 날만큼 탐구하는 정신이 없어서 일까.

가볍게 들어가서 쉽고 재미있게 둘러보고 얻어갈 수 있는 박물관이 답이다.

백제 유물전시관

전시관 주차장에 주차하려다 봉변당한 얘기할게요. 저 차 왜 그러는 거지. 어— 어 이상하다. 왜 갑자기 뒤로 오는 거야. 순간 '쾅'.

주차장에서 빠르게 앞질러가는 차가 있어 당황했어요. 그래 멈췄지요. 주차장이 텅 비어 있으니까. 편한 곳에 주차하면 되거든요. 성미 되게 급하네. 그랬을걸요.

뒷걸음치다 문짝을 스치듯 들이박았는데 말 한마디가 없어요. 아니 눈도 안 마주치고 핸드폰만 붙들고 있는 거예요.

"그냥 됐어요. 별 것 아닌데. 그냥 가세요. 그러려고 했지요. 그런데 사고를 치고도 눈도 안 마주치려 하니까 화가 나는 거예요. 속상한 데다 울화통 치미는 걸 꾹 참았어요. 보험회사 불렀죠. 서 있는데 와서 쾅 했으니까. 알아서 하세요. 차키 주고 전시관으로 들어가 버렸지요.

유물전시관에 이런 글이 있었다.

"10대 책 많이 읽고 공부 잘하기, 20대 돈 많이 벌어 자동차 사기, 30대 결혼해서 연풍 가서 꽃, 고양이 기르기, 40대 경찰해서 범인잡고 진급하기, 50대 손주와 함께 TV 출연하기, 60대 판사가 돼서 의로운 일하기."

청주 송길동, 보명동, 신봉동의 백제고분군에서 발굴했다는 무덤과 토기를 건성 둘러보고 나왔다. 신경 쓰여서 그랬을 걸요.

'까치네 백제마을'은 오늘부터 한 달간 특별전이 열리는 첫날이라 그런지, 전시물들이 따끈따끈하다. 마음이 좀 가라앉았다, 여유가 생겨 좋았다. 부장품의 규모로 보아 한성백제의 귀족촌이었나 보다. 당시의 화덕, 침상도 있고 집 안에 구들을 놓아 음식도 끓이고 굴뚝을 세워 연기를 밖으로 내보낸 흔적도 발견했다니 당시의 지혜로운 삶을 엿 볼 수 있었다.

사는 집, 움집이 공방이었다. 두드림무늬의 둥근 토기도 거기서 만들었을 것이다. 산자와 죽은 자가 함께 살아간 위대한 한성백제 조상들의 삶의 모습을 있는 그대로 전시했다.

접촉사고로 12허 3648의 차키를 인수 받긴 했는데 내비가 익숙하지 않아 잠시 당황한 경험이 있다. 거기다 기분까지 꿀꿀하지 뭡니까. 뒤 따라오는 차들은 빵빵거리지 무대책이 대책이었다. 이런 날은 일찌감치 호텔로 가

서 쉬는 것이 낫겠다. 내 기가 죽을까 봐 아내가 옆에서 거든다. 나도 같은
생각이다.

　"잘 생각하셨어요. 좀 쉬어야 해요. 넘어진 김에 쉬어가랬다고 오늘이 딱
그날이네 뭐."

라마다 플라자청주호텔

청남대 가는 날

2016년 11월 2일(수)

　"그 까짓 꺼 닥치면 다 되겠지." 나는 청남대 갈 걱정에 쉽게 잠이 들
지 못했다.

　현실은 어제 12허 3648가 내비 때문에 애 먹은 걸 생각하면 남자로서
부끄러운 일이죠. 자존심이 문제가 아니잖아요. 악몽 같은 시간이었으니까.

　내비가 엉뚱한 곳으로 가라는 바람에 낯선 길을 헤맨 걸 생각하면 지금
도 식은땀이 난다. 또 잘못 되면 어쩐다. 쪽 팔려서 그 생각에 잠을 설쳤다.
머리가 맑아져서 그런가 한 번의 착오를 경험하곤 바로 목적지를 찍었다. 근
데 내가 조작해 놓고도 미덥지가 않았다.

　이정표에 청남대 가는 길이 있다고 옆에서 나보다 더 좋아한다. 아예 환호
성을 지른다. 긴장이 풀리니 그제야 거리 풍경이 보이기 시작했다. 청남대
가는 길의 놀라운 변화에 내 눈을 의심했다. 지난 일요일. 이 길을 지날 때
노란 은행잎으로 우리 눈이 행복했는데 오늘은 몽땅 길바닥에 드러누워 있
었다. 차량이 지날 때마다 흩날리는 모습을 보며 속도를 늦추었다. 단풍과
낙엽을 비교하며 생각에 잠길 만큼 여유가 생겼단 얘기다.

　"아 - 참 곱다. 그지. 저기 좀 봐요. 정말이지 내려서 걷고 싶은 길이네.
이쪽 길은 없는 거 봐. 차가 지나다녀서 그런가."

　'사색에 반하고 사색에 취하다'라는 국화축제 깃발을 보고는 보너스 받

은 기분이었다. 국화축제는 생각도 안했기 때문이다. 전망대에서 구룡산 중턱의 현암사부터 찾았다. 하루를 청남대에서 보낼 생각에 벌써부터 들떠있었다.

네일 케어하고 청남대를 걷다

　몽고텐트가 축제장의 분위기를 끌어올렸다. 국화꽃은 해가 중천에 뜨고 어울림마당이 시끌시끌해지면 살아날 것이다. 마님이 국화꽃에 코를 대는 버릇이 있는 줄 깜빡했다. 노란 산국은 냄새가 강해서 좋다. 마님은 국화차를 들며 눈을 지그시 감는 폼이 영락없는 여고생이었다. 빈자리가 나자 잽싸게 의자를 낚아채듯 앉았다. 아내가 더 놀랐다.

　"뭐예요. 설마 네일 케어 하려고 앉은 건 아니죠. 뭐하시려고. 어서 일어나요."

　"난 하면 안 된다고 어디 쓰여 있어요? 기본 케어 해주세요. 자기도 뭐하고 서 있어요. 여기 앉아요. 우리 색시도 손톱에 예쁜 그림 하나 그려주세요. 나하고 똑 같이 왼쪽 엄지하고 오른쪽 새끼에. 그림은 알아서 해 주시구요."

　"금방 끝나요?"

　나는 능청스럽게 손을 내밀었다. 뭘 그릴까 고심하지도 않는 눈치다. 이럴 때 묘하게 이는 분위기. 왜 부끄러운 건 둘러선 아낙들의 몫이고 당당함은 내 몫이 되었을까. 용기내서 여자들 속에 끼어보니 알겠다. 아줌마 할머니들은 재미있겠다며 수군대니 목덜미 주변이 간질간질하다. 그 분위기를 즐겼다는 표현이 맞다. 엄지손톱엔 앵두, 새끼엔 곰돌이.

　우린 마주보며 눈 맞춤하며 웃었다. 작은 용기가 큰 행복을 가져다준다는 것을 경험으로 배웠다. 솟대는 신의 심부름꾼이라고 한다. 하늘의 신이 솟대의 기둥을 타고 오르내린다고 하는데 난 그 7개의 솟대 앞에서도 태워 보낼 기원이 없는 건지 비운 건지 그걸 잘 모르겠던데요.

김영삼 대통령의 칼국수 때문에 종업원들이 애 좀 먹었다는 일화를 간직한 그늘 집도 들르고, 행운의 샘을 지나 세족장까지 걸었다. 김대중의 국민정부 초기 하의도의 농기구와 문의면의 전통생활도구를 모아 전시했다는 초가정에 갔으면 직진해서 능선을 탈지 산허리를 가로지르는 트레킹코스를 선택할지는 우리 몫이다. 겨울의 해는 빨리 저문다. 무리한 코스는 피해야 한다. 노무현 대통령 길을 선택했다.

은행잎이 뒹구는 '노 통길'은 가족연인과 함께 걸으면 '가까워지는 길'이라는 묘한 뉘앙스가 거짓이 아닐 것 같은 느낌이었다. 은행잎을 카펫처럼 깔아놓은 길을 풋풋한 첫사랑을 나누던 당시로 타임머신을 타고 갔다. 날이 저물 때까지 걸으며 분위기 잡았다.

"어두우면 운전하기 힘들 텐데 Take Out 어때요. TV 보며 먹으면 좋은데."

그러며 달려간 곳이 있다. 저녁은 그 식당의 명물 깨 먹는 탕수육. 부 먹보다는 찍 먹을 좋아하는 우리다. 그러니 뒤처리도 깔끔할 밖에. 맛평가요. 무엇이든 맛있을 시간대가 아닌가요.

라마다 플라자청주호텔

청주 국립박물관

2016년 11월 3일(목)

'부처'의 오른손은 중생의 두려움을 없애주고, 왼손은 모든 소원을 들어주는 손이라고 한다.

청주 국립박물관은 구석기시대부터 초기 철기시대까지의 충북지역의 선사문화를 소개하고 있어 이해가 빨랐다. 이 지역의 구석기사람들은 막집이나 동굴에서 살며 도구를 이용해 수렵 채집하며 살았고, 신석기사람들은 주먹 토기를 이용하여 농사짓고, 동물을 기르며 살았다고 한다. 청동기 시대에는 쌀과 보리는 물론 밀, 조 같은 잡곡농사까지 지었다고 되어있다.

인류가 최초로 사용한 금속은 구리(청동)다. 철기문화로 이어지는 징검다리 문화다. 무덤, 성곽, 갑옷, 무기류, 귀걸이, 동관 등 당시 청동기시대의 유물을 다양하게 접할 수 있어 아주 유익했다.

'금고'는 징 모양으로 절에서 공양시간을 알리거나 사람을 모을 때 치는 것이라고 한다. '동' 특별전이 열리고 있는 방에 들어서니 '금고' 소리가 들린다. 머리뿐이겠는가 영혼까지 맑아지는 걸 느꼈다.

박물관 밖은 우암산 둘레길이다. 한 두 시간 코스라는데. 아직은 다듬어지지 않은 자연 그대로였다. 가을보다는 봄, 초여름에 걸을 길로 추천할 만하다. 우선 생태터널의 작은 문을 들어서는 순간 자연 본연의 모습을 눈으로 볼 수 있어 좋았다. 더욱이 한 100m만 걸어가면 밤나무 숲이다. 욕심나면 10월 초에 날 잘 잡아오시면 산밤 줍는 소원은 들어주지 않겠어요.

상당산성

수암골에선 담벼락에 그린 그림 딱 한 개만 보고 왔다. 내 재주론 차를 주차시킬 공간을 찾기 어렵다는 게 이유였다. 우린 그 동네식당에 들어가 '뚝 불' 한 그릇으로 기분전환을 마쳤다.

상당산성의 성벽 밟기는 남문(공남문)에서 출발한다. 공사 중이긴 해도 성벽을 걷는 데는 불편할 것이 없다. 남암문을 지나 서문(미호문)까지 올라가려면 숨을 좀 헐떡거려야 한다. 그러면 청주 시가지와 너른 미호평야를 바라보는 행복, 가슴이 탁 트이는 기분을 함께 얻을 수 있다. 그러니 힘 들긴 해도 아주 매력 있는 코스가 아닐 수 없다.

한참을 걸어 올라가야하는 제법 가파르고 인내가 필요하다. 산의 정상을 활용해 만든 산성이다 보니 산행을 하는 기분으로 걸으면 된다. 가파른 성벽을 걷는 만큼 만족감도 그만큼 컸다.

고창읍성의 성벽 밟기로 생각했다간 큰 코 다친다. 산 아래에서 산 정상을 향해 올라가는 길이라 험한 편이다. 쉽지 않은 코스다. 아니다 싶은 분은 안길을 걸으면 된다. 이 성벽은 신라 김유신 장군의 아버지 김서현 장군이 쌓았다고 하는데 성곽둘레가 4.2km의 석축산성으로 우리는 가다 서다를 반복하며 걷다보니 두어 시간 남짓 걸린 것 같다. 산속이라 해가 조금 일찍 넘어가는 것도 감안해야 한다.

등산의 쾌감과 성벽 밟기의 즐거움에 트레킹의 만족감까지 세 박자를 갖춘 그야말로 황금 코스라 흡족했다. 늦가을은 해가 빨리 저문다. 우린 동문(진동문)에서 신성 한옥마을까지도 걸었다. 펑계는 있다. 성벽 보수공사 중이라 출입할 수 없는 구간이다.

버스정류장까지 오면 누구나 좋아하는 두부집이 있다. 이 집에선 순두부는 마음껏 이란 말에 생 두부 한모 시키고는 두리번거렸지만 순두부는 절품. 우리 부부는 손잡고 으스름해진 길 따라 주차장까지 걷는 또 다른 매력을 경험했다. 드나드는 나들이차량과 임무교대 한다는 기분이라 밤길이 나쁘지 않았다.

라마다 플라자청주호텔

청주 라마다 플라자

충 주

충주 비내섬

2016년 11월 29일(화)

집을 나선지 두어 시간 만에 양성면에 도착하긴 했는데 가야 할 방향을 몰라 우왕좌왕했다. 초행길이라 준비한다고 했는데도 이 꼴이다. 이정표는 물론 걸어 다니는 사람조차 보이지 않아 당황할 수밖에 없었다.

시골이 옛날 같지가 않다. 농사철이 지나니 길을 묻고 싶어도 다니는 사람을 볼 수가 없다. 날씨가 꾸물꾸물한 것도 변수다. 어렵게 사람을 만나 반가웠는데 말을 더듬거리며 "나 길 몰라요" 하며 허둥대 듯 자리를 피할 때는 내가 더 황당했다.

비내섬을 걸을 생각이면 길 건너 조그마한 다리를 건너면 된다. 주차는 적당한 곳, 어찌 걸어야할지는 자유 선택. 진흙에 궤도차바퀴가 어지럽게 나 있는 건 군 훈련장으로 사용한 흔적이다.

너른 벌판을 가로지르지 않고 일단 강변 따라 걷기로 했다. 색이 바라긴 했어도 갈대풀도 그런 데로 온전하고, 걷는 사람도 가끔씩 눈에 띄니 외롭지는 않을 것 같다. 내려놓으면 얻어갈 것이 있는 곳. 날씨만 받쳐준다면 힐링 길로는 더 할 나위 없이 좋은 길이었다.

아직은 제 모습을 잃지 않으려는 갈대와 물길 따라 힘차게 비상하는 고니와 크고 작은 철새들이 그려낸 수채화는 볼수록 감동이었다. 까치발 해가며 조심스럽게 다가가 보려고 시도해 보았지만 번번이 실패했다. 눈치가 오죽 빨라야지요. 스스로 포기했다는 거 아닙니까.

철부지 장난꾸러기 놀이에 왜 이리 재미있어 했는지가 아니라, 어린 아이의 마음으로 돌아갈 수 있는 분위기가 더 좋았던 것 같다. 갈대와 철새들의 놀이터에서 신나게 뛰어 놀다왔는데도 지치긴, 오히려 머리가 맑아지고 가슴이 뻥 뚫린 것 같이 후련하더란 말. 이런 때 쓰면 딱 맞을 것 같다.

양성온천 비내길

점심은 할매돌집에서 한 술 떴다. 이제 능암온천 랜드 뒷길에서 시작해 비내마을까지 이어지는 길이다. 처음 목적지는 '전망대 가는 길'을 따라 걸으면 된다. 어렵지 않게 '송이산 정상 전망대'에 올라갈 수 있다. 온천마을이 한눈에 내려다보이는 정상이다. 그때부턴 마음을 다잡지 않아도 된다. 발이 제 알아서 간다.

이정표가 잘돼 있으니 초행길도 어렵지 않은 길이다. 빨리 걸으면 좀 천천히 걷자할 정도로 느리게 걷고 싶은 호젓한 오솔길이다. 무엇보다 산속 풍경과 탁 트인 경치가 어우러져 지루할 틈을 주지 않는다. 길바닥에 누워있는 참나무낙엽이 사각사각 밟히는 감각과 소리가 발과 귀로 전해지면서 묘한 울림을 주는 것이 재미있다보니 영혼까지 자연에 맡기고 말았다.

늦가을의 트레킹에서 이 길은 번잡하지 않으면서도 색다른 매력이 있었다. 능선을 따라 오르고 내리기를 반복하며 지천리 비내마을까지 2.3km를 걷고 양성온천으로 방향을 잡으면 된다.

능암온천마을 → 오르막길 → 송이산 정상전망대 → 오솔길 → 비내마을 → 천변길 따라 찻길 → 조태골 마을입구 → 새비지 골 → 양성온천

남한강의 경치로 가슴이 가득 채워지는 것을 느낄 수 있었다. 흥얼거리며 즐겼던 것 같다. 조태골 마을 입구엔 작은 구멍가게가 하나 있다. 그냥 지나칠 생각이 아니라면 주전부리를 입에 물어야 한다. 땀 흘린 뒤 먹는 깨끼

맛, 요즘은 막걸리나 커피가 대세라지만 이 맛을 잊으면 쓰나요.

구멍가게에서 우린 '새비지길'로 길을 잡았다. 초행길인 데다 해가 빠른 속도로 저물어가고 있어 경쟁하듯 걸었다.

일본에 가면 '銀의 온천'이란 곳이 있지요? 같은 급의 온천입니다. 굳이 비행기타고 갈 것 뭐 있어요. 비내길 걷고 온천하고. 서울서 가까우니까 당일치기도 되니 좀 좋아요.

온유관광호텔(충주시앙성면)

선사유적박물관의 홍수아이

2016년 11월 30일(수)

아침을 양성면 한우마을에서 육회거리를 사들고 그 집으로 갔다. 세끼나 먹었는데요. 주인할머니 두 분. 무뚝뚝한 것이 매력이라지만, 찬이 간간한 데다 이집 두부찌개가 우리 입맛에 딱 맞았던 것 같다. 숙박시설과 온천탕이 낡은 것이 흠이긴 해도 온천물이 좋으니까 용서가 될 겁니다.

오늘 같은 날씨는 중요한 일 아니면 집 나설 때 망설여지게 되어있다. 늦가을 날씨라 그런가. 쓸쓸하고 으스스한 데다 찬바람까지 보태니 마음잡기가 쉽지 않았다. 어깨가 오그라들기 시작하면 마음까지 추워지게 되어있다. 아침햇살로는 온기를 불어넣는데 역부족이었나 보다.

"박물관 그런데 어디 없어요? 어- 춥다. 오늘 아침 왜 이러지. 걷자면 걷는 거지 뭐. 잠을 설쳐서 그런가. 온몸이 뻐근하네. 전시관 같은데 있으면 좋은데."

우리 나이에 급한 건 없다. 큰 약속이나 있는 것처럼 그렇게 쏘다니지 않아도 된다. 날씨 좋아지면 그때 다시 와서 걷지 뭐.

날씨나 컨디션이 안 좋을 땐 쉬어가는 것에 우리도 한 표씩 던졌다. 조동리 선사유적박물관은 어떨까. 아는 게 없으니 더 궁금해진다. 날씨가 좋아

지면 탄금대 입구까지 8km를 걸을 수 있는 중원문화길의 시발점이란 노림수가 있긴 하다. 박물관에 들어서자마자 기다렸다는 듯 해설사가 묻는다.

"저- 여기 우연히 들르신 건가요? 이길 지나다가 궁금해서 들르시는 분이 대부분이라서 그래요. 그런데 찾아오셨다니 의외시네요. 박물관이 있다는 걸 어떻게 알고 오셨어요. 우리야 찾아오신 것이 고맙죠. 그리고 어르신들 참 부럽네요. 제가 설명해 드릴까요?"

해설사의 발걸음이 '흥수아이' 앞에서 오래 멈췄다. 청원 두루봉 흥수골에서 출토되었다는 4~5세 가량의 어린아이의 유골사진이었다. "안 됐다. 어린 나이에" 그랬을 거예요. 엄마니까. 자식은 가슴에 묻는다는 말이 있잖아요. 어미가슴을 얼마나 아프게 했겠어요.

"자기야! 저기 좀 보셔. 족장부인이 가족들과 움집 안에서 맛난 거 먹고 계시네. 저 부인은 전생의 영님일 거 같은데. 난 움집 밖에서 모닥불 피워놓고 상전 위해 생선 굽는 저 남자. 우린 전생부터 인연이 있었나보네. 그러고 보니 그림 되는데."

충주 중앙탑 공원과 무학시장

그리 시간 끌다 나왔는데도 날씨가 나아질 기미가 없어 보인다. 한술 더 떠 비까지 온다. 오늘 같은 날 맞춤은 중앙탑 공원에 있는 충주박물관 견학이다.

작년 겨울, 지나는 길에 잠시 들른 것 같은데 긴가민가하다. 도착하면 그러겠죠. 아! 여기. 들어가 봤는데. 친근감이 드는 곳이라며 좋아했는데. 이제 좀 알 것 같다. 그럴걸요. 나이 들면 추억을 먹고 산다고들 하질 않습니까. 노인네 기억력은 믿을 것이 못 되거든요.

생활의 흔적들이, 추억이 새록새록 되살아나는 물건들이 그 시절의 이야기를 들려주는 곳이라면 또 보아도 싫증나지 않을 것 같다. 밭갈이할 때 끌고 다니던 겨리와 쟁기도 눈에 익숙하고, 도리깨로 보리타작하며 먼지를 뿌옇게 뒤집어쓰던 내 모습 이며, 겨울이면 조바위를 쓰고 다니던 이북 할머니도 기억해 냈다.

탄금호반 길을 걸을 수 있었던 것은 행운이었다. 자주 먼 길을 걸어보지 않은 사람은 저 끝이 엄청 멀어 보일 수도 있다. 호수와 주변 경치가 어우러진 풍광뿐이겠는가, 조각품들의 의미도 되새기면 한 볼거리인 것을. 좋은 추억 하나 건겨간다.

무학시장의 순대만두골목을 찾아갔다. 오공주만두집을 내비에 걸고 가면 시장주차장이 나온다. 너무 번잡해서 주차하기가 쉽진 않으니 인내가 필요한 곳이다. 빗줄기가 여름장마처럼 굵어졌다. 우린 순대 한 그릇 앞에 놓고 번갈아 숟가락을 담가가며 먹었다. 어느 순간 하늘은 어둠을 토해내고 있었다. 늦가을이 주는 하늘의 이런 선물은 여행객들에겐 쉼표를 찍으라는 계시다.

문강온천은 아토피, 피부병에 좋다는 유황온천이다. 일본에서 말하는 '金의 온천' 이다. 따끈한 온천물에 몸을 담가 그런가. 영님이 코고는 소리가 멜로디 같다. 어제 잠을 설친 탓도 있었겠지만 온천물이 좋고 적당히 걸은 덕분이다. 내일 추워진다는데 그건 걱정도 안했다.

문강유황온천호텔

충주 문강유황온천호텔, 충주 온유관광호텔, 충주 수안보 상록호텔

여행은 하루하루에 색을 입히는 것이다

　여행은 끊임없이 새로운 것을 찾는 것이다. 맛을 음미하듯 서로의 마음을 훔쳐보는 것에 여행만 한 것이 없으니 여행이 주는 덤이라고 해도 된다. 연극과 인생은 지루하기 전에 끝내는 것이 좋다고 한다. 승차권 한 장 달랑 들고 떠나는 여행. 말벗이 돼주고 혹여 놓고 내린 물건 없나 챙겨주는 사람이 곁에 있다면 여행은 훨씬 맛깔날 것이다.

　그래서 여행은 나 홀로 여행보단 동반자(짝꿍)가 있어야 한다. 웃는 모습만 봐도 행복한 사람. 지난날 어디 한번 가려면 많은 것을 포기해야 했던 내자와 홀가분하게 길을 나선다. 살아오면서 서로 이해하고, 양보하고, 배려하면서 보듬으며 살다가도 토라지곤 금방 화해하는 사이. 말은 섞지 않아도 눈빛만 봐도 마음을 아는 사이. 그런 부부가 손잡고 여행을 떠난다. 그림이 되지요?

　설렁탕의 구수한 국물 맛은 꼭 먹어봐야 아는 건 아니다. 땀 흘리며 먹는 모습만 봐도. 이마의 땀 한번 쓱 닦는 그 모습만 봐도 아는 맛이다. 그래서 나는 영악스러운 까치보단 까마귀를 좋아한다. 숫자에 너무 민감하면 돈 아까워서 집 떠나기 싫어지게 될까봐서다.

　내가 삶의 여유와 깊이를 느끼며 노년이 행복한 것은 아내와 함께 여행을 다니면서 부터다. 손만 내밀면 함께 여행을 떠나줄 수 있는 사람. 여행 중 위로가 되고 힘이 되어주고 행복을 알게 해준 사람. 진정한 자유여행가이고 싶은 사람이다. 그런 사람과 하루하루 색(色)을 입히며 살았다.

서울특별시

남산 둘레길

2017년 4월 15일(토)

‘제주올레길’ 완주하고 온지 벌써 꽤 시간이 흘렀다. 발에 생긴 물집을 치료하면서 결국은 완주했던 기억이 난다. 그 이후로 자치단체에서 만들었다는 길을 찾아다니며 걷는 재미에 폭 빠져 살고 있다. 무릎이 안 좋으면 힘닿는데 까지 걸으면 된다. 여행은 시작이 반이라고 첫걸음 떼기가 어려운 법이다.

오늘은 서울의 봄을 맞으러 딸과 함께 셋이서 나서는 길이다. 남산 벚꽃이 주말에 만개한다니 기회가 좋았다. 이런 날 놓치면 두고두고 후회할지도 모른다며 전화를 했다.

“태연아! 우리 엄마하고 같이 남산둘레길 안 걸을래?”

“응, 봐서. 내일 몇 시까지 가면 되는데.”

“내일 시간 있으면 일찍 와라! 내키지 않거나 선약이 있으면 굳이 무리할 건 없고. 시간이 되면 와. 같이 아침 먹고 바로 가지 뭐. 시간 얼마 걸리는지 세세하게 따지지 마라 그거야 걸어봐야 아는 거니까. 억지로 강요하는 건 아니다.”

버스 타고 녹번역에서 지하철 타고 동대역. 장충단공원에는 울긋불긋 등산복차림의 사람들로 붐볐다.

“태연아! 저 사람들 좀 봐라. 남산 둘레길 걸을 거면서 복장은 히말라야라도 오를 것 같은 등산복차림인 거 봤지. 우리가 제일 멋쟁이다. 네 엄마와 넌 베이지색코트로 멋 부리고, 난 벽돌색 두툼한 잠바를 걸쳤으면 맞네. 이렇게 가벼운 평상복차림이면 되지 요란들 떨긴.”

남산타워 가는 노란색 버스 타고 남산둘레길 입구에서 내렸다. 사람 정말 많았다. 사진 찍으며 올려다보고 내려다보고 그리 쉬엄쉬엄 걸었다. 철 잃은 개나리와 진달래에 만개한 벚꽃이 동승했는데 철딱서니 없는 라일락에 영산홍까지 거들 기세라 정신없었다. 남산자락에서 봄꽃에서 초여름 꽃까지 만났다.

거기다 연두색 잎들이 하늘을 가릴 듯 붙어 있는 모습이 너무 예뻐 눈물이 나려고 한다. 봄은 냉이꽃도, 여인의 옷자락도 아닌 연두색 새잎에서 오는가 보다. 사진 찍고 또 찍고 그렇게 행복해하고 다정한 모녀의 모습을 보니 신바람 나는 건 바로 나다. 코트를 벗어 팔에 걸치면 녹색바둑판무늬와 연분홍의 모녀가 또 잘 어울리고 나는 덩달아 흥분해서 앞서거니 뒤서거니 하며 머리를 짜낸다.

둘은 좋아 죽는다. 난 사진 찍느라 행복하고 초롱꽃, 이팝나무, 조팝나무까지 꽃놀이에 동참시켰더니 정신 줄 놓고 걸을 수 있었다. 점심은 남산을 걷다보면 나온다. 산방비빔밥으로 유명한 곳이다. 오늘은 엄청 줄이 길다. 시간 반 기다렸나. 분위기 값만으로도 충분했다.

곧장 집에 왔겠수. 명동에 가서 좋아하는 만두 한 보따리 사들어야 심이 풀리지요. 집에 들어오니 4시 조금 넘었을까. 그런데도 피곤의 정도는 온종일 걸은 기분이다.

서울 광장시장 먹방투어

2019년 3월 19일

오늘은 입이 즐거운 날이다. 눈과 코가 풍요롭다는 광장시장에 갈 생각에 들떠있었다. 실은 며칠 전부터 요것조것 다 먹고 와야지. 뭘 먹지. 배도 덜 부르고 맛있는 음식 뭐 없나. 그러다보니 인터넷을 뒤지는 것은 필수였다.

광장시장 5대 먹을거리부터 찾아야 한다. 자매 집에 가서 육회 한 접시 비우고, 대구탕 먹으러 은성횟집, 순희네 빈대떡은 한 장만 먹고 나머지는 포장하고 그래도 심이 안차면 할머니 집에 들러 순대 2인분 땅기던가, 마약김밥 손에 들고 두어 개씩 주워 먹으면 비어 있을 거다. 그러며 집을 나섰다.

3월 4일 사전답사라며 육회 한 접시 비운 행복까지 떠올리며 분위기를 한껏 끌어올렸다. 전혀 예상치 못한 일이었다. 치과병원에서 잇몸이 안 좋아졌다며 잇몸 이곳저곳에 주사바늘 찌르며 염증 치료한다고 하더니 한 시간 이상 거즈 물고 있으란다. 이런 낭패가 있나.

자매 집은 40년 전통의 광장시장터줏대감이다. 마님께서는 맛있게 먹긴 하는데 양이 많은 건지 부족한 건지 헷갈리는 것이 매력이다. 시원한 소고기무국이 낯설지 않아 한 그릇 비웠다고도 하고. 순희네 빈대떡 4장 16,000원, 모녀김밥 한 케이스 3천원, 은성횟집대구탕 3인분 3만원, 할머니 순대집에선 오소리감투 만원, 수수부꾸미 4장에 만원, 찹쌀꽈배기 10개에 만원, 바리바리 싸들었다.

집에 도착하자마자 입에 물고 있던 거즈를 뱉고선 마약김밥과 오소리감투가 꿀맛이네 하며 들어번쩍 했으니까. 수수부꾸미 꽈배기까지 먹어치웠으니까. 아쉽지만 그렇게 하나하나 공략해나가며 아쉬움을 달랬다.

'순희네 빈대떡'은 바삭해서 씹는 맛이 합격. 뒷맛이 촉촉하고 부드러운 것이 겉과 속이 잘 어울린다. 고소하고 달달해서 정말 맛있었다. 젓가락질하기 바빴다.

'은성횟집'의 대구탕도 끝내준다. 일단 눈으로 만족하고 입으로 행복했다. 수북하게 쌓아놓은 대구탕들을 보고 침이 안 고이면 이상한 사람. 알, 고니, 대구가 꽉꽉 들어있어 비교불가. 칼칼한 국물 한 숟갈 떠보시면 아실 걸요. 코 박고 싶어질 겁니다.

줄 서는 것도 재미라는 생각이면 종로5가역 8번 출구로 가보세요. 수수부꾸미, 찹쌀꽈배기 앞에 줄이 장난 아니라에.

중구 명동거리

2021년 5월 29일(토)

갔다 와야 하나, 말아야 하나. 정말 엄청 망설였거든요. 매년 예닐곱 번

은 명동 가서 명동칼국수 먹고 오던 나로선 일 년 반 넘게 근처도 안 갔다
면 믿겠습니까. 굳이 외국인이 득실대는 명동까지 가서 칼국수 먹고 올 생
각 1도 없었다면 거짓말이고 가곤 싶지요. 근데 그게 맘대로 돼요. 집에 아
내가 있는데. 어려운 일이죠.

코로나 때문 아닙니까. 예방접종 완료했는데도 불구하고 인도, 영국, 브
라질 발 변이가 어쩌고저쩌고 하는 바람에 명동걸음이 더 얼어붙었다. 그런
우리 부부가 용기를 냈다. 아니 백신예방주사 2회 다 맞고도 3주가 흘렀는
데 뭘 조심한다고 이러고 있는 거죠? 갑시다. 우리처럼 자유로운 영혼이 서
울서 이러고 있으면 안 되죠. 그게 이유의 전부였다.

우리를 놀라게 한 건 명동지하도였다. 발 디딜 틈도 없더란 얘긴 과장됐다
치더라도, 놀 토라도 이 시간 때는 명동지하상가 계단은 오르고 내리는 사
람들로 어깨를 부딪칠 정도로 붐볐어야 한다. 그런데 우리 부부 뿐이다. 지
하상가요? 두 군데 문 열었던가? 명동상권 다 죽었다는 예기죠.

명동교자 집 문도 닫은 거 아니냐며 한 걱정했다. 갈은 돼지고기 듬뿍 얹
은 칼국수의 맛 때문 만이겠습니까. 우리 만두는 고기와 채소 또는 두부와
김치를 다져 만든 소를 밀가루 반죽을 밀어 만든 만두피에 싸서 찌거나 삶
잖아요. 중국에선 발효하지 않은 상태로 빚은 만두피를 교자라고 해서 명
동교자란 상호를 쓴 모양이다. 우린 이 집 만두가 고기로 속을 꽉 채워서 그
런지 내 입맛엔 딱 이었다.

오가며 외국어 관광안내원이 물어볼 것 없느냐고 한 거 외엔 문 연 상가
도 드문 데다 거리까지 썰렁해서 재미가 통 없었다. 줄 선 건 체온, 신분체
크 하느라 사람들이 늘어선 줄뿐이다. 북적거리진 않았지만 홀에 가득 찬
손님들 덕에 한 그릇 맛나게 먹고 나왔다.

우린 만두 2팩 사들고도 심이 안 찼는지 복향촌까지 가서 월병과 수피를
사 들고 왔다. 달달한 것이 먹고 싶었던 모양이다. 빗방울이 걸음을 재촉했
다. 명동엘 자주 가는 이유는 60년대 줄 서서 먹던 명동 닭 칼국수와 겉절
이 맛을 못 잊어서 이기도 하지만, 사람들로 북적대는 활기 있는 거리 모습

만 봐도 괜히 신바람나기 때문이다.

그런 날이 빨리 왔으면 좋겠네요. 그래야 명동으로 설렁탕이며 안동찜닭도 먹으러 갈 것 아니겠습니까.

종로 익선동 한옥마을

<u>**2019년 8월 10일(토)**</u>

허긴 그늘에 가만히 앉아만 있어도 온몸에서 땀이 줄줄 흐르는 8월이다. 게다가 금년은 더위가 오죽 심했어야지요. 솔직히 하루 걸러 노약자는 외출자제. 한여름 더위에 지쳐 체력은 바닥을 치는데 사는 재미까지 떨어지고 있다. 의욕마저 떨어질 정도라면 불을 지펴야한다. 화롯불이라도 지펴야 한다.

그래 찾은 곳이 요즘 젊은 연인들의 핫한 데이트코스로 자리 잡았다는 익선동 한옥마을이다.

일단 SNS를 뒤져 함박스테이크 맛있게 하는 집 없나 찾아보았다. 지하철 3호선 타면 종로 3가역 6번 출구. 5호선은 5번 출구 낙원 악기상가가 나오면 큰 길 건너 골목으로 들어가면 된다. 누구나 초행일 테니 길은 물으면 된다. 말이 통하는데 뭘 걱정해요. 우린 6번 출구다.

"저기요. 익선동 한옥마을 가려면?"

"아! 예, 이 길로 죽 가세요. 가다보면 오른쪽으로 작은 골목이 나온 데요. 첫 번째 간 몰라도 암튼 가다 기웃거리면 안다고 하던데요."

소문대로 젊은이들에겐 볼거리 먹을거리가 넘쳐나 신바람 날 테고 우린 이런 좁을 골목을 뛰어다니며 놀던 내 모습이 주마등처럼 지나갈 것 같은 골목이었다. 찐만두로 유명하다는 '익선 교자집'이 시작점이다. 여기 오면 내나 젊은이나 발길을 멈추고 두리번거리긴 매한가지다. 어느 골목부터 들어갈까 결정했으면 북적거리는 사람들 틈에 섞이면 된다. 같은 마음을 가진 사람들이 한 방향으로 움직이니 우선 맘이 편하다. 젊은 사람들은 추억을 만드느라 바쁜 날이지만, 우리 세대는 잃어버린 추억을 줍느라 입을 다물지 못한다.

서로 어깨를 부딪치며 걸어야 더 재미있는 골목이다. 잔돈탕진 꼼꼼오락실이며, 소품을 파는 예쁜 가게, 수수하면서도 독특한 개성을 살린 인테리어가 재미있는 식당과 디저트 집들이 눈길을 끌었다. 여심을 제대로 잡았으면 내 마음을 잡은 거나 같다. 그런 가게 앞에만 오면 주저하는 버릇이 있다. 사면 짐 되고 먹으면 배부르고 그냥 지나치자니 아쉽기 때문이다.

"함박스테이크 먹기로 했다면서요. 어디서 점심 먹을 건데요. 나한테 알려주면 안 돼요?"

"아 그렇지. 벌써 시간이 그렇게 됐나. 그럼요 밥 먹어야지요. 1920이요."

경향식 1920이 어딘지 보신 적 있으세요? 묻는다. 그러면 요 근처 어느 골목에서 본 것 같은데요. 가만있어 봐라. 아, 맞다! 전 골목. 그리 가보세요. 그런다. 나오는 길에 1975익선 떡 가게 '종춘'에서 동글동글 예쁜 떡을 보고 고거 참 맛있어 보이네. 했더니 그 한마디에. 우리 마님 값 불문 찹쌀떡 코너를 싹 접수했다. 또 잡숫고 싶은 떡 있음 말해요. 한동안 간식걱정은 안 해도 될 것 같다.

롯데호텔 월드 호캉스

송파 석촌호수길

2021년 7월 21일(수)

오늘부터 북태평양 고기압이 우리나라 상공에 머무는 열돔현상으로 열대야현상이 일어난다는 예보가 있는 날이다. 거기다 내 몸까지 불편하여 동네의원 신세를 지고 있는 형편에 여행은 무슨 하겠지만 내 몸과의 전쟁에서 이겨내는 방법이 바로 힘들게 계획을 짜고 떠나는 것이다.

무료하게 집에서 쉴 생각은 눈곱만큼도 없으니 서울 어딘가로 호캉스라도 떠나야 직성이 풀릴 것 같다. 호캉스란 호텔과 바캉스를 합성한 말이라고 한다. 휴가 중 여행지를 찾아다니는 것이 아니라 호텔에서 보내는 것을 말한다. 호텔이 숙박지가 아니라 여행의 목적지가 되는 것이 다르다. 열대야에 요즘처럼 델타변이 코로나로 전국이 몸살을 앓고 있는데 걱정을 한 짐 지고 다니며 마음고생 하느니 좀 더 한적한 분위기에서 피서를 즐기며 여름을 나는 방법을 선택했을 뿐이다.

내 몸이야 1년 365일 안 아픈 날이 없으니 잘 다독거리는 방법밖에 없다. 여름 여행의 묘미는 땀을 적당히 흘린다. 땀 흘린 후에 갖는 휴식은 새로운 파라다이스를 만난 기분이다. 휴식을 알면 새로운 삶이 열린다는 말이 있다. 더위를 즐기면서 더위 먹지 않는 방법은 호캉스가 대안일 수 있을지 궁금했다.

호캉스는 호텔의 발렛파킹 서비스서부터 차별화했다. 우린 짐을 호텔에 맡기고 먼저 잠실 호수교 방향 건널목을 건너 150여m 거리의 호수교까지 걷기로 했다. 다리를 건너지 않고 숲길로 내려서면 오늘의 목적지 석촌 호수산책로가 나온다.

석촌호수는 산책로와 쉼터, 주변에는 카페거리도 있어 오붓한 시간을 보내기에는 더없이 좋은 곳일 것 같다. 사계절 이곳을 찾는 사람들이 끊이지 않는 이유다. 석촌호수길 1.5km. 롯데월드 매직 아일랜드를 걷는데 스피커에서 흘러나오는 음악소리와 여름 손님 매미울음소리가 합창을 한다. 둘이 제법 잘 어울리면 화음이지만 화음에 이상이 생기면 시끄럽다. 문득 매미 우는 소리가 시끄럽다며 아파트의 나무를 다 자르라며 소동을 벌였다는 주민들의 마음도 헤아릴 수 있을 것 같다.

무척 덥다. 벤치만 보면 앉는다. 더위가 한 몫을 하니 맥을 못 추겠다. 하늘을 가릴 듯 덮은 벗나무 아래 산책로를 걷는 시민들의 표정은 밝은데 난 아니다. 걷다 힘들어 십여 계단을 올라갔더니 송파호수공원과 카페거리의 간판이 반겼다.

백암순대가 눈에 띄어 한 그릇 먹고 가자며 골목으로 들어섰는데 휴업. 내친김이라며 디저트카페 '서정적 살롱'에서 아보카도 연어 샐러드(1.8만원)와 아이스 아메리카노(4천4백원). 그리고 다시 힘을 내어 걸으니 송파 관광정보센터건물. 숀의 노래 Way Back Home(집으로 돌아가는 길)의 멜로디에 끌려 'JB Out Coffee'에서 맛과 향이 좋다는 얼 그레이 차 한 잔으로 삼복더위를 식히고 싶었다.

송파 롯데호텔 호캉스

롯데타워의 전망대로 가는 엘리베이터 타는 곳, 31층은 떡볶이에 국밥까지 파는 푸드 코트가 있다. 그곳으로 가는 입구도 사전답사하고 12시쯤 호텔로비에 도착했다. 호캉스 하겠다며 조식 포함 숙박만 신청했는데 호텔에서는 기왕이면 프로그램 참여하는 것으로 하는 것이 어떠냐고 하기에 그러자고 했지요. 이 더운 날씨에 삼시세끼 끼니걱정까지 해서야 되겠어요.

호캉스를 신청한 사람들은 1층 로비가 아니라 28층(클럽라운지)에서 따로 접수 한다고 한다. 친절하게 안내해주어 찾아가는데 어렵진 않았다. 거기선 클럽라운지 서비스 내용 설명에 이어 31층 20호실로 숙소를 배정해주고, 곰 인형 한 마리를 준다.

　Breakfast 07:00-10:00. Afternoon Tea 14:00- 16:00. Happy Hour 18:00-20:00. 단 12세 이하 어린이는 입장 제한. 솔직히 나이 많다고 결격사유는 없어 다행이었다. 짐 정리 하다 보니 Afternoon Tea Time. 우린 놓치지 않고 28층 클럽라운지로 갔다.

　14시. 우린 초콜릿과 한입에 쏙 들어가는 달콤한 생케익, 방울토마토와 귤, 견과류에 사과음료와 커피로 가볍게. 문제는 2~30대 사이에 낀 우린 당당한 흑두루미였다.

　배정 받은 방은 호텔에서는 가장 위층이고 송파 4거리와 석촌호수의 한쪽이 잘 보일 뿐 아니라 롯데타워가 정면에 있다. 거리를 내려다보며 사방팔방으로 달려가느라 바쁜 도로 위의 차량들이 볼거리라는 것도 오늘 처음 알았다. 눈을 뗄 수 없을 정도로 흥미로웠다. 가끔 눈을 돌려 짙푸른 석촌호수를 보면 마음의 여유가 생기고 롯데타워를 올려다보고 있으면 가슴을 요동치게 하는 뭔가가 있었다.

　문제는 티타임을 끝내고 나니 갈 곳이 없다. 길은 불볕더위로 기승을 부리는지라 엄두도 못 냈지만 그럴 생각이야말로 눈곱만큼도 없었다. 혹여 호텔 안에 놀거리와 볼거리가 있으면 모를까. 그때다. 시원한 방에 가서 한잠 늘어지게 자는 것도 나쁘지 않겠다고 하더니 어느새 코고는 소리가 들린다. I am not done.

　저녁 6시. Happy Hour에는 소고기 볶음, 버섯볶음, 부추와 오리고기 볶음, 연어회, 대구찜, 가자미찜, 돼지족발, 햄, 가지볶음, 키조개 관자 찜, 한입비빔밥(밥+해초+연어회+오이절임+아보가도)에 식후엔 초코케이크. 포식했다.

　우리 부부는 Dancing Frame 레드와인 한 잔씩 했다. 좀 헤프다 싶게 웃었을 걸요. 기분은 누가 뭐래도 짱이었거든요.

서울 롯데호텔월드 3120호

송파 롯데타워 서울스카이전망대 가는 날

2021년 7월 22일(목)

일정은 이랬다. 우린 눈뜨기 무섭게 라운지로 달려간다. 코로나로부터 자신을 보호하는 방법은 사람이 적을수록 안전하다고 믿고 있기 때문이다. 아침메뉴는 잔 멸치볶음, 낫도, 크루아상과 딸기잼, 닭 날개와 연어구이, 소시지와 베이컨, 호박찜, 스크램블, 파인애플과 키위. 사과주스.

롯데타워 하늘나라 투어를 위해 땡볕을 걷는 시간은 고작 7분. 10시 30분, East문으로 들어가면서 자동 체온체크 되고 바로 어제 답사한 코스다. 늘 다니는 사람처럼 익숙한 걸음걸이다보니 누구도 처음 온 사람으로 보진 않았을 것이다. 어디로 가야할지 몰라 어리바리하지 않았으니 되었다. 우리 앞엔 손님 한 분뿐이었다. 우린 경로할인에 코로나백신접종증명서를 보여주니 또 할인하여 둘이서 2만 7천원 주고 입장했다.

전시 존은 우리의 자부심을 보여주는 미디어공간이었다. 어두운 통로를 걸을 때는 서울의 밤과 낮 아침과 저녁을 생동감 넘치는 화면으로 서울의 역동성을 보여주었고, 창경궁 등 5궁의 모습에서 우리의 전통문화에 자부심을 느끼도록 했다.

70년 전의 가난했던 우리 대한민국은 그곳엔 없었다. 개발도상국이라는 딱지를 떼고 선진국 대열에 합류해도 당당할 수 있는 내 조국이 자랑스럽다며 어깨가 저절로 으쓱 해졌다. This Way를 따라 갔다. 사진 찍겠다면 포즈 취해주고 그렇게 도착한 엘리베이터. 1분이면 117층에 도착한다.

도착하자마자 영상실. 멋진 서울에 롯데타워가 있음을 알려주었고, 커튼이 열리면서 서울의 본 모습이 나타났다. 잠시 말문을 잊었다. 파노라마처럼 펼쳐지는 서울의 역동적인 모습에 놀라움이 컸다. 어리둥절하면서도 가슴에 와 닿는 뿌듯함이 있었다. 놀랍도록 발전한 서울을 보며 더 큰 충격을 먹은 것은 한동안 방향감각을 잃어 날개 꺾인 풍뎅이 신세가 된 내 모습이었다.

지금부터는 계단을 이용해야 한다. 118층에서는 기념사진 박느라 정신없었고, 119층은 둘러보면서 동서남북을 찾아본다고 고생만 했다. 478m의 120층. 스카이테라스에 올라서는 순간 하늘에 떠 있는 기분이더란 말을 실감했다. 유리바닥을 걸을 땐 아찔아찔할 것 같다고들 하던데 우린 아무렇지도 않게 걸어 다녔다. 여기선 사진 몇 장 박아야 한다. 우리도 그렇게 했다.

121층 기념품점은 지나쳐도 되지만 화장실은 필수 코스. 122층에 올라가서는 서울스카이 카페부터 찾는 것이 좋다. 티 테이블부터 선점하고 딸기 스무디와 블루라떼를 마시는 차 한 잔의 여유. 충분히 자격 있다고 본다. 어디 눈과 입만 즐거웠겠습니까. 가슴은 약간 흥분된 느낌이던데 마음은 평온했거든요.

여의도의 수정아파트와 마포의 와우아파트까지 생생하게 기억하고 있는 우리가 지금은 서울의 발전된 모습에 놀라고 있다.

호캉스의 매력

집에서 편안히 휴식을 취하며 보내는 휴가는 홈캉스. 안타깝게도 본의 아니게 코로나 4차 대유행으로 홈캉스를 즐기는 사람이 늘고 있다고 한다. 호캉스는 호텔과 바캉스를 합성한 말로 호텔이 목적지다. 보통 집과 가까운 호텔에서 스테이케이션을 즐기는 사람으로 영화, 음악 감상, 독서로 시간을 보낸다.

홈캉스나 호캉스가 그게 그거구먼 하겠지만 다르다. 호캉스는 다음 끼니는 물론 간식으로 뭘 먹을까 하는 신경을 끊는다. 몽땅 내려놓아야만 된다. 홈캉스는 누군가가 때 맞춰 냉장고문을 열어야 하고 렌지에 불을 붙여야 하는 일상을 버리지 못하는 것이다.

전망대의 출구는 명품 숍이 즐비한 백화점이다. 오가는 사람들도 달라 보일만큼 상점들까지 화려하다. 명품 구경하고 가자는 아내의 성화에 못 이기는 척이라니요. 살 것도 아니면서 하고 앞장선 걸요. 밖은 불볕더위. 얼른 시원한 방에 가서 쉬다 라운지로 갈 생각이었는데 아직 방청소가 덜 되었다는구나.

우린 로비에서 한동안 서성거려야 했고, 그도 지루하다 싶으면 빈 의자에 엉덩이를 붙이는 방법을 사용했지만 그것도 코로나 때문에 여의치가 않았다. 이른 시간이긴 하나 클럽라운지에 가서 자리를 잡는 편이 낫다.

조금씩 젊은이들의 생활패턴에 길들여지고 있었다. 요즘 미인은 1년 365일 다이어트 한다. 아니면 밥이 필요할 텐데도 흡족해 하고 있다. 오늘의 간식타임도 우리는 한입에 쏙 들어가는 달콤한 생 케이크 3개씩에 자유선택의 쿠키 그리고 빵 한 개와 방울토마토와 귤. 그리고 커피로 멋을 부렸으면서도 배고픈 줄을 몰랐다.

우린 호텔방에 돌아와 텔레비전보다 깜빡 잠이 들었던 모양이다. 눈뜨니 그 시간. 서두르지 않았다. 편한 시간대에 28층 클럽라운지로 가면 된다. 먹을수록 이로운 것 같다면 토끼가 된들 누가 뭐랄까. 저녁은 특별 메뉴인 달팽이 크림요리와 피망과 호박을 넣어 볶은 닭요리에 버섯볶음. 그리고 아스파라가스를 먹었다. 종잇장처럼 얇게 썬 소고기스테이크에 작은 알 감자는 누구 하나 더 달라는 사람이 없어 우리도 얼굴을 돌렸다.

적포도주 두어 잔 씩 마시자며 분위기에 취했다. 이런 기분은 평소에는 경험할 수 없는 것들이다. 이젠 자신의 몸매에 당당해도 되는 나이인데도 말이다.

서울 롯데호텔월드 3120호

그랜드 워커힐 호텔 호캉스

2021년 7월 29일(목)

11시가 다 돼서야 집을 나섰다. 차가 도로를 꽉 메웠다. 서울의 호텔 여행이다 보니 게으름 피는 것 같다. 찜통더위에 코로나 4차 대유행까지 겹치다 보니 집집마다 차를 끌고 나온 것도 이유 중 하나다. 엄청 몰리는 시간대다 보니 도로는 아예 주차장이다. 가다 서다를 반복하다 보면 다리에 쥐가 난다.

10시 반에만 출발했어도 길이 뻥 뚫렸을 거라는 생각은 잊었다. 속이야 부글부글 끓지만 평정심은 잃지 말아야 한다. 서울 여행에 지하철이면 되지, 그 나이에 차는 무슨. 그러나 코로나가 우릴 가만 놔둘지도 의문이다. 그랜드 워커힐에 도착한 시간이 12시 반. 차는 발렛-파킹. 현지답사는 기억을 총동원하는 시간이다. 그 기억이란 녀석이 벚꽃이 막 피기 시작할 때 사목회모임이었다.

당시 광나루역에서 무료 셔틀버스 타고 그랜드호텔에 내려 바로 산으로 올라갔던 기억이 난다. 고구려대장간마을이 목적지였고 걸어서 원점 회귀했다. 우린 명월관의 정원을 걷기도 하고 야외 벤치에 앉아 더위를 식히기도 했다. 그리곤 호텔 1층의 파빌리온(Pavilion) 라운지로 달려갔다는 거 아닙니까. 한증막 같은 더위다 보니 뜨겁다 못해 따가웠다. 엄청 더웠다. 콩고물 빙수 한 그릇을 놓고 행복했다.

고급 어름빙수에 아이스크림 한 덩어리, 그 위에 뿌린 콩고물이 압권이었다. 숟갈이 들어가지 않는 건 그렇다 치고 세미 마카로니 2개까지 올라왔다. 43,000원이면 엄청 비싸다. 그러나 식 접시까지 놋그릇이다 보니 다 먹을 때까지 빙수의 모양이 흐트러지지 않아 입이 얼얼하도록 먹었다.

3시 입실인데 호텔방 정리가 다 되었다며 2시 안 돼서 체크인 해주었다. 아침뷔페 포함 2박에 689,700원. 시설을 둘러보는 것으로 호텔피서를 시작했다. 1층에는 로비와 함께 라운지, 중식당 금룡, 빵과 와인 소시지를 파는 곳. 2층은 도서관과 뷔페식당. 지하 1층은 편의점과 약국. 지하 2층은 휘트니스 센타.

우린 편의점에 들러 고심 끝에 자이언트 떡볶이, 짜파게티 각 한 개. 맥주 한 캔에 비타민음료 한 병과 쿠키가 15,850원.

식후엔 파우치커피와 EARL Grey 홍차를 타서 마시곤 온종일 호텔방에서 뒤척이며 푹 쉬었다. 꿈나라에도 갔다 왔을 걸요.

그랜드워커힐 호텔 1208호

워커힐 산책로와 더글러스 가든

2021년 7월 30일(금)

오늘이 어제 같다. 6시에 눈이 떠진다. 아차산 위에 구름처럼 자리한 워커힐의 아름다운 자연을 고객에게 되돌려드린다는 말 허언이 아니었다. 신록이 푸르른 여름이 우리 곁에 있었다.

아침뷔페는 7시부터. 일찍 줄을 서면 혼잡을 피할 수 있고, 이용객이 많은 시간대는 코로나에 노출되는 시간이 그만큼 많아지니 바지런하기로 입을 모았고 우린 5분 전에 도착했다.

체온체크하고 방명록 작성, 손 소독, 방 번호를 보여주고 들어가면 안내자가 따라 붙는다. 자리를 정해주고는 식사 전 마스크 쓰기, 조용히 대화하기, 손 장갑을 꼭 끼라는 당부도 잊지 않았다. 깜빡할 수 있는 것들이다. 한 가정이 건강하려면 조심 또 조심. 지나치다고 탓하는 사람은 아무도 없었다. 내 가족의 건강은 내가 지킨다. 그 마음은 호텔 피서를 나선 사람들은 같은 마음일 것이다.

더 뷔페의 조식 뷔페메뉴가 푸짐하고 다양했다. 어디부터 갈까 행복한 고민을 하면서도 골고루 먹자며 식탐이 발동하는 건 어쩔 수 없었다. 접시에 양지고기 볶음, 연어회와 연어샐러드와 소시지. 야채만두와 새우딤섬, 탕평

채, 삼채나물, 오이소박이, 그린 빈. 후식으론 복숭아요구르트와 과일, 머핀과 수제초콜릿, 애플파이를 먹었다.

오늘은 소확행의 둘째 날. 워커힐의 산책로를 찾아 걷는 시간이다. 2km에 30분. 상큼한 아침 공기를 마시며 걷기에 딱 좋을 거리다. 걷다보면 이글거리는 태양을 두려워하지 않아도 되고, 그늘을 찾아다니려고 애쓰지 않아도 될 것 같은 시간대다. 주차타워 입구가 출발점이었다.

길바닥에 그려진 황토색을 따라 가면 된다. 이맘때면 무궁화동산은 진딧물로 지저분하고 듬성듬성 피어 멋이 없을 거란 선입견을 말끔히 잊게 한다. 꽃들이 다투어 피는 모습이 너무 고왔다. 귀는 매미소리에게 맡기고, 눈은 신록에 취하면 그만이다.

더글러스하우스 아래 작은 정원으로 내려가 자릴 잡았다. 아내가 목소리가 나오지 않는다며 걱정을 한다. 마침 일일 안부전화를 한 아들이 대뜸 그럼 엄마 치매 아니셔 라고 농담하는 걸 듣고서야 안심했다.

더글러스 가든은 엉덩이를 붙이기만 해도 평온해질 것 같다고 해서 사색의 정원. 오늘은 예쁜 수국정원이 주인공이었다. 가을엔 애기단풍이 멋을 부릴 차례. 그러니 사계절 찾는 이의 마음을 살필 줄 아는 공원이다. 우린 피자힐 방면으로 작은 시냇물이 흐르는 오감의 정원도 지났다. 인간적으로 너무 더울 시간이다. 쓰러지기 일보직전이라며 서둘잔다.

'더글러스숲길'로 가면 편하게 빨리 갈 수 있을 줄 알았다. 그런데 끝까지 계단이라 힘들었다. 곁의 숲이 눈에 들어올 리가 없다. 기진맥진한 아내를 라운지에 앉힌 시간이 10시 반. 우린 숙박자에게 제공하는 무료 음료로 에이드 한 잔씩 마셨더니 정신이 번쩍 들었다. 호텔방에 들어가선 점심도 걸렀다.

6시 저녁 뷔페시간에는 식탐부리지 않다. 가볍게, 좋은 것만. 광어, 참다랑어, 연어, 새우 회와 전복구이. 초밥은 전복초밥과 한우초밥, 계란말이 초밥을 담았다. 마지막으로 크림달팽이요리에 곁들여 소고기, 양고기스테이크.

두 번째 접시는 입가심. 오메 보시, 초석잠, 생강초절임, 야채와 마 그리고 삼 뿌리와 과일. 막대사탕을 담았다. 아이스크림도 놓치지 않았다. 가긴 어딜 가요. 호텔방에서 뒹굴며 시간 보내는 거지.

그랜드 워커힐 호텔 1208호

호텔 여행의 진수

2021년 7월 31일(토)

1차 호캉스에선 식당에만 들어가면 으스스하고 가끔은 춥게 느껴진 것을 경험했으므로 긴팔 한 벌 준비했다. 식당이란 음식을 다루는 곳이다 보니 적정온도가 필요하겠단 생각을 못한 잘못은 있을 수 있다.

여행이란 직접 경험해보지 못한 것을, 내가 가지고 있지 않은 새로운 세상을 경험하는 것이라고 한다. 세대차가 있으면 여행을 통해서 간접적으로나마 그걸 경험하는 것도 한 방법이다. 아침에 뭉게구름이 두둥실 한 무더기 떠있는 아차산 풍광이 이리 멋있을 수 없다며 환호하고 있었다.

여행 중엔 소소한 일상도 나를 감격하게 할 때가 있다. 소나기구름은 논두렁으로 마구 뜀박질했던 추억이 있다. 금방 사라지고 없어질 별 것도 아닌 구름 한조각 가지고 흥분하는 것을 촌스럽게 생각하던 때도 있었다. 관심두지 않던 풍경이 새삼스럽게 다가오는 것은 나이 탓만은 아니다.

떠날 땐 근사한 제목을 걸지만 막상 여행지에 도착하면 대동소이하다. 여기 좋다. 물 좋은데. 맥주 집도 있네 뭐. 그게 관심사의 전부였던 시절도 있었다. 지금은 아내가 안쓰러워서 여행을 떠난다. 매일 눈뜨면 뭘 먹을까 걱정해야 하고, 설거지, 빨래 걱정을 달고 사는 일상에서 벗어나 맛있는 곳을 찾아다닌다. 그래도 걷기 좋은 호수길이나 산책로를 만나면 걷고 싶은 충동에 맥을 못 춘다. 아직도 파김치가 되도록 걸어야 직성이 풀린다.

이번 여름은 코로나 델타 변이바이러스 때문에 대중교통을 이용하는 것도 꺼림칙한데 해수욕장은 꿈도 못 꾸고 있다. 그래서 생각해 낸 것이 호텔 바캉스다. 처음 시도해 보는 피서여행을 준비하고 있는데, 열대야까지 식을 줄 모른다.

여행은 현재 진행형. 마파두부와 푸른 콩깍지 삶은 것, 낫도, 볶음밥에 배추김치 한 조각, 미트볼 한 개, 식물성소시지. 그리고 후식으론 에그 타르트와 수박 한 조각. 11시 퇴실시간까지 꽉 채우려면 한 숨 더 자고 일어나도 되겠다.

더 파빌리온 라운지에서 안녕의 의미로 커피우유 라데와 에이드 한 잔씩 시켜놓고 체크아웃 했다. 발렛-파킹비 2만 2천원은 비자카드로 면제받았다. 집으로 가는 길은 뻥 뚫렸다. 반대편은 피서지로 떠나는 차량들로 도로를 꽉 메웠다. 거북이걸음을 하는 걸 보면서 고약한 심보가 발동한다. 내가 웃고 있다.

서울 코트야드바이 메리어트 호텔여행

서울 식물원 온실

2021년 8월 7일(토)

내비가 12km만 달리면 목적지라고 알려준다. 차들이 왕창 줄어든 탓에 도로 사정이 좋아졌다. 모처럼 뻥 뚫린 길을 달리는 기분은 짱이다. 차 잘 가지고 나왔네 했다. 운전수의 바람은 이런 뻥 뚫린 길을 달리는 거라며 좋아죽는다.

대중교통이냐 자가용이냐. 고심을 했지만 코로나가 한창 드세다는 방향으로 기울다보니 내 차가 안전하겠단 생각이 들었다. 집에서 나와 길 건너

버스정류장에서 702번 타고 응암역. 지하철 6호선을 타고 디지털미디어센터. 다음 인천공항철도(공항방면)로 갈아타고 마두나루역 4번 출구로 나와 6642번 버스 타고 서울식물원에서 내린다. 48분이면 된다. 내차로 가면 37분.

너스레까지 떨며 좋아하던 나는 여름 휴가철이란 걸 깜빡했다. 이럴 땐 나이 탓하는 거 아니다. 변이코로나로 전전긍긍하다 보니 계절의 변화에 둔감해 진 거라 생각하는 것이 좋다. 어느 순간에 소나기라도 쏟아질까 봐 쫄았는데 하늘은 파란 걸 보니 입추가 이름값을 하네요. 햇살이 따갑긴 해도 무덥진 않은 날씨. 계절은 여름 한 중앙 마음은 가을 한 귀퉁이.

주차하고서도 잠시 어리바리 했던 건 사실이다. 산책로를 거닐며 가볍게 워밍업 하듯 자외선 목욕부터 하기로 했다. 산책로는 호수를 감싸고 있었다. 서로 부딪히지 않고도 거리를 두고 산책을 할 수 있었다. 9시 30분. 경로는 공짜. 지하 1층에는 열대, 지중해 등 여러 도시에서 자생하는 식물을 볼 수 있는 접시형 온실이 있다. 흰색이 고운 '문빈' 과 현란한 자주색의 '위니' 란 수련이 마중 나와 주었다. 원숭이와 새소리로 열대우림의 분위기를 띄우는 열대관. 아마존이 고향이라는 빅토리아수련의 자태와 치마폭처럼 포근한 너른 잎. 허브 등 다양한 향기로 우리를 즐겁게 해주는 지중해관. 스카이워크는 열대우림식물들을 내려다보는 즐거움이 짭짤했다. 잠시의 쉼, 여유를 가지라는 뜻이 숨겨져 있을 것 같았다.

한여름에 온실 구경 온 바보들이 우리 말고 또 있다. 아니 꽤 많았다. 다음 행선지 카페 코레우리에서 우린 새우 샌드위치와 복숭아 아이스티를 들고 수국이 활짝 핀 정원이 바라보이는 곳에 자리를 잡았다.

서울 식물원 주제관

샌드위치 하나가 전부인데도 기운이 펄펄 난다. 한 군데 더 둘러보려는 곳이 야외정원이란 것이 문제다. 코로나야 사람들 적은 곳만 찾아다니고 마스크를 패션처럼 쓰고 다니니까 걱정 안 해도 된다지만 열사병이라 괜찮겠느냐고 물어야 한다.

한국의 정원문화와 바람의 정원, 추억의 정원, 숲 정원 등 여덟 가지 주제정원을 둘러보자면 엄청 힘들겠다. 그 걱정부터 했다. 탁 트인 정원을 찾아 걸었다. 기대가 컸다. 한국정원문화의 과거와 현재를 경험할 수 있는 공간이라지 않는가. 그런데 거기에 과거는 없었다. 어릴 적 동구 밖까지 뛰어 다니며 놀던 고향장독대 곁에 피던 꽃들은 볼 수가 없었다.

아니 보여주질 않았다. 계절 탓만 하기엔 낯 간지러운 일이다. 이름도 얄궂은 외국 수입 꽃만 잔뜩 심어 놓았으니 어색할 수밖에. 건성건성 둘러보게 되고 정원보다는 걷는 길이 좋다며 툴툴거렸다. 낯선 얼굴과 명패들이 너무 많아 안산 다문화거리를 찾은 기분이었다. 내가 낯가림을 심하게 하는 걸까? 기대했던 정겨운 우리의 정원은 온데간데없고, 조경업자들에 놀아난 미래의 정원을 흉내 낸 마을공원을 보여주는 것 같아 씁쓸했다. 실망했다. 아쉬웠다.

14시. 호텔체크인. 저녁은 프론트 데스크에 연락해서 '마르게 오리타 피자' 한 판을 시켰다. 서비스 로봇 '코벗'은 오지 않았다. 대신 쌩하고 달려온 건 아주머니 손에는 피자 한 판과 영수증이 손에 들려있었다. 엄청 실망했다. 세련되고 모던한 분위기가 취향인 사람이면 이 호텔이 제격이다. 산이나 강, 바다를 배경으로 하고 있는 호텔에 묵으며 경치 죽여준다며 좋아했는데 여긴 광장이었다. 광장을 오가는 사람들을 보고 있으면 시간가는 줄 모르겠고 힐링까지 된다면 믿겠어요?

광장과 숲을 찾는 사람들은 쉼표를 찍는 방법을 알고 있었다. 광장을 지나 숲속으로 들어가거나 광장 한 귀퉁이를 빌려 머물다 흩어지는 사람들. 9시가 넘었는데도 계속 되었다. 우린 광장과 숲이 되게 궁금했다. 8189보

코트야드바이 메리어트 서울 보타닉 파크 1006호

서울 식물원 열린 숲, 호수원 걷기

2021년 8월 8일(일)

서울을 중심으로 지역에 따라 소나기가 강하게 내릴 거라는 예보에 내일을 걱정하고 있었다. 아침뷔페는 06:30분부터. 이른 시간인데도 손님이 많다. 음식도 정갈하고 신선해보였다. 식단의 가짓수보다는 질에 승부를 거는 것 같았다.

우리는 소시지와 햄, 시리얼의 맛에 반했다. 짜지도 않고 삼삼한 것이 군대에서 먹던 그 맛이었다. 미2사단 381대대 수색소대에 카투사로 군복무 시절 먹던 그 맛을 어찌 잊을 수 있단 말인가. 바로 그 그리움의 맛이었다. 호텔방에서 먹는 조식뷔페의 해택을 포기한 건 그 때문이었을지도 모른다.

마곡광장에서 안내판부터 살폈다. 열린 숲, 호수원, 습지원의 세부분으로 나뉘어져 있었다. 돗자리를 갖고 와서 잔디밭에 깔 수 있는 열린 숲이 맘에 쏙 들었다. 우린 잔디밭을 가로질러 호수원까지 가는 최단거리를 찾고 있었다. 배형경 조각가의 작품 '삼미신' 이 우뚝 서 있는 여신의 상을 출발점으로 삼았다.

처음부터 걷다 앉다를 반복하고 있었다. 밤에 잠을 못자 피곤하다는 아내가 배탈까지 난 모양이란다. 이럴 땐 계속 앞으로냐 뒤돌아 가느냐를 선택해야 한다. 화장실이 멀지 않은 관계로 전자다.

흰색, 노란색, 자홍색 수련이 제철이다. 건강해 보이는 부레옥잠, 개구리밥, 생이가래, 갈대, 물수세미 등이 있어 관찰로를 걷는 힘이 되어주었다. 점심은 입맛 없다며 자두 몇 개에 초콜릿. 저녁은 구내식당인 Garden Kitchen에서 룸서비스.

문을 여니까 서비스로봇인 '로봇' 이 룸서비스를 나왔다는 거예요. 아내는 잠시 당황. 옆방 젊은이에게 도움을 청했다고 하네요. 젊은이도 신기해 하더랍니다.

로봇이 가져다 준 저녁은 소나기 내린 뒤끝의 쌍무지개 뜬 하늘을 보며 즐겼다. 요즘 젊은이들은 코로나 때문에 바캉스가 아니라 홈캉스가 대세라고 한다.

　COURT YARD by marriott Seoul Botanic Park, 이 호텔 이름이 되게 길지요. 강서구 마곡광장에 자리 잡은 미국계 호텔입니다. 예약할 땐 전혀 몰랐던 사실이다. 4성급 호텔로 지하철 마곡역에서 광장으로 나오면 바로다. 서울식물원을 걸어서 갈 수도 있다. 가족 친화적이라고나 할까. 호텔 룸에 앉아서 광장과 푸르른 녹음이 가득한 초록 뷰만 바라보고 있어도 힐링이 된다. 특징은 외부에서 음식을 배달시킬 수 있다는 것이다. 수령은 본인이 1층 정문 밖에 지정된 장소에서 수령해야 한다는 것.

　객실의 평가는 침대다. 푹신한 베드, 침실의 분위기가 손님의 격을 한 단계 더 높여주었다. 특히 룸서비스가 흠잡을 데 없을 정도로 깔끔했던 것이 편안한 호캉스를 보낼 수 있는 호텔로 손색이 없다고 손꼽은 이유다.

코트야드바이 메리어트 서울 보타닉 파크 1006호

서울 스위스그랜드호텔 여행

호캉스라도 떠나야 심이 풀릴 것 같다

2021년 8월 9일(월)

　우린 코트야드 룸의 침대에서 뒹굴며 한껏 피서기분을 내고 가자며 아침 뷔페를 먹고 나서도 일찌감치 호텔을 떠날 생각은 1도 없었다. 퇴실 마감시간까지 꽉 채우고 나왔다.

　다음 행선지는 집에서 가까운 스위스그랜드호텔. 그러니 서두를 필요가 없는 것이 먼저요, 호텔로 가기 전에 자주 들렀던 모래내 설렁탕집에서 설렁탕 한 그릇씩 때리고 갈 생각이 두 번째다.

여름휴가철은 하루 차량이동이 450만대라고 한다. 그건 피서지에 가면 숙소 정하는 것도 녹녹치 않겠지만, 무엇보다 변이바이러스로 부터도 자유로울 수 없다는 것이다. 그렇다고 방콕만 할 수도 없으니 우리 세대는 가까운 호텔을 찾아다니며 피서를 즐기는 호캉스라도 해야 심이 풀릴 것 같다.

코로나 때문에 베란다와 워터파크의 합성어인 '베터파크' 가 어린아이를 가진 부모들에겐 대세라고 한다. 집 베란다에 홈 풀장을 만들어놓고 물놀이를 시키며 휴가를 보낸다. 델타변이가 확산하고 있으니 여행을 자제해달라는 방송 때문에 선뜻 피서지로 떠나기가 꺼려지는 것도 사실이다. 그렇다고 손 놓고 있을 수만도 없는 일. 젊은 부부의 이 같은 안타까운 피서놀이는 내년에는 물러갔으면 좋겠다.

허긴 우리 아이들이 어릴 적에는 마당에 풀장을 만들어 놓고 마음껏 뛰어 놀도록 한 때도 있었다. 그것이 홈캉스의 시작이었을지도 모른다. 집 놔두고 굳이 비싼 돈 들여 호텔에서 잠을 잘게 뭐냐며 핀잔을 받을 수도 있겠지만 코로나의 답답함을 푸는 우리만의 방식이라고 이해해 줬으면 좋겠다.

이 호텔은 유럽풍의 고풍스러운 분위기다 보니 유럽여행 중이라고 착각할 수도 있겠다. 웅장하면서도 세월의 흔적이 느껴지는 고급스런 룸에서 빈둥거리며 지내다가 그도 지루하다 싶으면 산 뷰로 고개를 돌려 힐링 한다. 저녁은 이름도 낯선 파스타 맛에 혼쭐이 난 우리다.

아메리칸 스타일의 아침을 비싼 값에 먹느니 빵이 어떻겠느냐며 8시부터 30% 할인이라는 빵을 사기 위해 15분 정도 기다린 경험도 있다. 4천 5백 원씩 하는 빵 두 개를 6천 3백 원에 사들고는 룸으로 돌아왔다.

스위스그랜드호텔 708호

호캉스

70mm가 넘는 국지성폭우가 내릴 수도 있다는 예보다. 우리 부부는 폭우가 내릴지도 모른다는 일기예보를 듣고도 걷겠다고 커다란 우산까지 들고 길나서려는 무모한 여행사냥꾼은 아니다. 호텔에 콕 박혀 있기로 했다. 계획엔 안산둘레길 걷기가 오늘 일정이었다.

코로나라는 지뢰밭으로 들어가는 것 같아 홍제동까지 걷는다는 것은 생각도 못했다. 그런 우리가 마음을 바꾸었다. 빵으로 아침요기를 했더니 헛헛했던 모양이다. 할 일 없이 시간을 보내는 것도 원인일 수도 있다. 문제는 호텔에 있었다. 코로나로 영업이 원활하지 못하다 보니 일식당도 문 닫았고, 조식뷔페도 잠정중단. 저녁은 스테이크와 새우구이다 보니 피하고 싶었다.

붐비지 않는 시간대에 택시 타고 대성집에 가서 도가니탕 먹고 버스 타고 오면 되겠네. 전처럼 기다리는 줄은 없지만 그 명성은 여전했다. 탕 한 그릇 축내고 넉넉한 기분으로 돌아왔다.

따끈한 점심 먹은 김에 라운지에 들러 팥빙수 한 그릇 먹자며 갔는데 찾는 손님들이 꽤 있던데요. 이런 곳은 사람이 붐비는 것도 그렇지만 적당히 있어야 분위기가 산다. 저녁은 홍제동 주재근 베이커리에서 사온 단팥빵, 슈크림 빵으로 대충.

이 호텔은 1988년 개관한 33년의 역사가 말해주고 있었다. 요즘 불경기다 보니 허술하면 어쩌나 했는데 시설들이 깔끔하고 산뜻한데다 찾는 손님들이 제법 있어 좋았다. 내부는 웅장하고 고풍스러운 분위기였다. 세월의 흔적이 느껴지는 호텔이라고들 하는데 멋스러움이 묻어나는 곳이란 표현이 더 어울릴 것 같다. 동유럽 휴양지의 어느 리조트에 들러 며칠 머무르고 가는 착각을 갖게 하는 그런 매력이 있었다.

착각도 멋진 추억이 될 수 있다. 낡고 구린내 나는 분위기라고 찡그릴 수도 있지만, 빈티지 분위기를 좋아하는 사람들이 쉬었다 가기 딱 좋은 곳이다. 좋게 말하면 클래식이요 나쁘게 말하면 올드다. 난 산뜻하고 모던한 분위기를 좋아하는 편인데 이런 올드에 폭 짜질 줄은 정말 몰랐다.

스위스그랜드호텔 708호

서울 웨스틴조선호텔

고종이 하늘에 빌던 황궁우

2021년 8월 18일(수)

"호텔은 여전히 서민들이 그 세련되고 품격 높은 마을의 촌장이나 주민이 되는 일이 쉽지는 않지만 세계로 열린 독립된 마을임엔 틀림없다."

'슈미트'란 사람이 한 말이다. 그 말뜻을 새기며 우리 부부는 한 이틀 조선이란 마을에서 한여름의 더위를 피해볼 생각이다. 호캉스란 호텔에서 휴가를 보낸다는 뜻이라 하지 않는가. 제대로 즐길 수 있었으면 좋겠다.

서울 지하철 1호선 시청역에서 내려 조금 걸으면 될 거리다. 짐이 쏠잖게 많아야 하는 몸이다 보니 가까운 거리지만 승용차를 이용했다. 선택의 여지는 물론 없다. 눈 뜨자마자 날씨부터 살폈다. 비는 하루 온종일 내릴 기세라니 마음이 심란할 법도 한데, 오히려 코 닿을 곳이라며 편안하다. 장거리 여행과 달리 오늘은 아무 준비도 안했다. 김장배추와 무를 심는 절기와 맞아 떨어지니 더위도 한풀 꺾인 모양이다. 비 때문이긴 하겠지만 아무튼 기분은 좋다. 늦은 시간에 출발했지만 멀리 여행 떠나는 기분으로 달렸다. 발렛 파킹시키고 황궁우는 물어서 다녀왔다.

잠시면 어떤가. 1897년 고종이 덕수궁 석조전에서 황제에 즉위하며 자주

독립을 대내외에 알린 그날로 돌아가는 것이다. 덕수궁과 마주보고 있는 이 곳에 건설했다는 환구단부터 찾았다. 하늘신의 위폐를 모셨다는 3층 팔각 건물인 황궁우와 그 황궁우를 두른 난간 석에 걸터앉은 해치, 고종이 황제 즉위 40주년을 기념하여 세웠다는 석고(石鼓)까지 둘러보는데 많은 시간 은 필요하지 않았다.

해치(해태)는 법을 상징하고 재앙을 물리치는 의미의 상상의 동물이다. 그 많은 해치를 난간 석에 걸터앉히거나 협문에도 어미에 새끼까지 앉혀놓 은 이유는 뭐였을까. 눈에 보이는 해치만도 20여 마리는 되는 것 같았다. 3 개의 돌북(석고)도 보고 왔다. 제사지낼 때 사용하던 악기를 형상화 한 것 이라고 한다.

당시 긴박한 국제정세 속에서 하늘에 빌고 전설의 동물 해치에 의지할 수 밖에 없었던 고종. 그의 고뇌의 흔적만이라도 느껴보고 싶었지만 허사였다.

조선호텔 뷔페 아리아

입실시간을 기다리는 동안, 로비가 있는 층에 라운지& 바와 아닌스 게이 트 양식당이 있음을 확인했다. 지하1층에는 뷔페식당 Aria, 중식당 Hong Yuan, 이태리식당 Rubrica 제과점 Josun Dali. 20층엔 숙박하는 내내 까맣게 잊고 있었던 오마카세 스시조라는 명품 초밥집이 있다는 건 인터넷 으로 알았다.

디럭스트윈 2박에 556,000원. 룸 키를 받았으니 달려가 벌러덩 누울 일 만 남았다. 저녁시간인 5시 반까지는 자유다. 서울3대 뷔페로 신라호텔 파 크 뷰, 롯데호텔 라세느, 조선호텔 아리아를 꼽는다고들 한다. 오늘 저녁식 사는 그 아리아다. 인터넷을 뒤져 얻은 결과는 품질 좋은 대게 인기가 BTS 저리가라 할 정도로 폭발적이라는데 기대가 된다.

폼 나게 앉아서 맛나게 먹고 배 두드리며 나오려고 신경 좀 썼다. 식탁 위에 놓인 탄산수 같은 고급 진 물 한 잔 마시곤 비닐장갑부터 끼었다. 그렇게 시작한 저녁식사시간이었다. 첫 접시엔 찜 요리인 영덕대게를 수북이 담았다. 왕새우 한 마리를 곁들였다. 그리고 가르파치오 해산물샐러드 한 종기와 참치, 연어, 농어, 광어, 점성어회와 장어초밥 두 조각씩을 담았다.

두 번째는 탕수육, 볶음밥, 쌀국수소고기볶음, 유린기, 도미찜, 흑 후추 소고기볶음, 칠리새우, 단호박 찜, 어향가지. 지중해식요리라는 쿠스쿠스 샐러드와 아스파라가스, 양상추 등 야채는 건강을 위해서다. 마지막은 통째로 불에 구운 바베큐. 등심, 안심, 양갈비에 전복구이, 소시지구이. 거기다 고르곤 졸라 피자와 무화과 햄 말이, 점성어회무침 한 젓가락 씩 담았다. 한식코너에 가선 달랑 명란젓 한 스푼. 그리고 과일과 생크림 케이크.

여러 번 움직여야 하는 번거로움은 있지만 우린 따끈하고 신선한 음식을 먹기 위해 한 접시씩 가져다 먹었다. 식사시간은 2시간. 더 먹을 수 있을 것 같은 기분이다.

서울 웨스틴조선호텔 630호

지극히 평범한 하루

2021년 8월 19일(목)

구름은 잔뜩 끼었으나 비올 기미가 안 보인다. 선선한 바람까지 보탰으니 모처럼 무더위에서 해방된 날이다. 걷고 싶은 날이 아니어도 걸어야 할 것 같은 의무감이 든다. 11시, '명동교자' 까지 걸었다. 아점이라곤 하지만 북적거려야 할 명동거리는 한산했다. 델타변이 코로난가 뭔가 하는 것이 무섭긴 무서운 모양이다.

명동교자는 이층은 아예 닫았고, 1층도 거리두기로 자리가 몇 안 되는데 그나마도 반 넘게 비어있었다. 예전 이맘때와 판이하게 다른 환경이었다. 점원 6~7명이 손님을 맞느라 분주히 오가는 모습만 봐도 입맛이 돌았는데 오늘은 분위기가 착 가라앉았다. 식탁서비스 점원도 1명밖에 안 보인다. 코로나가 우리의 일상을 이렇게 바꾸어놓았다.

진한육수와 면이 맘에 든다며 통상 칼국수 한 그릇씩이면 찍인데 오늘은 만두 한 접시를 더 시켜 깔끔하게 비웠다는 거 아닙니까. 그리곤 명동의 번잡했던 골목길이라도 걸어야 제 맛이라며 걸었지만 분위기만 망쳤다.

호텔 라운지& 바부터 찾았다. 어차피 할인쿠폰도 빙수에 한정돼 있긴 하지만 시원하고 아삭한 식감이 일품일 것 같아 '수박빙수' 를 시켰다. 모양이나 색감은 더 바랄 것이 없는데 너무 단 것이 흠이었다. 상큼해야 할 맛이 시럽 때문에 망쳤다.

라운지에 앉으면 이름뿐인 제국의 황족이 단을 쌓고 하늘에 기원해야만 했던 모습을 보는 것 만 같다. 어쩌면 몰락의 길을 걸은 선조들을 위해 멍 때리기 하기로 했다.

14시, 분명히 'Make Up Room' 을 누르고 외출했는데 못보고 지나친 모양이다. 룸에 들어와 푹 쉬고 싶은 마음이 컸는데 속이 많이 상했다. 룸에 들어서자마자 우리 마님은 엄마미소를 흘린다. 난 룸서비스가 깔끔하지 않아 속상했다. 저녁은 홍연의 삼선자장 먹고 올라왔다. 맛이 있으니 모든 것이 무죄가 되더군요. 장만 좋은 걸 쓰면 맛은 저절로 온다는 걸 알겠다.

Josun Dali 베이커리에 들러 내일 집에 가서 먹을 주전부리를 담았다. 값이 비싸 잠시 쉽게 손이 가질 않아 망설이긴 했지만 코코넛과 오트밀 빵. 그리고 코코넛 마카롱, 머핀 잉글리시를 사들고 올라갔다. 값만큼 맛이 있을까 궁금하긴 하다.

서울 웨스틴조선호텔 630호

최초의 수식어로 가득한 호텔

2021년 8월 20일(금)

75세면 어르신소리도 자연스럽게 들린다고 한다. 신분증 제시만 요구해도 좋아 죽는 우리는 누가 "어르신!" 하고 부르기만 해도 적응이 안 돼 속상한 사람들이다. 그런 우리가 무슨 일을 할 때마다 이게 마지막인가를 생각하게 된다는 79세를 코앞에 두고 있다.

호텔은 갖출 건 다 갖춘 호텔인데다 트윈베드의 시트가 부드러워서 그랬을 것이다. 룸 컨디션도 너무 좋아 나무랄 데가 없었다. 그것이 집과는 또 다른 분위기라 쉽게 취했던 것 같다. 깔끔한 객실에서 하루 푹 쉰다. 반신욕도 즐기고, 뒹굴뒹굴 TV도 보며 맛있는 주전부리도 한다. 그리 게으름을 피워도 표가 안 난 하루하루였다.

오늘 아침은 느지막해서라도 '나이스 게이트'에 내려가서 매콤한 토마토소스가 일품이라는 생면을 먹고 떠날 생각이었다. 그런데 아내는 자리를 털고 일어날 생각이 눈곱만큼도 없었다. 배가 아직 꺼지지 않아 들어갈 자리가 없다며 호텔 여행의 다음 행선지나 들려달라며 뭉그적거리는 폼이 아침은 틀린 것 같다.

"호텔 여행에 제대로 맛 들리셨네. 집에 가면 먹을 거야 있지만 그동안 배 안 고프겠어요? 미슐렌 음식 괜찮다던데."

들은 척도 안한다. 실은 나도 눈만 떴지 몸은 시트 속에서 리모컨만 만지작거리고 있었거든요. 퇴실시간인 12시까지 꽉 채우고 나갈 생각을 하고 있었던 것이다. 결국 코미디언들이 한 번씩은 다녀갔을 법한 시청 앞 마녀김밥 집에 들러 포장하기로 했다. 마녀계란김밥 4개에 17,200원. 한 줄로 한 끼 식사가 될까?

1914년. "팔각당 너머 개천이 있구, 그 너머 빈민굴이 있다우. 빈민굴 없는 데가 없겠지만 조선은 전체가 커다란 빈민굴이라우."

이 말의 뉘앙스는 계층에 따라 다를 수 있다. 분명한 건 똥구멍이 찢어지도록 가난하게 살았다는 것이다. 그런 시대에 이 호텔에 묵으면 호텔방엔 욕실과 탁상전화가 있고, 프랑스식 요리를 먹었다고 하니 이 호텔에 드나드는 사람들은 살맛나는 세상이었을 것이다.

최초라는 수식어가 자연스러운 호텔. 최초의 아이스크림, 엘리베이터, 댄스파티 등 최초가 많이 붙은 것으로 유명세를 탄 호텔이다. 또 있다. 마릴린 몬로, 맥아더장군, 포드 대통령 등도 다녀갔다는 호텔이다. 우린 호캉스를 보낸다는 명분을 내세워 이 호텔에서 이틀 묵고 간다.

그 덕에 주변이 온통 고층 빌딩 숲이다 보니 답답할 것 같은 전통양식의 3층 팔각건물 황궁우도 보고 간다. 자유와 번영의 소중함을 새삼 깨닫게 되는 곳이다.

서울 오라카이 청계산 호텔여행

서초구 내곡동 나들이

2021년 9월 5일(일)

옥수주죽이라도 먹겠다고 새벽 통금해제사이렌이 울리면 수원 팔달산 아래 성결교회로 들통 들고 뛰었고, 배고팠던 기억이 있어 한 푼이라도 아껴 집 한 칸이라도 마련하는 것이 소원이던 노인이 오늘은 피자 한 판 시켜놓고 Live Pub에 심취할 생각에 들떠 청계산으로 호캉스를 떠나는 길이다.

버스 타고 3호선 녹번역. 양재역에서 광교 방면 신분당선으로 갈아타고 청계산입구역에서 1번 출구로 나오면 57분 거리다. 대중교통을 이용하면 이렇게 편하게 갈 수 있는데 굳이 승용차를 이용하는 이유는 코로나 말고 또 있어요?

가을은 우리 곁에 와 있는데 코로나터널은 아직도 시계 제로다. 그래도 금년 호캉스의 마지막 단추는 끼워야 한다. 여름 한철 코로나로부터 자유롭고 싶어 시작한 호텔여행이다. 요즘 젊은이들은 차박이나 카라반 여행이라도 다녀와야 여름휴가 뒷얘기에 낄 수 있다고 한다. 말하자면 불맛을 즐길 줄 알아야 진정한 여행꾼이라는데 우린 번거로우면 무조건 아웃이다.

야외에서 고기를 직접 구워먹을 수 있고 차박 분위기를 낼 수 있는 글램핑이 대세라고 한다. 고기만 사들고 가면 끝이다. 그런 글램핑이 있는 호텔에 묵고 있어도 우린 기웃거리지도 않았다.

청계산 호텔식당 레벨B1에서의 점심이 내곡동 나들이의 첫발이었다. 시그니처 메뉴로 내놓은 청계산 아란치니 햄버거. 먹물 빵에 치즈돈가스, 페티를 더블로 얹다 보니 양이 한 뼘이라 먹기도 전에 엄두가 안 났다. 감자튀김에 구은 야채까지 담아내어 푸짐하긴 한데 페티가 질기고 재료들은 방금 냉장고에서 꺼낸 것처럼 차다보니 기대에 못 미쳤다.

송파구 내곡동은 서울이 맞나 싶을 정도로 한적해서 힐링 여행하기 좋았다. 내곡 꽃 단지에 쏟은 정성이 그 결실을 보여주었다. 화려한 색깔을 자랑하는 백일홍에 가을의 전령사 코스모스의 화사한 몸매까지. 이름 모를 가을꽃들을 다 모아 놓은 것 같다. 활짝 핀 꽃길을 걷다보면 산책로로 들어서게 되어있고, 길 따라가다 보면 공원까지 섭렵하는 무리수까지 두게 돼 있다.

두어 시간은 넘게 걷지 않았을까. 특별한 날이 아니어도 된다. 기분전환하러 가서 편하게 걷다오기 딱 좋은 마을이었다. 3시 입실. 체온체크, 손 소독, 인적사항 기재 등 까다로운 절차를 밟고. 데스크에서 또 방역서류에 사인까지. 절차를 마쳤더니 그제야 손에 룸 열쇠를 쥐어 준다. 번거롭긴 하지만 안전에 대한 믿음을 주어 기분은 좋았다.

리모컨 들고 침대에 벌렁 누웠다. 해질녘까지 방에서 꿈쩍 않는 것이다. 마님이 곁에 있어야 한다는 단서가 붙긴 한다.

서울 청계산 오라카이호텔 559호

서초구 청계산 간보기 등반

어제는 '정성김밥'. 포장이 깔끔해서 믿음이 갔는데, 맛은 기대에 많이 못 미쳤다. 평일 조식은 샐러드와 수프를 곁들인 단품메뉴. 데니쉬(덴마크식)식빵에 얹은 '몬테 게스트 샌드위치'. 요구르트, 시리얼은 취향에 맞게 가져다 먹으면 된다. 오늘은 청계산. 깔끔해진 거리를 걷다보면 낯익은 느티나무골이 나온다. 거리가 많이 변하긴 했어도 터줏대감 같은 청계산 곤드레집은 여전히 그 터를 고수하고 있어 낯설지가 않다. 느티나무골 원지동에서 원터골로 가려면 좌판을 지키고 있는 아줌마들의 성지. 굴다리를 지나가야한다.

매봉코스가 연인들의 코스라면 옥녀봉은 등산을 좋아하는 가족나들이 코스로 그만인 곳이다. 청계산은 어렵지 않은 코스다. 수고동창회 부부동반모임 때 오른 경험도 있다. 오늘은 원터골 쉼터를 목적지로 삼았다. 청계산은 등에 땀이 송골송골 배일 쯤이면 그 매력에 폭 빠졌다 할 수 있는 곳이라고 한다. 아직은 오르고 싶은 산이 있으니 재활에 차질이 생기면 안 될 것 같단 생각에 계단을 몇 개 밟아보지도 못하고 무릎과 타협했다. 아직은 세월의 선물이 아니었으면 좋겠다.

산행을 하고 내려오는 사람들이 무척 부러웠다. '신일용의 호도파이'와 구멍가게에 들러 파이와 옥수수를 사는 것으로 위로 삼았다. 점심은 조선면옥에서 갈비탕. 냉면은 아니더라도 멍게나 꼬막비빔밥을 먹었어야 했다며 엄청 후회했다.

저녁은 룸서비스로 마르게르타 피자 한 판. 토마토소스를 가볍게 얹고 신선한 버팔로 치즈를 아낌없이 넣은 위에 얹은 바질이 어우러져 담백한 맛을 내는 이태리전통피자였다.

은평 한옥마을 채효당

2021년 9월 7일(화)

은평에서 40년 넘게 살았으면 토박이라 해도 뭐랄 사람은 없다. 그런 우리가 오늘은 동네에서 자고 갈 생각을 하고 있다. 아침은 청계산 오라카이 호텔에서 생야채와 과일을 곁들인 새우볶음밥. 11시 퇴실시간을 꽉 채울 생각에 침대에 드러누워 식후의 나른함을 맘껏 즐겼다.

쌩하고 달려간 곳은 친구 집이 아니고, 은평 한옥마을이다. 개성이 다른 2층 한옥들이 다투어 들어서고 있는 고향의 모습에 적잖이 놀랐다. 거기다 채효당 게스트하우스 골목은 한갓져서 더 아름다웠고, 예사롭게 보이지 않았다. 대문은 중문형식이지만 멋스러움은 솟을대문 못지않았다. 젊은 안주인의 안내를 받았다.

섬돌을 밟고 대청마루에 올라서면 바로 실내 계단. 우리가 묵을 2층에선 소청마루가 손님을 맞았다. 서재와 전통보료가 놓인 안방, 이불장이 숨겨진 곁방이 있다. 한복체험도 있다며 슬쩍 운을 떼긴 하는데 입고 벗는 것 자체도 귀찮은 나이다. 원하면 1층에서 가야금도 튕겨볼 수 있고 지하실에 가면 티비도 볼 수 있다는 데 건성 들렸다. 대충 설명하고 얼른 내려가 줬으면 했는데 그 마음이 들켰나보다.

2층 서재방 창가에는 특별한 공간이 마련되어 있었다. 차 마시며 북한산을 조망할 수 있는 곳이다. 주전자에선 보글보글 물이 끓고, 양갱과 예쁜 차 세트가 개다리소반 위에 준비되어 있다. 예상한 일인데도 생각지도 못한 듯 감동했다. '웰컴 티'를 마시며 한옥지붕 너머 북한산을 바라보며 여독을 풀라는 배려다. 창문을 열면 북한산의 기운이 바람에 실려 들어올 것 같아 평상에 걸터앉은 것처럼 편안했다.

예쁜 창살문으로 들어오는 햇살의 따사로움은 놓칠 수 없는 선물이었다. 얼굴로 받으며 마주 보고 웃는 우린 행복했다. 몇 년에 한번 문틀을 뜯어 물에 적셔 헌 창호지를 벗겨낸다. 창호지를 바른 다음 입으로 물을 뿜는다.

겨울나기의 시작이었다. 그런 추억이 남아있기에 뽀얀 창호지문은 보고만 있는데도 그 시절이 떠오른다.

　이런 한옥에선 방콕하며 집 안에서 하루를 빈둥거려도 좋다. 텔레비전, 라디오가 없는 세상이다. 어두워지면 엎드려 책을 읽거나, 천장 보고 누워있는 것이 전부 일 수도 있다. 책을 꺼내 읽는 흉내만 내도 좋다. 동창이 훤히 밝아서야 눈이 떠진다고 나무랄 사람도 없다면 무얼 더 바랄까. 개다리소반에 간소한 아침상까지 받는다. 힐링 여행 제대로 하고 가는 거 맞지요?

은평 삼각산 진관사

　지하철 녹번역에서 701번 버스. 어제는 문인석들이 정원을 산책하며 담소하는 모습을 재현함으로서 멋을 살린 '은평역사 한옥박물관'은 코로나가 겁난다며 지나쳤다.

　아침은 소반에 1인상. 정갈하긴 한데 수저가 갈 곳을 몰라 애 먹었다. 수저가 제 역할을 다 못한 것 같지만 진관사만은 제대로 탐하고 갈 생각이다. 야생화가 좋아지면 나이든 증거라는 말이 있다. 오늘은 꽃이 아니라 진관사의 역사를 들여다보고 산책하다 갈 생각이다.

　미군이 발을 빼자 베트남에서 공산주의가 승리했듯, 이번에도 자유가 아니라 이슬람원리주의를 앞세운 탈레반이 밀고 들어와 총 한방 안 쏘고 아프가니스탄을 장악해버렸다. 당시는 빼앗긴 조국을 되찾겠다는 일념뿐이었을 것이다. 1919년 3월 1일 만세운동 당시 사용했던 태극기와 독립선언문, 천도교가 발행한 지하신문인 '조선독립신문'을 비롯. 독립투쟁을 끝까지 실행하자고 호소하는 전단성격의 '자유신종보'에 이르기까지 귀중한 자료들이 쏟아져 나왔다고 한다. 우리의 조국이 광복되는 날, 빛을 볼 날을 위해서.

　진관사가 칠성각을 해체 복원하는 과정에서 독립운동가 백초월 스님의 혜안이 빛을 발한 절이다. 인간의 수명과 장수, 재물을 관장하는 북두칠성님을 모시는 칠성각에 숨겨둘 생각을 한 것부터가 놀라운 일이었다. 누구도 생각하지 못할 기발한 아이디어였다. 그 아이디어가 먹혔고 오늘날 빛을 보게 되었다.

진관사는 일주문을 들어서면서부터 북한산의 절경에 빠져들게 되어있다. 극락교를 지나 해탈문에 이르면 아미타부처님이 반겨주신다는 절이다. 그러나 우린 마음의 정원, 석가모니상은 뒷전이요 해우소부터 찾아야 했다. 암석으로 벽과 기둥을 삼았고, 대나무 발을 문으로 활용한 기발한 아이디어가 돋보이는 곳이다.

절집이 아담하면 찾는 이의 마음이 편안해진다고 한다. 진관사가 그렇다. 세심교를 지나며 울창한 숲을 느껴볼 새도 없이 진관사 오층탑이 있는 잔디골이 나온다. 번거롭지 않고, 넓지 않은, 조용해서 남녀노소, 누구나 와서 산책을 즐기기에 좋은 곳. 속세와 단절된 고요함과 평온함이 어떤 것인가를 알 게 해주는 산책로다.

북한산을 끼고 있으니 엄청나더란 말밖엔 표현할 방법이 없다. 공기는 덤이다. 우뚝 솟은 봉우리, 시원하게 토해내는 개울물소리, 바람소리. 돗자리 깔고 발 담그면 천국일 것 같은 계곡물도 지천이다. 늦둥이매미의 울음소리, 초록빛에 끌려 데크를 따라 걸었다. 북한산이라면 다녀보지 않은 길이 없다며 자부하던 내가 북한산 향로봉도 진관사에서 오르면 가파르긴 해도 지척이란 걸 알면서도 곁눈질을 안했다. 주인 내외분의 진심이 담긴 말 한마디가 큰 힘이 될 것 같다.

"좋은 인연 소중히 간직하겠습니다. 감사합니다. 저도 선생님 나이쯤에도 그런 여유를 갖고 싶고 모든 분들이 부러워하는 삶이 축복이세요. 두 분 모두 건강하시고 행복하세요."

북한산 쪽두리봉

외국의 산들은. 그냥 '와 굉장하구나!' 하는 감탄사가 절로 나오게 한다. 웅장하고 거대하여 신비롭기까지 하다. 그러나 그 산들은 우리가 가까이 하기에 너무 먼 당신처럼 느껴진다. 우리의 산과 달리 아기자기한 멋과 정겨움이 없다. 정복의 대상이요 신앙의 주체이긴 해도, 우리의 산처럼 이웃처럼 느껴지진 않는다.

그의 산자락에 안기기만 해도 흡사 딴 세상에 온 듯 잔잔한 흥분이 인다. 엄격한 엄부의 모습에도 포근한 어미의 품이 느껴진다. 서정적이다가도 신비스러운 분위기마저 감돌게 하는 매력이 있다. 그 산을 오르다보면 한라산, 설악산, 지리산, 치악산의 빼어난 모습을 모두 만날 수 있고 민족의 靈(영)이 서려있다는 백두산도 떠올릴 수 있다. 민족의 원대한 이상을 실현했던 고구려인의 함성과 말발굽소리가 들릴 것만 같은 착각을 일으키게 한다.

백운대나 만경대 같은 더할 나위 없이 날카로운 천연요새와 인위적으로 쌓아올린 성벽과 아주 잘 어울린다. 비록 세월에 씻겨 허물어진 채 흔적만 남아있지만. 그 폐곡선 안에 들어서면 왕이 머무를 행궁, 군대주둔지, 식량창고, 수공을 위해 물을 담아두었다는 수문터, 그리고 사찰. 한나라를 구성하는 모든 것이 있다. 그러니 오르면 오를수록 더욱 깊은 정이 드는 것 같다.

산을 찾는 시간은 산이 기지개를 펴지 않은 새벽녘이나 연약한 석양이 봉우리에 걸려있을 주말의 늦은 오후가 좋다. 진달래 철쭉이 산개하는 봄의 능선, 검은 구름에 짓눌려 있는 여름의 정상, 쪽빛 하늘을 머리에 얹은 가을의 계곡, 생명을 잉태하는 눈 덮인 산자락.

누구에게나 자신을 쉽게 드러내 보이기도 하지만, 속살 깊숙이 감춘 것이 더욱 많아 신비롭고 두렵기까지 한 북한산이다. 장맛비가 지나간 직후 족두리봉에 올라서면 서해바다와 하늘이 맞닿아 보일 듯한 경치는 어떻고, 한강을 따라 펼쳐진 시가지와 김포평야의 넉넉함, 개성의 송악산이 아른거릴 때의 그 그리움을 어디에 비할까.

그립고 찾지 않으면 몸살나게 하는 이유는 또 있다. 오르다 갈증을 느낄 즈음이면 어김없이 산사(山寺)를 만날 수 있다. 곁에만 가도 세상 시름 잊게 하고, 몸과 마음의 피로까지 풀어준다.

거기에 베테랑도 초심자도 함께 찾고 오를 수 있는 곳이니 어찌 안 그렇겠는가? 그래서일까 아무런 장비도 정보도 없이 무작정 오르는 헐렁한 산꾼들로 인해 가슴 아픈 일도 있긴 하다.

시가지를 내려다보며 삶의 진정한 의미를 느끼고 내려갈 수 있다. 바람소리에 묻혀오는 자연의 소리에 귀 기울일 줄 아는, 봄을 갈구하며 기다리는 사람만이 오를 수 있는 곳. 우리 민족의 魂(혼)이 그곳에 있기에 언제나 조심스러워진다. 그 혼을 감싸고 있는 은평에 사는 것을 자랑으로 여기며 산다. 그 품에 안기면 한없는 사랑과 겸손을 배우고 내려올 수밖에 없으니 그런다.

서울특별시: 롯데 월드호텔, 그랜드워커힐호텔, 스위스그랜드호텔,

코트야드 바이 메리어트 서울 보타닉 파크호텔, 서울웨스턴 조선호텔,

청계산 오라카이 호텔, 은평 한옥마을 채효당